SCHERZ

Pierre Lagrange

VERLORENE PROVENCE

Der zwölfte Fall für Albin Leclerc

SCHERZ

2. Auflage, 2025

Erschienen bei SCHERZ

© 2025 S. Fischer Verlag GmbH,
Hedderichstr. 114, 60596 Frankfurt am Main
Die Nutzung unserer Werke für Text- und Data-Mining
im Sinne von § 44b UrhG behalten wir uns explizit vor.
Dieses Werk wurde vermittelt durch die
Literarische Agentur Thomas Schlück GmbH, 30161 Hannover.
Redaktion: Susanne Kiesow
Satz: Dörlemann Satz, Lemförde
Druck und Bindung: GGP Media GmbH, Pößneck
ISBN 978-3-651-02511-0

Kontaktadresse nach EU-Produktsicherheitsverordnung:
produktsicherheit@fischerverlage.de

1

An manchen Tagen, dachte Albin, lag etwas in der Luft. Man spürte es, roch es, schmeckte es – also: abgesehen davon, dass Frühling war und die Provence süß und köstlich und frisch duftete. Irgendetwas war anders als sonst. Etwas kündigte sich an, zog herauf.

Heute war ein solcher Tag.

Es war schwer zu beschreiben, wie diese Art der Wahrnehmung funktionierte. Eigentlich gar nicht. Zum Beispiel wusste niemand genau, woher kreative Menschen ihre Inspirationen bekamen. Wenn man sie befragte, wie ihre Ideen zustande kamen, zuckten sie meist nur mit den Achseln und sagten: »Keine Ahnung, kam aus dem Nichts, ist mir plötzlich unter der Dusche eingefallen.« Tausende Forscher haben versucht, der Funktionsweise der Kreativität auf die Spur zu kommen, um sie für die Allgemeinheit nutzbar zu machen, damit endlich jeder ein Einstein oder Molière, Monet oder Bill Gates sein konnte.

Was aber nicht ging. Es gab keinen solchen Werkzeugkasten, und Genies blieben Genies. Wobei diese Bezeichnung von dem lateinischen Begriff »Genius« hergeleitet wurde und für ein Geistwesen stand, das jemandem einen göttlichen Gedanken einflüsterte. Und vielleicht stimmte das am Ende, und es handelte sich womöglich wirklich um eine Art übersinnliches Eingreifen, das man weder wissenschaftlich erklären noch künstlich nachempfinden konnte.

Ähnlich war es wohl mit den Vorahnungen. Weil Albin nicht den blassesten Schimmer hatte, wie es funktionierte und woher diese Ahnungen kamen, erklärte er es sich manchmal schlicht und ergreifend mit der Idee vom Äther. Das war so eine Art unsichtbarer Stoff, der den Raum füllte wie die Dunkle Materie das All. Die alten Griechen hatten den Äther als fünftes Element beschrieben. Auch in anderen Gegenden wie Indien gab es solche Konzepte, in der Alchemie ebenfalls.

Wenn man sich diesen Äther wie einen großen Teich vorstellte, in den jemand einen Stein warf, dann schlug er kleine Wellen. Es gab Interferenzen. Tiere konnten derlei Störungen wahrnehmen und Menschen mit besonders sensiblen Antennen und geschärften Sinnen ebenfalls. Heutzutage versuchten Wissenschaftler, einen solchen Spürsinn mit künstlicher Intelligenz nachzuahmen. Es gab Programme, die sich mit Verbrechensvorhersagen befassten, die mit Millionen von statistischen Daten gefüttert und die – zugegeben – immer besser wurden. Aber sie würden niemals so gut werden wie jemand, der zwar nur über sporadische Statistiken verfügte, allerdings über viel Erfahrung. Jemand, der von der Natur sozusagen ausersehen war, mit beiden Beinen im Ätherteich zu stehen und jeden geringfügigen Wellenschlag zu spüren oder wenn auch nur ein Lüftchen die Oberfläche kräuselte.

Menschen wie Ex-Commissaire Albin Leclerc. Er hatte wahrgenommen, dass heute einer dieser speziellen

Tage sein würde, als er mit seinem Mops Tyson vor die Haustür getreten war, die bereits sehr warme Morgenluft inhaliert hatte und darauf den Rauch einer Gitanes folgen ließ. Sein Eindruck festigte sich, je näher Albin dem Café du Midi kam, wo er seinen zweiten Morgenkaffee einnehmen wollte.

Das Café du Midi wurde von seinem alten Freund Matteo geführt – eine für Frankreich typische Mischung aus Bar Tabac, Café und Bistro mit einem angeschlossenen Pétanque-Platz. Die früher rote Markise war längst von der Sonne verblichen, die Fläche vor dem Café unter den Platanen mit Kies bestreut. Darauf standen einige kleine Tische, und auf einem davon befand sich ein gelber Aschenbecher mit dem Aufdruck »Ricard«, der Albins Stammplatz markierte. Er nannte ihn gerne sein »Büro«, weil er dort regelmäßig saß und alles gut im Blick hatte – insbesondere wenn Streifenwagen vom nahen Hôtel de Police hier stoppten, weil sich die Besatzung einen Kaffee oder ein Eis holte. Albin nutzte diese Gelegenheiten, um einen Schwatz zu halten und an Informationen darüber zu gelangen, was in Sachen Kriminalität gerade so los war und was es ansonsten Neues gab.

Normalerweise hielt sich Matteo im Halbdunkel des Innenraums auf, bis Albin erschien. Dann kam er mit einem frisch gebrühten Kaffee heraus und einer Schale Wasser für Tyson. Das Ritual war so verlässlich wie das Amen in der Kirche. Man konnte die Uhr danach stellen.

Heute aber nicht.

Heute war alles anders.

Matteo war draußen und lief zwischen dem Café und

seinem uralten Lieferwagen hin und her. Dabei handelte es sich um das klassische Wellblechmodell von Citroën, einen Typ H in einer undefinierbaren Farbe zwischen Eierschale und Rost. Der Wagen war so aerodynamisch wie ein Ziegelstein mit stumpfer Front und dem riesigen Kühlergrill, auf dem ein überdimensionales Citroën-Logo angebracht war. Matteo kümmerte sich nicht im Geringsten darum, dass Albin bereits an seinem Tisch angekommen war. Er drückte die Gitanes im Aschen-becher aus und sah Matteo eine Weile beim Hin- und Herlaufen zu. Zwischen dem schütteren Haar glänzte die Kopfhaut des Wirtes feucht in der Sonne. Das Polo-hemd, das ein ebenso verblichenes Rot aufwies wie die Markise, war unter den Achseln und am Rücken vom Schweiß dunkel verfärbt. Die Jeans, die noch aus den Neunzigern stammen musste, war ihm tief auf die Hüf-ten gerutscht, was jedes Mal unangenehme Perspektiven ermöglichte, wenn er sich bückte, um etwas in den Wa-gen zu wuchten.

Albin blickte zu Tyson, der neben ihm hockte und das Treiben ebenfalls verfolgte. Dann sah er wieder zu Matteo, der Albin nach wie vor geflissentlich ignorierte.

Albin sagte: »Wie soll aus dieser Bruchbude von Café noch etwas werden, wenn der Wirt seine Kunden nicht beachtet?«

Matteo schleppte eine Getränkekiste, hob sie in den Lieferwagen und erwiderte schwer atmend: »Kunden sind Personen, die Umsatz bringen. Pensionäre, die Sitz-plätze blockieren und sich den ganzen Tag lang an ei-nem Kaffee festhalten, sind keine Kunden. Sie sind eine Plage.«

»Wird das hier ein Umzug? Ist der Laden endlich pleite, und du räumst das Lager aus?«

»Ha!«

Matteo trat etwas näher. Er schnaufte wie ein Stier. Die Brust seines massigen Körpers hob und senkte sich rasch. Er reichte Albin gerade einmal bis zum Schlüsselbein. Mit seinen deutlich über eins neunzig überragte Albin die meisten Menschen. Er wurde gelegentlich mit einem weißhaarigen normannischen Kleiderschrank verglichen. Matteo hatte im Vergleich eher das Format eines baskischen Koffers.

Mit der Fingerspitze tippte er gegen Albins Brustbein. »Es gibt noch Menschen, die arbeiten müssen, mein Lieber, die die Wirtschaft ankurbeln, die artig ihre Steuern zahlen und dieses herrliche Land am Laufen halten, damit sich ältere Herrschaften wie der feine Monsieur Ex-Commissaire Leclerc in der sozialen Hängematte ausruhen können.«

Albin zog die zerknautschte Gitanespackung aus der Hosentasche und steckte sich eine neue Zigarette an. Wie lange waren er und Matteo Freunde? Schon immer. Matteo war ein wenig jünger als Albin und früher ein guter Amateurboxer gewesen. Er hatte eine reizende, aber etwas anstrengende Frau namens Iris. Die Ehe war kinderlos geblieben, und vielleicht deswegen hatte sich Matteo gegenüber Albins Tochter Manon immer besonders herzlich und beschützend verhalten.

Matteo war, wie so viele in Frankreich und vor allem im Süden, ein glühender Patriot und Anhänger des Rassemblement National, insbesondere von seiner ehemaligen Vorsitzenden Marine Le Pen, deren Bild mit Unterschrift über der Theke im Café hing. Er hatte sogar einmal für die Partei, die im Süden zahllose Bürgermeister stellte und in einigen Regionen stärkste politische Kraft war, kandidieren wollen.

Albin hingegen machte sich nichts aus Politik. Es gab Links und Rechts und die Mitte – und vielleicht brauchte es so unterschiedliche Kräfte, um ein Land in der Balance zu halten. An der Kriminalität änderte das alles jedenfalls nichts, und das schon seit Jahrtausenden – ganz egal, unter welcher Regierungsform oder politischen Ausrichtung, ob unter Königen, Diktatoren, revolutionären Republiken oder Stammesfürsten. Und es war auch völlig gleichgültig, ob man Tausende oder zig Millionen Euro pro Jahr zu deren Bekämpfung ausgab. Das Böse suchte sich wie Wasser stets einen Weg.

Albin paffte eine weiße Wolke in den knallblauen Himmel. Es würde ein heißer Tag werden. Ein komischer glühender Sommertag.

»Also?«, fragte er schließlich. »Was wird das hier, Matteo?«

»Das wirst du mir nie im Leben glauben.«

»Ich habe dir noch nie im Leben etwas geglaubt. Aber versuch es ruhig.«

»Ich bin doch im Wirteverein.«

»Ja.«

»Im Gaststättenverband und so weiter.«

»Mhm.«

»Da hört man so dies und das. Und ich habe meinen Cousin bei der Tourismusverwaltung. Da hört man ebenfalls dies und das.«

»Ja.«

»Also habe ich diesen großen Cateringauftrag bekommen. Und natürlich teilen wir uns das im Verband brüderlich, denn die Aufgabe ist so groß, da fällt für jeden etwas ab. Na ja. Catering, also, was man so Catering nennt. Natürlich haben die noch ganz anderes Catering vor Ort, aber es geht um Zulieferung, wie auch immer. Und heute ist es meine Tour. So sieht es aus.«

»Zulieferung? Catering, das kein Catering ist? Was soll das für ein Catering sein? Das klingt so, als würde man dich über den Tisch ziehen.«

Matteo grinste. »Ich sage doch: Du glaubst es mir nie. Tatsächlich weiß ich gar nicht, ob ich darüber mit Außenstehenden reden darf. Und ich habe eigentlich auch keine Zeit, es dir zu erklären, weil ich mich beeilen muss, und mir hilft ja niemand.«

»Du könntest jemanden um Hilfe bitten.«

»Wen denn?«

Albin rauchte.

»Dich?«

Albin stieß den Qualm aus.

Matteo lachte laut. »Damit du mir einen Herzinfarkt bekommst, wenn du eine Orangina-Kiste trägst?«

»Wenn du mit einem Kreislaufkollaps zusammenbrechen möchtest – bitte schön. Ist nur ein Angebot. Ich habe nichts weiter zu tun.«

Tatsächlich war Albin schrecklich langweilig. Er wurde schon verrückt, wenn er eine halbe Stunde lang zu Hause rumsaß und die Tapete anstarrte. Als sie ihn in Pension geschickt hatten, hatte es sich angefühlt, als sei er wie ein TGV in voller Fahrt vom Gleis genommen worden, und sämtliche Räder drehten im freien Lauf weiter. Die

Kollegen hatten ihm zum Abschied Tyson geschenkt, seinen Mops, damit er etwas zu tun hatte und keinem mehr auf die Nerven gehen würde. Hatte beides nicht geklappt, wenngleich Tyson längst ein treuer Weggefährte geworden war, mit dem sich Albin außerdem glänzend unterhalten konnte.

Matteo fuhr sich mit der Hand über die Stirn und wischte den Schweiß ab. »Tatsächlich«, erwiderte er, »würde mir etwas Hilfe durchaus recht kommen. Ist schon eine Menge Zeug. Aber es geht ja auch um eine Menge Leute.«

»Und was ist das jetzt für ein Auftrag?«

Matteo erklärte es.

»Wirklich?«, fragte Albin, der nicht fassen konnte, was er gerade gehört hatte.

»Ja.«

»Also: ernsthaft? Bei deiner Ehre, deinem Vaterland und allem, was dir wie Marine Le Pen heilig ist, sprichst du die reine Wahrheit?«

»Die Wahrheit«, erwiderte Matteo, stand stramm und hielt sich die rechte Hand aufs Herz, »und nichts als die Wahrheit.«

2

Der eine Mann hatte ein blaues Auge und der andere eine blutende Nase. Trotzdem wollten sie sofort wieder aufeinander losgehen, was Castel allerdings verhindern konnte. Sie schnappte sich den einen, während Theroux den anderen mit seinem Körper blockierte.

Was für ein Wahnsinn, dachte Castel. Sie drehte dem Kerl den Arm auf den Rücken, presste ihn dann gegen die Beifahrertür und ignorierte das Schimpfen sowie die Flüche von dem Mann und seiner Frau, zu denen sich das Schimpfen des anderen und das Gezeter von dessen Frau addierten. Ein Irrsinn inmitten des Irrsinns auf dieser zum Teil abgesperrten Straße, wo das Treiben einem außer Kontrolle geratenen Karnevalsfest glich und sich eine Schlägerei entwickelt hatte, zu der Castel und Theroux hinzugerufen worden waren. Körperverletzung fiel schließlich in ihr Metier – und wer wusste, ob die beiden am Ende nicht noch mit Steinen oder Wagenhebern aufeinander losgegangen wären.

Die Rahmenbedingungen waren aber auch prekär. Kein Wunder, dass es hier Ärger gegeben hatte. Zunächst war heute der Parkplatz an der malerischen Gorges du Toulourenc gesperrt, um die Öffentlichkeit von der Schlucht fernzuhalten. Zudem parkten dort jede Menge Trailer und Transporter, und man hatte Zelte aufgebaut. Außerdem hatte die Gendarmerie die D242 und die D40A im Bereich zwischen den Orten Veaux und Pierrevon in jeweils einer Fahrtrichtung gesperrt und regelte den Verkehr. Ein privater Sicherheitsdienst unterstützte die Polizei nach Kräften.

Die D40A und die D242 waren nicht sehr breit. Und wie auf dem Parkplatz standen heute im Umfeld des Einstiegs in die Schlucht jede Menge Lkw, Lieferwagen, Trailer sowie kleine Campingzelte. Das machte die Straßen also noch schmaler, zudem die einspurige Sperrung.

Am Nadelöhr, der winzigen Brücke über den Toulourenc, stieß dann alles aufeinander. Von hier aus hatte man einen wundervollen Einblick in die Kluft, die der Fluss in die grauen Felsen gefressen hatte. Es gab an einigen Stellen Kies. An den Wochenenden sowie zur Hochsaison im Sommer war dort stets viel los, denn die Toulourenc-Schlucht war ebenso malerisch wie die großen Schluchten der Umgebung, aber leichter zugänglich. Man konnte über Kilometer hinweg durch das kristallklare Wasser waten, links und rechts an hohen Felsen hinaufblicken, sich an den Ufern in die Sonne legen und zum Abkühlen in den Fluss springen.

Heute gab es in der Schlucht noch eine andere Attraktion, weswegen viele Autofahrer vor oder hinter der Brücke und sogar auf ihr stoppten, um Fotos mit dem Handy zu machen. Die zwei vor Ort postierten Gendarmen hatten folglich alle Hände voll zu tun und waren einen Moment lang abgelenkt gewesen, weil sie vor der Brücke einen Kieslaster aufhalten mussten, anderer Verkehr Vorrang hatte, der Lastwagenfahrer das aber nicht einsehen wollte und eine Diskussion begann.

In diesem Augenblick der Unachtsamkeit kamen hinter ihrem Rücken ein Auto von links und eines von rechts. Beide wollten die Brücke gleichzeitig überqueren, über die aber nur ein Fahrzeug passte. Als die Autos Kühlergrill an Kühlergrill auf der Brücke standen, stellten die Fahrer fest, dass sich hinter ihnen bereits eine Schlange von Fahrzeugen gebildet hatte. Niemand kam mehr vor oder zurück.

In dieser aufgeheizten Atmosphäre waren dann die beiden Autofahrer aufeinander losgegangen.

Die Gendarmen waren eingeschritten, waren der Situation aber nicht gewachsen, weswegen sie Verstärkung angefordert hatten. Sie hatten die Streithähne immerhin so lange im Zaum gehalten, bis sich Castel und Theroux sowie drei Streifenwagenbesatzungen den Weg zur Brücke gebahnt hatten, nachdem sie ihre Autos am Parkplatz abgestellt hatten. Den Rest gingen sie zu Fuß, da auf der Straße alles verstopft war. Außerdem hatte die Gendarmerie beschlossen, den Bereich um die Brücke nun komplett abzuriegeln und eine Umleitung auszuschildern, weil die Situation beim besten Willen nicht mehr tragbar war. Daher wurden nun die Fahrzeuge zum Umkehren bewegt, unter Anweisung der Polizei hin und her rangiert, während die Mitarbeiter des privaten Sicherheitsdienstes damit befasst waren, die zahllosen Schaulustigen zu verscheuchen und wieder in ihre Fahrzeuge zu treiben.

Wie gesagt: ein Irrsinn.

Die Hölle auf Erden.

Dann war der Streit zwischen den beiden aggressiven Autofahrern erneut eskaliert.

Cat presste den Mann gegen das Auto und hörte Theroux am anderen Wagen.

»Sind Sie eigentlich alle bescheuert? Die Polizei ist hier – und Sie führen sich dennoch so auf? Sollen wir Sie in eine Zelle stecken, oder was?«

Theroux konnte es nicht gut vertragen, wenn die Behörden nicht respektiert wurden. Cat gefiel das ebenfalls nicht, aber sie war entspannter und hatte ihren Mann gut im Griff. Sie hatte früher in Marseille bei der Sondereinheit BRI-BAC gearbeitet, zwar nur hinter den Kulissen, aber die Kollegen hatten ihr so einige Kniffe gezeigt. Da machte es also nichts aus, dass Cat nicht sehr groß und von der Figur her eher drahtig war. Der Kerl wiederum, dem sie den Arm auf den Rücken drehte und gleichzeitig den Daumen überdehnte, wirkte vielmehr so, als würde er täglich mit Rinderhälften statt mit Hanteln trainieren.

Dann kamen endlich von links und rechts jeweils zwei Gendarmen, die den Capitaines Castel und Theroux die Streithähne abnahmen und wegbrachten.

Kaum eine Minute später kehrte wieder Ruhe ein. Die Schaulustigen waren verscheucht, die Straße weitgehend frei. Der Lärm legte sich. Man konnte sogar wieder Vögel zwitschern und das Wasser des Flusses plätschern hören.

»Meine Fresse«, sagte Theroux und stopfte sich das verrutschte Hemd mit den bunten Aufnähern wieder in den Bund seiner Flickenjeans – modisch war er irgendwo Anfang der Zweitausender hängengeblieben.

»Mhm«, erwiderte Cat und schob sich ein Kaugummi in den Mund. Sie setzte ihre Pilotensonnenbrille auf, weil das helle Licht blendete, lehnte sich gegen das hellblaue Metallgeländer der kleinen Brücke und betrachtete das Treiben in der Schlucht. Theroux neben ihr setzte ebenfalls die Sonnenbrille auf und atmete tief durch, bevor er mit einem Mal die Luft anhielt.

»Ist das …«, fragte er und deutete auf eine Frau, die in etwa fünfzig Metern am Wasser stand und mit jemandem sprach. »Ist das – doch, das ist doch … Oder?«

Jetzt sah auch Cat genauer hin, kniff die Augen etwas zusammen und nickte dann. »Doch, das ist sie.«

Theroux grinste. »Meine Güte. Ich fasse es nicht.«

Er wollte sein Handy aus der Jeanstasche ziehen, um ein Foto zu machen.

Cat stieß ihn an. »Das ist jetzt nicht dein Ernst.«

»Wieso?«

»Alain. Wir kommen hierher, weil Chaos herrscht und Dutzende Menschen Fotos machen wollen, was wir ihnen verbieten, und dann fängst du selbst damit an?«

Theroux sah Cat an. Sah sein Handy an. Dann blickte er zum Fluss und wieder zu Cat.

»Aber das ist doch …«

»Alain.«

»Das ist doch etwas ganz anderes.«

»Alain, bitte! Das ist nichts anderes.«

»Ich bin Polizist.«

»Genau. Eben drum.«

Einige Sekunden lang konnte man regelrecht sehen, wie in Therouxs Gehirn die Zahnräder arbeiteten. Manchmal setzte bei ihm das logische Denken aus. Dann schien es, als seien einige Synapsen nicht richtig miteinander verknüpft. In anderen Fällen wiederum arbeiteten diese Synapsen mit doppelter Lichtgeschwindigkeit und verblüfften mit brillanten Ideen. Leider konnte man nie vorhersehen, was gerade Sache war: Hyperspeed oder Blockade.

Aber schließlich schien Theroux zu begreifen.

»Du meinst, weil …«

»Genau, das meine ich, Alain.«

»Von wegen Vorbild sein und nicht mit zweierlei Maß agieren …«

»Exakt.«

»Ah, okay.« Theroux nickte. Er steckte das Handy wieder ein und sah zurück zum Toulourenc und der Frau am Wasser. Dann zuckte er, als eine weitere hinzukam, aber sofort wieder umdrehte, als die andere sie bemerkte, und so tat, als wolle sie ganz woandershin.

»Das war doch …«, stammelte Theroux.

»Denke schon«, sagte Cat, »das ist …«

Sie stockte, denn in diesem Moment sah sie einen Mann, der unter einer Pinie zum Vorschein kam. Er stand einige Meter von der Frau entfernt, streckte sich dekorativ und richtete sein Gesicht in die Sonne, bevor jemand zu ihm stieß, um mit ihm zu reden, worauf die beiden wieder verschwanden.

»Oh. Mein. Gott.« Cat spürte ein Kribbeln im Nacken.

»War das …«, murmelte Theroux.

»Mhm«, machte Cat und nickte.

Theroux lachte auf. Er schüttelte den Kopf und grinste wie ein Honigkuchenpferd, raufte sich dann die Haare.

»Meine Güte«, erwiderte er. »Wenn ich das meiner

Frau erzähle. Total verrückt, Cat, oder? Und wir beide mittendrin.«

Ja, dachte Cat. Sie wäre zwar grundsätzlich lieber im Hôtel de Police in Carpentras geblieben, aber es war etwas dran: Wann konnte man *das* mal aus nächster Nähe erleben?

3

»Und genau dorthin fahren wir jetzt und liefern ab«, rief Matteo über den Motorenlärm hinweg und nahm eine scharfe Kurve, wozu er das riesige Lenkrad kurbeln musste wie einst der Navigator von Kapitän Louis Antoine de Bougainville das Steuer seiner Fregatte beim Einbiegen in die Magellanstraße kurz vor Kap Hoorn.

Falls wir lebend ankommen, dachte Albin, den die Fliehkraft nach rechts gegen die Beifahrertür presste. Dort gab es keinerlei Polsterung, nur dünnes Blech. Die Innenausstattung war mehr als spartanisch, die Sitze waren durchgesessen und hart. Die Fenster waren zur Hälfte aufgeklappt, denn so etwas wie eine Lüftung gab es nicht, und als Heizung diente nur ein kleines Kästchen in der Mitte des Armaturenbretts. Darunter beulte sich die Motorhaube nach innen in den Fahrerraum. Man konnte die Blechvorrichtung mit einem Handgriff öffnen – ganz praktisch, wenn man während der Fahrt mal schnell etwas Öl nachgießen wollte oder an der Ampel den Keilriemen spannen …

Albin klemmte Tyson im Fußraum fester zwischen seine Beine. Der arme Kerl war zu bedauern. Er hätte ihn auf den Schoß nehmen können, doch die aktuelle Variante erschien ihm etwas sicherer.

»Das ist ein Ding, oder?«, rief Matteo.

In der Tat, dachte Albin und hörte das Getriebe krachen, als Matteo den nächsten Gang hineinrammte. Das war schon ein ziemliches Ding.

»Nur eines«, ergänzte Matteo, »geht mir einfach nicht in den Kopf: Warum spielt es in der Nesque-Schlucht, aber dann gehen sie in die Toulourenc-Schlucht? Das ist doch etwas völlig anderes!«

»Vermutlich ist es praktischer«, rief Albin gegen den Motorenlärm an. »Bessere Infrastruktur, besser zugänglich, tausend verschiedene Gründe.«

»Aber es sieht doch jeder, dass es nicht die Nesque-Schlucht ist!«

»Wer weiß.«

»Was?«

»Wer weiß!«, rief Albin.

»Jedenfalls ist das ein Klassiker, oder? Bin mir nicht sicher, ob ich ihn kenne, aber das ist schon ein Begriff, oder?«

Das konnte man wohl sagen, dachte Albin, der den Film *Die Mörderischen*, über den sie gerade aus aktuellem Anlass sprachen, schon mehrere Male gesehen hatte. Es war ein französischer Thriller, ein Klassiker aus den siebziger Jahren, der in einem Atemzug mit *Psycho* oder *Vertigo* genannt wurde und auf einer Kurzgeschichte eines weltberühmten französischen Autorenduos basierte. In Cannes hatten gerade die Filmfestspiele begonnen – und in der Provence die Dreharbeiten zum Remake dieses Klassikers mit internationaler Starbesetzung.

Albin mochte alte Filme, und natürlich war ihm die Handlung von *Die Mörderischen* so geläufig wie die von *Spartacus* oder *Lawrence von Arabien*.

In *Die Mörderischen* ging es um den despotischen Winzer Henri Delassalle, der auf Kosten seiner herzkranken Frau Nicole Delassalle lebt, der das Weingut gehört. Henri ist ein Tyrann, der seine Frau und alle Angestellten terrorisiert. Er hat eine missbräuchliche Affäre mit der Arbeiterin Sylvie und nutzt das Machtgefälle schamlos aus. Die beiden Frauen wissen voneinander und sollten eigentlich Konkurrentinnen sein. Doch eint sie die Unterdrückung durch Henri, der sie sich ausgeliefert sehen, und andererseits der Hass auf den Sadisten. Als Sylvie einmal sagt, dass der Mistkerl am besten tot wäre, stimmt die Ehefrau zu – erst recht nach einem neuen Gewaltausbruch Henris.

Sie organisiert ein Picknick in einer Schlucht, wo die Frauen den Mann mit einem Jagdgewehr erschießen. Die Leiche lassen sie unter Steinen verschwinden. Danach meldet Nicole Henri als vermisst und gibt die besorgte Ehefrau.

Doch plötzlich kommt der Anzug aus der Reinigung, den Henri beim Mord trug. Wie kann das sein? Er wurde im Ort gesehen. Ist er gar nicht tot?

Die Frauen sind panisch, suchen nach der versteckten Leiche, um sich zu vergewissern – doch die ist fort. Die Aufregung macht der kranken Nicole massiv zu schaffen. Ihre Herzprobleme nehmen zu.

Sie heuert den Ex-Commissaire Jean Clouzot an, um nach ihrem als vermisst gemeldeten Mann zu suchen. Als eines Nachts im Wohnhaus des Weinguts schließlich Schritte zu hören sind und im Büro von Henri Licht brennt, dreht Nicole durch. Sie ruft in Panik Ex-Commissaire Clouzot an und gesteht am Telefon alles.

Clouzot bricht sofort auf, währenddessen findet Nicole im Bad ihren Mann Henri – der sich wie ein Zombie aus der Dusche erhebt. Sie bekommt einen Herzinfarkt und stirbt.

Es zeigt sich: Im Jagdgewehr steckten Platzpatronen. Sylvie und Henri hatten alles vorgetäuscht, um an das Erbe von Nicole zu gelangen. Doch als sie Nicoles Leiche beseitigen wollen, taucht Clouzot auf und übergibt das Verbrecherduo der Polizei.

Am Ende steht Clouzot am Grab von Nicole und bemerkt einen Kranz ihrer im Ausland lebenden Schwester, an die das Erbe fiel und die das Weingut verkaufen ließ – und genau diese vermeintliche Schwester steht unterdessen an einem Strand auf Jamaika: Es ist Nicole! Sie hatte die Intrige durchschaut und wiederum ihren Tod vorgetäuscht, um sich zu rächen und ein neues Leben zu beginnen.

Was für ein Plot – auch wenn er das Ende und den überraschenden Twist kannte, war der Film für Albin immer wieder ein Genuss.

Der internationale Cast für die Neuverfilmung war beachtlich, und der Film wurde an den Originalschauplätzen in der Provence gedreht. Matteo hatte Albin, der noch kein Wort davon gehört hatte, eben darüber berichtet. Er hatte etwas mit dem Handy gegoogelt und festgestellt, dass die Presse schon jede Menge herausgefunden hatte.

Die beiden Frauenrollen wurden von der britischen Diva Olivia Connor und dem aufstrebenden französischen Filmstar Claire Lambert gespielt.

Die männliche Hauptrolle war mit dem Frauenschwarm Bradley »Brad« Stone besetzt, der Veronique stets einen Seufzer wert war. Allerdings keinen so tiefen wie bei Yves Serrault. Der Grandseigneur des französischen Kinos spielte den Ex-Commissaire Clouzot.

Produziert wurde das Remake bezeichnenderweise von Olivier Besson jr., dem cholerischen Sohn des ursprünglichen Produzenten Olivier Besson, der auf den Fotos in der Zeitung stets wirkte wie ein enger Verwandter von Gerard Depardieu. Regie führte Wilson Fairchild, ein Brite, der schon für einen James Bond im Gespräch war und letztes Jahr sogar für den Oscar nominiert worden war.

Die Dreharbeiten liefen überall in der Provence, auch auf einem Weingut nahe dem Luberon, das einem Freund von Fairchild gehörte. Der Mann war ebenfalls ein bekannter britischer Regisseur und zählte damit zu den vielen Stars, die sich im Midi niedergelassen hatten, wo sie die Atmosphäre, die Landschaft und die Ruhe genossen.

In Matteos Lieferwagen konnte hingegen von Ruhe keine Rede sein. Nicht wegen des lauten Motors und der Fahrgeräusche durch die geöffneten Fenster und nicht weil Matteo fortlaufend plapperte, als habe er die Hälfte seines Espressovorrates auf ex getrunken. Er war aufgeregt, zu einem *echten* Drehort mit *echten* Stars zu fahren und somit gewissermaßen Teil der Neuproduktion eines französischen Leinwandheiligtums zu sein.

Dann stieg Matteo in die Eisen, als sie eine Straßensperre erreichten. Ein Einsatzwagen der Gendarmerie stand quer auf der Straße. Eine junge Beamtin trat an den Lieferwagen heran und erklärte, dass es hier nicht weiterginge. Matteo wiederum erläuterte, dass er zum Cateringservice gehörte und dringend weitermüsse, weil man ihn erwartete. Er hob seinen Hintern an, zog ein zusammengefaltetes Stück Papier aus der Gesäßtasche seiner Jeans und entfaltete es, hielt es der Polizistin hin, die es überflog.

»Neben mir sitzt außerdem Commissaire Albin Leclerc«, sagte Matteo. »*Der* Commissaire Leclerc, den kennen Sie sicher, oder?«

Die Polizistin gab sich unbeeindruckt, ging um das Fahrzeug herum und warf einen Blick auf das Nummernschild. Dann kam sie wieder zurück und sagte: »Tut mir sehr leid, Monsieur, aber das Nummernschild entspricht nicht dem auf Ihrer Passiergenehmigung.«

»Natürlich nicht«, sagte Matteo und wischte sich den Schweiß von der Stirn. Ohne den kühlenden Fahrtwind wurde es in der prallen Frühlingssonne schnell sehr warm im Auto. »Das Kennzeichen ist das von meinem Privatwagen, und das hier ist der Lieferwagen, weil ich das sonst nicht alles in den Kofferraum bekommen hätte.«

»Tut mir leid«, erwiderte die Gendarmin. »Ihr Dokument zeigt nicht das erforderliche Kennzeichen an. Ich kann Sie leider nicht zum Drehort vorlassen.«

»Madame«, sagte Matteo. »Ich habe verderbliche Ware in meinem Fahrzeug und Getränke, die gekühlt werden müssen. Man erwartet mich. Mein Erscheinen ist erforderlich für die Grundversorgung der Crew. Wir können das Gelingen unseres Filmes nicht von einem Autokennzeichen abhängig machen.« Jetzt redete er schon von *unserem* Film, du liebe Zeit, dachte Albin.

»Es ist von essenzieller und regelrecht nationaler Bedeutung, dass ich …«

»Wie gesagt«, kürzte die Polizistin ab. »Das falsche Kennzeichen, und damit …«

»Pff«, machte Matteo und sah Albin hilfesuchend an. »Und jetzt?«

Albin lehnte sich über Matteo hinweg, lächelte die Polizistin an, warf einen Blick auf ihr Namensschild und die Abzeichen auf ihren Schultern und tippte sich grüßend gegen die Stirn. »Adjutante Dubois – der Mann hat recht, und wenn ich vorschlagen darf: Überprüfen Sie doch das Kennzeichen dieses Transporters und das auf dem Dokument angegebene und gleichen die Halter der Fahrzeuge miteinander ab. Dann werden Sie sehen, dass alles in Ordnung ist.«

Die Polizistin dachte kurz nach. »Moment«, sagte sie und ging zurück zum Fahrzeug, in dem ihr Kollege saß.

»Um Himmels willen!«, rief Matteo. »Dieses Land wird noch in der Bürokratie versinken! Lieber Napoléon, wir können dich nicht nach Moskau ziehen lassen, weil dein Kennzeichen nicht das richtige ist! Mon Général de Gaulle, die Amerikaner sind in der Normandie gelandet, aber wir können sie nicht vorlassen, denn ihre Kennzeichen …«

»Reg dich nicht auf«, sagte Albin. »Sie macht nur ihren Job.«

»Genau das ist es ja!« Matteo warf die Hände hoch. »Wenn sich jeder an die Vorschriften klammert und es davon tausend Millionen gibt, dann kann es mit Frankreich nicht vorangehen! Die haben doch alle Bretter vor dem Kopf. Bretter, Bretter, Bretter.« Er schlug sich mit der Hand vor die Stirn, um zu untermalen, wie vernagelt die Personen waren, über die er sich gerade aufregte.

»Achte auf deinen Kreislauf«, sagte Albin.

»Ist doch wahr!«

Dann kam die Polizistin zurück und nickte Matteo zu. »Wir haben die Kennzeichen überprüft. Alles in Ordnung. Aber nächstes Mal sollten Sie es besser bei der Produktionsleitung anmelden, wenn Sie ein anderes Fahrzeug nehmen, Monsieur. Wir müssen wirklich scharf aufpassen. Wir hatten gerade heute schon ziemlich viel Ärger.«

Matteo lächelte breit.

»Vielen Dank, Adjutante«, sagte Albin.

»Besten Dank«, ergänzte Matteo. »Es ist hervorragend zu erleben, wie flexibel unsere Gendarmerie arbeitet. Ich wünschte, unsere wunderbare Nation hätte mehr Leute wie Sie, Madame!« Albin rollte innerlich mit den Augen. »Wenn Sie einmal nach Carpentras kommen, besuchen Sie mich im Café du Midi. Ich gebe Ihnen und Ihren Kollegen ein Eis aus. Mögen Sie Vanille?«

Die Gendarmin lachte kurz und nickte. Sie legte den Kopf schief und fragte. »Sie sind wirklich Commissaire Albin Leclerc?«

»Wirklich und ehrlich«, sagte Albin.

Die Gendarmin lächelte knapp. »Mein Vater kannte Sie. Luc Dubois aus Mazan.«

»Ist ja ein Ding«, erwiderte Albin, »der gute Luc. Ich hoffe, es geht ihm gut, meine Grüße.«

»Richte ich gern aus.« Sie trat einen Schritt zurück und deutete nach vorn. »Okay, dann können Sie durchfahren. Und dann werden Sie ja gleich Ihre Exkollegen Theroux und Castel treffen.«

»Ach«, machte Albin und wunderte sich. »Was machen die denn hier?«

»Wie gesagt«, erklärte die Gendarmin, »wir hatten hier heute schon etwas Ärger – mit Schaulustigen und raufenden Autofahrern, aber nichts Schlimmes.«

Na, dachte Albin, wenn nichts Schlimmes los war, dann musste er sich ja keine Gedanken machen.

4

Olivia Connor und Claire Lambert, dazu noch Bradley Stone – alle drei hier regelrecht zum Greifen nah …

Ja, dachte Cat und lehnte sich über die blaue Brüstung der Brücke. Sie hatte heute Abend fraglos etwas zu erzählen.

Olivia Connor musste Mitte vierzig sein und galt als große Charakterdarstellerin. Auf den ersten Blick hatte es gerade eben so gewirkt, als kämen sie und Claire Lambert nicht so gut miteinander klar. Gut, sie war eine Shakespeare-Darstellerin und kam vom Theater, soweit Cat wusste. Claire Lambert hatte keine vergleichbare Ausbildung, war nicht einmal dreißig und über das Modeln zum Film gekommen. Sie hatte ihren Durchbruch als Nebendarstellerin in einem Streifen gefeiert, in dem sie die meiste Zeit halbnackt herumgelaufen war. Seither wurde sie als legitime Nachfolge von Brigitte Bardot gehandelt, obwohl sie längst nicht so kurvig und eher schlank war.

Claire hatte zwei Millionen Follower auf Instagram, TikTok und anderen sozialen Medien, darunter auch Cat. Sie war von den Titelseiten kaum wegzudenken und machte außerdem immer wieder durch Skandale auf sich aufmerksam, Affären, Drogengeschichten, Nervenzusammenbrüche …

Tja, und Bradley Stone. Brad. Castels Lebensgefährte Jean Villeneuve hatte irgendwann einmal gemeint: Wenn Michelangelo heute ein männliches Model für einen Marmorblock benötigte, das das Schönheitsideal seiner Generation am besten repräsentierte, dann würde er sicherlich Brad Stone auswählen. Stone hatte gerade die vierzig erreicht, und die Fotos seiner Party in Las Vegas mit seinen Film- und Rockstarfreunden waren überall zu sehen gewesen. Er galt als ewiger Single und Sonnyboy, der seine weiblichen Begleitungen mindestens einmal im Quartal wechselte. Aber war das ein Wunder? Welche Frau wollte denn nicht an der Seite von Brad gesehen werden?

»Was machen die denn da?«, fragte Theroux.

In die Crew war jetzt Bewegung geraten. In etwa hundert Meter Entfernung waren auf einem Kiesbett große Sonnensegel aufgebaut worden, wahrscheinlich Reflektoren oder um das Licht abzuschirmen. Dort stand außerdem jede Menge technisches Equipment herum, das Cat nicht identifizieren konnte.

An das Kiesbett grenzten Felsen an, und dort tauchte nun Brad Stone auf, trank aus einer Flasche und ließ sich etwas erklären. Mehrere Personen, bei denen es sich um Kamera- und Tonleute oder den Regisseur und Assistenten handeln mochte, liefen umher. Dazwischen stand eine etwas verloren wirkende Frau, die ein Gewehr hielt, das ihr eben von jemandem in die Hand gedrückt worden war. Ganz am Rande der Szene stand ein älterer Herr in kurzen Hosen mit Sonnenhütchen. Das war ein Monsieur Peyrot aus Avignon, den man vorhin an der Polizeiabsperrung durchgelassen hatte – er war einer der

Kameramänner des Originalfilms gewesen und zu einem Setbesuch eingeladen worden.

»Sieht aus«, murmelte Cat, »als ob sie eine Szene einrichten würden. Kennst du den ursprünglichen Film, Alain?«

»Hab ihn schon mal gesehen«, erwiderte er. »Lange her. Meine Frau mag keine alten Filme.«

Cat blickte zur Seite, als sie Motorengeräusche hörte – eher ein Sirren, da es sich um einen Elektromotor handelte. Ein schwarzer SUV deutscher Bauart sauste heran und fuhr über die Brücke.

Cat und Theroux pressten sich an das Geländer, damit sie nicht umgefahren wurden. Durch die abgedunkelten Seitenscheiben konnte Cat auf der Rückbank Olivia Connor erkennen, die mit ihrem Handy beschäftigt war und nicht aufblickte. Schließlich verschwand der Wagen in Richtung des Parkplatzes, den die Filmcrew mit ihren Fahrzeugen als Basislager belegt hatte. Dort standen große und kleine Trailer, Wohnwagen, es gab Toiletten und eine Art Open-Air-Restaurant unter Sonnenschirmen. Es wirkte, als kampierte dort ein moderner Zirkus. Dasselbe, nur in kleiner, war hier am Set etwas abseits eingerichtet: ein Camp für die Crew, wo es ebenfalls Toilettenwagen gab, mobile Überdachungen im Schatten, unter denen technisches Equipment lagerte, sowie ein Zelt, in dem Snacks und Getränke verfügbar waren. Der Rest der Fahrzeuge parkte an den Straßenrändern.

Cat und Theroux wollten sich gerade wieder zum Fluss drehen, als der nächste SUV angesaust kam und ebenfalls über die Brücke fuhr. Darin saß Claire Lambert, die durch die getönten Scheiben blickte und Cat und Theroux ein Lächeln zuwarf und kurz mit den Fingern winkte. Dann verschwand auch dieser SUV.

»Sie hat mich angesehen«, sagte Theroux. »Claire Lambert hat mich angesehen und mir sogar zugewunken.«

Cat rollte mit den Augen, drehte sich dann wieder zum Fluss, lehnte sich über die Brüstung und sah dabei zu, wie Brad Stone sich zwischen die Felsen stellte und sich etwas erklären ließ. Ein paar Meter vor ihm stand die Frau mit dem Gewehr, der ebenfalls etwas erklärt wurde, und es wurden Kameras um sie herum und weiße Reflektoren neben Stone aufgebaut. Außerdem schleppten zwei Personen Schaumgummimatten an, die sie an den Felsen auf den Boden legten und Gestrüpp drauf verteilten.

»Wohin sind denn die Frauen gefahren?«, fragte Theroux. »Wenn ich mich richtig erinnere, dann erschießen in dem Film die beiden doch den Typen, und wenn ich eins und eins zusammenzähle, dann spielt Brad Stone sicherlich den Mann und Olivia Connor und Claire Lambert die beiden Frauen?«

Cat zuckte mit den Achseln. »Denke ich auch. Vielleicht müssen die sich noch schminken lassen, und sie lassen die Szene zunächst von Assistenten einrichten.«

»Aber die waren doch eben schon am Set?«

»Ich weiß es auch nicht.«

»Man könnte sie doch dort unten schminken. Da müssen sie doch nicht hin und her fahren?«

»Boah!« Cat rollte mit den Augen. »Alain, woher soll ich das wissen? Sie werden schon ihre Gründe haben. Abgesehen davon sind wir hier überflüssig. Wir sollten wieder nach Carpentras zurückfahren. Unser Job hier ist erledigt, und was die beiden Streithähne von vorhin angeht: Um die kümmert sich die Gendarmerie.«

»Klar«, sagte Alain.

Dennoch bewegte er sich kein Stück. Cat ebenfalls nicht. Wie er sah sie weiterhin dabei zu, wie an den Felsen die Szene eingerichtet wurde und sich Brad Stone jetzt in Position stellte.

Die Kameraleute schienen sich mit ihren Geräten zu beschäftigen. Ein Assistent bugsierte die Frau mit dem Gewehr in Position und markierte ihren Standort mit einer Spraydose auf dem Kies. Ein anderer lief zwischen den Kameras hin und her und redete mit jemandem, der wohl der Regisseur war. Er deutete mit den Händen in Richtung Brad Stone, zeigte dann wieder auf die Kameras und auf die Frau mit dem Gewehr, worauf der Regisseur nickte und eine Geste machte: »Dann nur zu.«

Jemand kam mit einer Art Aluminiumsack an, reichte dem Regisseur ein Gerät, das wie ein Tablet aussah, und zog ihm dann den Sack über den Kopf. Schließlich zielte die Frau mit dem Gewehr auf Brad Stone.

»Was machen die denn da? Was ist das für eine Aludecke?«, fragte Cat.

»Diese Kameras sind digital«, sagte Theroux. »Schätze, er kann auf dem Tablet die Livebilder sehen, die von den Objektiven eingefangen werden, und weil die Sonne so intensiv ist, ziehen sie ihm den Sack über, damit es um ihn herum dunkel ist und er etwas auf dem Gerät erkennen kann.«

»Ah, das klingt logisch. Sieht aber ziemlich komisch aus.«

»Was für ein Aufwand«, sagte Theroux. »Wenn man diesen ganzen Irrsinn sieht, dann wird einem klar, warum so ein Film zig Millionen Euro kostet. So viele Leute und so viel Technik.«

Cat nickte. »Was wir in einem Jahr verdienen, das bezahlt man den Stars sicherlich an einem Tag. Aber es sei ihnen gegönnt.«

Dann krachte ein Schuss.

Die Frau hatte das Gewehr in Richtung Brad Stone abgefeuert, und der Schauspieler fiel um. Deswegen hatte die Crew dort eben die Matten hingelegt: damit der Filmstar sanft fiel.

Die Frau ließ das Gewehr wieder sinken und wendete sich in Richtung der Leute an den Kameras, die signalisierten, dass sie zufrieden waren. Ein Assistent half dem Regisseur aus dem Alusack, und der nickte vor sich hin, ging zu den Kameras.

Brad Stone blieb liegen, wo er war.

»Der macht ein Nickerchen, was?«

Cat grinste. Zwei Frauen gingen zu Stone, hockten sich hin. Dann schrie die erste auf, kurz darauf die zweite. Sie sprangen auf und schlugen sich die Hände vors Gesicht. Kreischten.

»Ähm …«, stammelte Theroux.

Cat zuckte, als habe ihr gerade jemand eine Adrenalininjektion verpasst. Schließlich schrien noch mehr Menschen auf. Das Set am Fluss verwandelte sich in einen hektischen Ameisenhaufen.

Im nächsten Moment ratterte ein lauter Motor. Ein uralter Lieferwagen von Citroën kam herangesaust. Er stoppte mit knirschenden Reifen mitten auf der Brücke.

Cat und Theroux wirbelten herum. Auf der Beifahrer-
seite saß ein großer Mann mit weißem Haar und rauchte.
Er blickte über Cat und Theroux hinweg zum Fluss.

»Was«, fragte Albin Leclerc, »ist denn hier los?«

5

Albin zupfte an der signalroten »Police«-Armbinde, die er sich eben geschnappt und am Bizeps befestigt hatte. Er setzte die Sonnenbrille auf und steckte sich eine Gitanes an, während Tyson auf den großen weißen Steinen neben ihm im Schatten unter den Bäumen hockte. Der Toulourenc plätscherte kristallklar vor sich hin und war hier an der Brücke höchstens knietief. An den meisten anderen Stellen der Schlucht ging einem das Wasser in der Regel auch nur bis zur Hüfte, weswegen hier oft viel los war, denn man konnte durch den Fluss waten und sich ein ruhiges Plätzchen suchen. Es duftete nach Pinien und wilden Kräutern. Die Natur war vor wenigen Wochen geradezu explodiert.

Ebenso wie die Brust von Hollywoodlegende Brad Stone.

Der Drehort war längst von der Polizei abgesperrt worden und Matteo mit seinem Transporter inzwischen abgedampft. Er hatte Albin auf eigenen Wunsch hiergelassen – irgendeiner der anderen würde Albin schon wieder mit zurück in die Stadt nehmen. Es waren ja genug Leute vor Ort: außer Theroux und Castel nun auch die Spurensicherung und die Rechtsmedizin, weswegen das Set am Flussufer wirkte, als werde hier gerade ein Krimi gedreht – allerdings einer mit einer echten Leiche.

Albin rauchte und sah dabei zu, wie das Forensikteam rund um Bruno Grinamy das Areal in Augenschein nahm und die Zone noch einmal extra absperrte, in der sich das Opfer und die Schützin befunden hatten. Ihr Name war Danielle Besnier, wie Albin inzwischen wusste – eine junge Nachwuchsschauspielerin, die heute zwar keine eigene Szene hatte, aber trotzdem am Set war. Sie hatte beim Einrichten der Einstellung geholfen, in der Brad Stone in der Rolle des Henri Delassalle von seiner Frau und seiner Geliebten erschossen werden sollte.

Tja, das war nun anders als geplant gelaufen.

Albin paffte und blickte nach rechts, wo Castel und Theroux an einem Campingtisch mit Danielle Besnier saßen, die in sich zusammengesunken war und bereits zwei Packungen Taschentücher aufgebraucht hatte. Er sah zu Grinamy und seiner Crew in den faserfreien weißen Overalls, die das Areal innerhalb der Absperrung mit gelben nummerierten Aufstellern versehen hatten, um die für die Ermittlungen relevanten Bereiche und Spuren zu markieren.

Etwas abseits stand Kevin Toullardin, der ebenfalls zur Spurensicherung gehörte und früher oder später Bruno Grinamy beerben würde, der eigentlich schon längst im Ruhestand sein sollte. Er sprach mit einem hageren Mann mit dem Namen Pascale Flechet. Er war der Waffenmeister und zuständig für das Jagdgewehr und die Munition. Unter den Felsen waren Berthe von der Rechtsmedizin aus Nîmes und ihr Team mit der Leiche befasst. Dort hielten sich außerdem ein Notarzt und zwei Sanitäter auf. Einer der mannshohen Reflektoren war mit Blut bespritzt. Weitab vom Set stand ein älterer Mann mit Strohhut und sprach mit einem Polizisten.

Schließlich sah Albin wieder nach vorn, wo der Filmregisseur Wilson Fairchild und sein deutlich jüngerer Assistent namens Eric Chabrol miteinander redeten, worauf Chabrol dann zum x-ten Mal sein Handy nahm, um zu telefonieren. Fairchild, der um die fünfzig sein musste und dessen schlanke Figur in einer weiten Cargohose und einem dunklen Poloshirt steckte, drehte sich schließlich um, merkte auf, als er Albin sah, und ging dann zu ihm in den Schatten unter den Pinien.

»Ein Raucher«, sagte er in einem Französisch mit britischem Oxfordakzent. »Sie sind meine Rettung. Eigentlich habe ich es vor fünf Jahren aufgegeben. Doch angesichts der Umstände … Darf ich Sie um eine Zigarette bitten?«

»Natürlich«, sagte Albin, zog die zerknautschte Packung aus der Hosentasche und bot Fairchild eine Gitanes an, dann gab er ihm Feuer.

Fairchild inhalierte tief und stieß den Rauch mit einem genüsslichen Stöhnen wieder aus. »Niemand dieser Bastarde am Set fasst eine Zigarette auch nur mit den Fingerspitzen an. Die wissen alle nicht, was ihnen entgeht, oder?« Er grinste, nickte Albin dann zu und sagte: »Mein Name ist Wilson Fairchild. Ich bin der Regisseur.«

Wie bescheiden, dachte Albin, dass Fairchild nicht automatisch angenommen hatte, jeder würde ihn kennen. Der Mann war immerhin für sein Kriegsepos *1944* für einen Oscar nominiert gewesen und hätte beinahe einen James Bond inszeniert.

»Ich weiß, Monsieur Fairchild. Ich kenne Ihren Film *1944* und war sehr beeindruckt«, erwiderte Albin. »Mein Name ist Albin Leclerc.«

»Vielen Dank. Und sehr erfreut, Monsieur le Commissaire Leclerc.«

»Ex-Commissaire«, korrigierte Albin.

»Oh?« Fairchild merkte auf.

Albin erklärte, dass er nicht mehr zur Brigade gehörte, aber als polizeilicher Berater tätig war.

Fairchild musterte Albin mit Interesse. »Wissen Sie, in meinem Film gibt es ebenfalls einen Ex-Commissaire.«

»Auch das ist mir bekannt«, erwiderte Albin. »Ich habe *Die Mörderischen* schon sehr oft gesehen. Es ist hier dasselbe Set mit der Schussszene wie im Original, richtig?«

»Tadellos bemerkt«, sagte Fairchild und rauchte weiter, deutete dann auf Tyson und fragte: »Und der kleine Kerl hier?«

»Sage ich Ihnen, wenn Sie mir sagen, wer das dort drüben ist.« Albin deutete auf den Mann mit Strohhut.

Fairchild sah dorthin. »Oh, das ist Paul Peyrot, einer der Kameraleute von damals. Ein Gast am Set. Er müsste schon über achtzig sein.«

Albin nickte. »Der Name meines Hundes ist Tyson. Wie Mike Tyson, der Boxer.«

Fairchild lachte auf.

Albin erklärte: »Meine Kollegen haben ihn mir zum Ruhestand geschenkt und ihn so getauft. Sie wollten, dass ich etwas zu tun habe und ihnen nicht mehr auf die Nerven gehe.«

»Und, klappt es?«

»Nein.«

Fairchild lachte erneut auf.

»Sie wirken recht entspannt«, sagte Albin, »wo doch gerade an Ihrem Set Ihr Hauptdarsteller erschossen worden ist.«

Fairchild inhalierte erneut und blies den Rauch in die Luft. »Es ist eine entsetzliche Katastrophe und bestürzend, das ist es mit Sicherheit«, sagte Fairchild im Tonfall britischer Gelassenheit. »Brad war ein guter Mann. Ich habe nicht den blassesten Schimmer, wie es zu diesem Unfall kommen konnte. Aber das ist das Problem der Polizei. Ich habe ganz andere Probleme, nämlich eine Hundert-Millionen-Dollar-Produktion, die ich beenden muss.«

Albin betrachtete den Regisseur, der überaus stoisch auf ihn wirkte.

»Ich weiß«, sagte Fairchild, der Albins Blick wahrnahm. »Das mag etwas gefühlskalt klingen, und ich bin tatsächlich zutiefst schockiert, aber ...« Er deutete mit den Fingerspitzen auf die kleine Brücke über den Toulourenc. »Kennen Sie Colonel Nicholson?«

Albin überlegte. »Die Figur aus *Die Brücke am Kwai*, die Alec Guinness spielte? Das ist einer meiner Lieblingsfilme.«

»Ein Brite darf sich durch nichts aufhalten lassen, Monsieur Leclerc. Schon gar nicht durch die Natur oder die Umstände.«

»Die Sache ging nicht gut aus für Colonel Nicholson«, sagte Albin. »Am Ende wird die Brücke zerstört.«

»Und das wollen wir im Fall meines Filmes doch sehr vermeiden. Der arme Brad. Er hatte noch viel vor sich.

Wenigstens war es seine letzte Szene, und wir werden sehen, wie wir das Problem nun lösen. Am Ende können wir immer noch einen Doppelgänger zurechtschminken oder Bradley digital wieder auferstehen lassen. Die technischen Möglichkeiten sind heute enorm, Monsieur Leclerc.«

»Wieso wurde überhaupt ein Schuss abgefeuert?«, fragte Albin. »War das nötig?«

Fairchild erklärte: »Der Testschuss sollte aufzeigen, ob wir aus der entsprechenden Kameraperspektive genug vom Mündungsfeuer sehen würden oder am Standort der Kamera oder der Schützin etwas ändern beziehungsweise später das Mündungsfeuer digital einbauen müssen.«

»Hatten Sie die Anweisung gegeben?«

»Ja. Nachdem ich mich mit meinem Assistenten und den Kameraleuten beratschlagt hatte, haben wir beschlossen, einen Testschuss abzufeuern.«

»Der Schuss erfolgte also auf Ihr Kommando.«

Fairchild nickte. »Es ist mir nicht erklärbar, wie echte Patronen in das Gewehr gelangt sein können. Haben Sie eine Ahnung, wie viel Pulver wir in *1944* allein bei der Landung in der Normandie verschossen haben? Niemand hat auch nur einen Kratzer abbekommen.«

»Eine beachtliche Szene.«

»Danke«, erwiderte Fairchild und trat die Zigarette aus, um Albin direkt um eine weitere Gitanes zu bitten, die er auch bekam. Ganz so gelassen, wie er tat, war Wilson Fairchild also nicht, dachte Albin und gab ihm Feuer.

»Natürlich muss man sich bei einer solchen Szene an

Der längste Tag und an *Der Soldat James Ryan* messen. Aber ich denke, wir haben es ganz gut hinbekommen. Ich hatte genug von diesen großen und lauten Produktionen, weswegen ich unbedingt einen psychologischen Thriller mit weniger Aufwand wie *Die Mörderischen* machen wollte. Und nun dieses Desaster. Können Sie sich vorstellen, was passiert, sobald die Presse davon erfährt?« Fairchild rauchte hektisch. »Die verfluchten Bastarde werden uns alle in der Luft zerreißen, und meine Hauptdarstellerinnen …« Fairchild winkte ab. »Darüber mache ich mir erst Sorgen, wenn es so weit ist. Vermutlich wissen sie es schon und werden hier gleich noch aufschlagen, der Himmel steh mir bei.«

»Wo waren die beiden überhaupt? Es wäre doch auch ihre Szene gewesen, richtig?«

Fairchild nickte. »Olivia Connor und Claire Lambert wären an der Reihe gewesen, das ist korrekt. Sie haben sich allerdings nacheinander zurück ins Basecamp fahren lassen.« Er seufzte. »Olivia hatte Claires Bluse gesehen und war der Auffassung, sie solle ebenfalls eine etwas offenherzigere tragen, außerdem war sie unzufrieden mit ihrem Make-up. Nun, Olivia hat hellere Haut als Claire, da muss man natürlich etwas anders schminken. Claire bekam das mit und entschied, sich dann ebenfalls noch einmal mit ihrem Make-up-Artist und der Kostümbildnerin zu beratschlagen, um Olivia in nichts nachzustehen. So sind sie eben, oder? Was will man machen.« Fairchild zwinkerte Albin zu. »Also haben wir Danielle Besnier das Gewehr in die Hand gedrückt, damit die Szene vorbereitet, ausgeleuchtet und die Kameras neu positioniert werden konnten. Dann hat sie den

Testschuss auf Brad abgefeuert, der probehalber umfallen sollte, damit wir die Bodenpolster richtig platzieren konnten. Nur dass er dann von einer echten Kugel erwischt wurde, der arme Teufel.«

»Warum Brad Stone persönlich und nicht ein Assistent oder Statist?«

»Weil Brad am Set war und das gerade selbst machen wollte.«

»Warum Danielle Besnier und nicht ein Crewmitglied oder der Waffenmeister?«

»Weil sie die entsprechende Körpergröße hat und gerade verfügbar war. Sie spielt eigentlich eine Nebenrolle und sollte erst heute Nachmittag eine Rolle haben, auf dem Weingut meines Freundes Scott Robinson. Er lebt seit einigen Jahren im Luberon und hat es uns zur Verfügung gestellt.«

Albin kannte den Namen. Scott Robinson war ebenfalls Brite und Filmregisseur und hatte einige Science-Fiction-Filme und Historiendramen gedreht. Er war beileibe nicht der einzige Prominente, der in der Provence einen Landsitz hatte. Die Gegend war bei Stars sehr beliebt, vor allem solchen aus dem angloamerikanischen Raum.

»Was hat Danielle Besnier hier getan, obwohl sie nicht mitspielte?«, fragte Albin.

Fairchild zuckte mit den Achseln. »Wir haben mehr als hundert Personen am Set, Monsieur le Commissaire. Ich kenne nicht den Einsatzplan jedes Einzelnen. Aber wie es scheint, werden Ihre Kollegen dort drüben es schon herausfinden.« Er deutete mit einer Kopfbewegung dahin, wo Castel und Theroux sich mit der Schauspielerin unterhielten. »Armes Kind«, sagte Fairchild. »Sie muss jetzt damit leben, Brad Stone erschossen zu haben. Ein schrecklicher Unfall, und ich hoffe, dass er sich schnell aufklärt.«

Albin wollte gerade etwas ergänzen, als Fairchilds Assistent Eric Chabrol zu ihnen stieß, mit dem Handy herumfuchtelte und außer Atem sagte: »Er ist unterwegs. Mit dem Heli. Er sollte gleich hier sein.«

»Gott steh uns bei«, kommentierte Fairchild.

Albin wollte sich erkundigen, von wem die Rede war. Aber Fairchild kam ihm zuvor und sagte: »Eric, das ist Monsieur Leclerc, polizeilicher Berater. Ein Ex-Commissaire wie unser Jean Clouzot.«

»Hallo«, sagte Chabrol und stellte sich knapp vor. Er schwitzte und wirkte gehetzt.

Fairchild blickte zu Albin, rollte den Kopf im Nacken und sagte: »Teufel, Sie könnten unserem Darsteller einige Hinweise geben, Leclerc. Er spielt einen Ex-Commissaire, der als privater Ermittler aktiv ist, und Sie sind ein echter Ex-Commissaire, der ebensolche Dinge tut, richtig?«

»Gewissermaßen«, antwortete Albin.

Fairchild war begeistert von seiner Idee. Er sagte: »Inspector Clouzot wird von Yves Serrault gespielt. Er kommt bald ans Set. Wir sollten Sie beide zusammenbringen. Das wird für viel Authentizität sorgen.«

Meine Güte, dachte Albin. Er und Yves Serrault Tipps geben? Veronique würde durchdrehen.

»Darf ich wissen«, fragte er dann, »von wem Sie eben gesprochen haben, der hier gleich aufschlagen wird?«

»Um Himmels willen!«

Die laute Stimme ließ Albin aufschrecken, Fairchild und Chabrol ebenfalls. Albin kannte die Stimme. Und von wem auch immer Fairchild und Chabrol eben gesprochen hatten – es war nur eine Frage der Zeit gewesen, bis der Inhaber *dieser* Stimme hier auftauchen würde.

Staatsanwalt Luc Bonnieux stand neben seinem silbernen Audi, mit dem er gerade erst angekommen sein musste, und zeigte mit dem Finger auf Albin.

»Sie!«, rief er. »Leclerc! Herkommen!«

Albin rang sich ein Lächeln ab. »Der Staatsanwalt«, erklärte Albin dem Regisseur und seinem Assistenten.

»Nicht Ihr Freund?«, fragte Fairchild.

»Ganz und gar nicht«, sagte Albin, ruckte dann an Tysons Leine und setzte sich in Bewegung. Was blieb ihm auch anderes übrig?

6

Cat und Theroux saßen mit Danielle Besnier zwischen zwei Trailern an einem Campingtisch im Schatten. Sie hatten ihr bereits erklärt, dass sie sie nicht verhaften würden oder dergleichen. Denn es gab bislang keinerlei Verdacht, dass sie mit böser Absicht auf Brad Stone geschossen hatte.

Nach dem, was sie bislang wussten, hatte man zunächst einen Tonassistenten gebeten, das Gewehr zu halten, nachdem der Waffenmeister es hatte tun sollen. Doch beide waren zu groß – man hätte die Kamera nicht passend ausrichten können. In der Folge war Danielle Besnier darum gebeten worden, die jetzt in sich versunken vor Cat saß, von Zeit zu Zeit schluchzte und bebte und immer wieder fragte, was sie denn nun tun solle. Sie hatte einen Menschen getötet, Brad Stone erschossen – Brad Stone! Hätte sie nur nie gesagt: »Okay, ich kann das machen!« Wäre sie doch nie hergekommen, sondern am anderen Set geblieben!

»Warum kamen Sie denn überhaupt hierher?«, fragte Cat.

»Claire Lambert hatte mich eingeladen zuzusehen. Ich spiele nur eine Nebenrolle, und ich hatte die Hoffnung, mit diesem Film mehr Aufmerksamkeit zu bekommen, aber ...«

Wieder weinte sie. Echte Tränen. Hier war nichts ge-
schauspielert, dachte Cat.

»… aber natürlich nicht diese Art von Aufmerksamkeit. Können Sie sich vorstellen, was die Öffentlichkeit
mit mir tun wird? Meine Karriere ist zerstört! Ich werde
für immer die Frau sein, die Brad Stone erschossen hat!«

Cat und Theroux warfen sich einen Blick zu. Ihnen
beiden war klar, dass Danielle Besnier damit sehr wahrscheinlich recht hatte. Bislang sah zwar alles nach einem
Unfall aus, der auf eine grobe Fahrlässigkeit zurückzu-
führen war – und gerade sprach Kevin Toullardin von
der Spurensicherung mit dem Waffenmeister Pascale
Flechet. Aber am Ende hatte Danielle den Abzug betätigt, und diese kleine Fingerbewegung hatte einen Menschen getötet, zudem einen Filmstar. Sobald bekannt
würde, dass Danielle das Gewehr abgefeuert hatte, würden sich die Medien auf sie stürzen und außerdem sämtliche Brad-Stone-Fans, und zwar nicht nur in Frankreich, sondern weltweit.

»Warum«, fragte Theroux, »hat Claire Lambert Sie
eingeladen?«

»Weil sie nett ist!«, schluchzte Danielle.

»Madame Besnier, wir müssen alle Details genau klären, sämtliche Abläufe. Nur darum geht es.«

Danielle blickte auf, die Wangen nass, die Augen ge-
rötet. »Wir haben uns bei den Dreharbeiten etwas an-
gefreundet. Ich bin ein Fan von ihr, aber sie hat mich
immer auf Augenhöhe behandelt, als eine Kollegin, sie
war interessiert an mir und meiner Arbeit. Außerdem
kannte sie Brad gut. Sie hatte sich ja sogar im Vorfeld
bei der Produktion dafür eingesetzt, dass die Rolle des

Henri mit ihm besetzt werden würde. Die beiden hatten wohl mal etwas miteinander, Claire und Brad.«

»Hm«, machte Theroux, »verstehe. Und dann hat sie Ihnen vorgeschlagen, zu diesem Set am Toulourenc zu kommen und zuzusehen?«

Danielle nickte und wischte sich die Wangen ab. »Ich hatte keine gemeinsame Szene mit Brad. Aber sie meinte, dass ich ihn ja trotzdem kennenlernen könnte.«

Ausgerechnet bei einer Szene, dachte Cat, in der sein Filmcharakter erschossen wurde.

Cat fragte: »Wer hätte denn eigentlich das Gewehr gehalten? Also: in der Szene?«

»Claire«, erklärte Danielle. »Olivia Connor spielt die betrogene Ehefrau, die gemeinsam mit der Geliebten den Ehemann hier zum Fluss zu einem Picknick lockt. Olivia und Claire haben eine gemeinsame Szene, in der sie den Mord planen. Sie diskutieren darüber, wer den Schuss abfeuern soll, und Claire sagt, dass es Olivias Recht wäre, da sie viel länger unter ihrem Mann hatte leiden müssen. Aber Olivia sagt, dass sie das trotz allem nicht kann und es nicht übers Herz bringen würde. Also sagt Claire: Dann mache ich es.«

»Okay«, erwiderte Cat. »Und beim Einrichten der Szene, da hätte eigentlich Claire Lambert das Gewehr halten müssen?«

»Genau. Sie sollte damit schießen. Aber sie ist dann noch einmal ins Basecamp gefahren, weil Olivia ebenfalls dorthin fuhr, um ein anderes Outfit zu wählen und das Make-up zu ändern, nachdem sie Claire am Set gesehen hatte. Und dann meinte Claires Make-up-Artist Serge, dass sie dann auch ins Basecamp fahren sollten, um das alles mit den Kostümbildnern neu abzustimmen. Olivia ist halt ...« Danielle schniefte und winkte ab. »Egal.«

»Erklären Sie es bitte«, sagte Theroux. »Sie ... Was ist Olivia genau?«

»Olivia und Claire mögen sich nicht besonders. Es liegt eher an Olivia. Claire ist jünger und ein aufkommender Star. Olivia wiederum ist bereits berühmt, und da gibt es von ihrer Seite aus so ein gewisses Konkurrenzdenken. Claire hat das geärgert, sagte sie mir. Olivia würde ihr auf den Wecker gehen und ihr ständig Vorschläge zu ihrer Rolle machen, da sie ja die größere und bekanntere Schauspielerin mit viel mehr Erfahrung ist«, sagte Claire.

Theroux nickte. »Und Brad Stone und Claire Lambert hatten mal etwas miteinander?«

»Danach müssen Sie Claire fragen. Ich weiß nur, was man so erzählt. Es gab wohl mal eine Affäre, aber Brad Stone – nun, er ist Brad Stone, und man weiß, dass er seine Frauen wie Unterhemden wechselt.«

Cat hatte davon auch schon gelesen – in der Presse und den sozialen Medien. »Danielle – eine Frage bitte noch«, sagte sie. »Wer hat Ihnen das Gewehr gegeben?«

»Das war der Waffenmeister.«

»Wo war das Gewehr zuvor?«

Danielle dachte kurz nach. »Es lag auf einem Requisitentisch, meine ich. Mit einem Munitionskarton. Der stand hinter den Kameras zwischen zwei Rollwagen, auf denen sich alle anderen Requisiten befanden, die für das Picknick gebraucht wurden.«

»Okay, also es war nicht weggeschlossen?«

Danielle schüttelte den Kopf. »Nein. Es war ja nur eine Requisite – man hätte ja nicht ahnen können, dass …«

Ihre Stimme versagte ein weiteres Mal. Cat reichte ihr ein Taschentuch und dachte: Wenn das Gewehr auf dem Requisitentisch lag, dann hätte jeder der Anwesenden Zugriff gehabt, um die Platzpatronen gegen echte auszutauschen – falls das unbemerkt möglich war. Es hätte natürlich auch schon vorher, auf dem Weg zum Set, geschehen können. Sie würden es noch herausfinden. Aber grundsätzlich hätte zunächst jeder am Set Zugriff auf die Waffe und die Munition gehabt.

Cat merkte auf, als sie ein lautes Rufen hörte. Sie drehte sich um, lehnte sich etwas nach vorn, um zwischen den Trailern hindurchblicken zu können.

Sie sah einen silbernen Wagen. Davor stand ein Mann. Cat kannte das Auto und den Mann. Sie blickte zu Theroux und sog die Luft tief in die Lungen.

»Tja«, sagte Theroux und stand auf.

Wie Cat hatte er das Auto und den Mann erkannt: Staatsanwalt Luc Bonnieux war vor Ort eingetroffen und hatte offensichtlich Albin entdeckt und herangepfiffen. Keine Frage, dass seine Anwesenheit Bonnieux nicht passen würde.

Cat stand ebenfalls auf.

»Danielle«, sagte sie. »Wir werden sicherlich noch mehr Fragen an Sie haben. Gibt es hier vor Ort jemand, der sich um Sie kümmern kann?«

»Irgendwer wird schon da sein«, erwiderte Danielle leise. »Aber vielleicht sollte ich sowieso mit meinem Agenten sprechen und – mit einem Anwalt?«

»Das ist sicherlich keine verkehrte Idee. Ich werde Ihnen gleich jemanden schicken, der Ihnen einen Vorschlag für eine psychologische Betreuung machen kann.«

Cat dachte an eine Kollegin von der Gendarmerie oder an eine Rettungssanitäterin, damit sichergestellt war, dass Danielle nicht allein blieb und sich im Notfall jemand um sie kümmerte. Denn in ihrem Zustand und bei dem, was geschehen war, musste man mit allem rechnen. So oder so sollte man ein Auge auf sie haben.

»Okay«, sagte Danielle und rang sich ein Lächeln ab. »Danke. Sie sind nett.«

Cat lächelte ebenfalls und legte Danielle die Taschentuchpackung auf den Tisch. Dann setzten sie und Theroux sich in Bewegung, um zu Bonnieux zu gehen.

7

Bonnieux trug seine randlose Brille, eine beige Chinohose, ein hellblaues Kurzarmhemd mit Krawatte und elegante Mokassins. Der förmliche Aufzug ließ ihn wie einen Fremdkörper wirken, dazu addierten sich sein echauffierter Gesichtsausdruck und die in die Hüften gestemmten Hände, während Albin nahte und Tyson an der Leine neben ihm hertrottete. Er würdigte den Mops keines Blickes, obwohl Tyson doch der Vater des Bonnieux-Mopses Henri war – entstanden in einer unachtsamen Phase während der Hochzeitsreise der Leclercs nach Martinique, in der Tyson bei Castel und ihrer Möpsin Mila in Pension weilte.

»Leclerc!«, herrschte Bonnieux Albin an. »Was, um Himmels willen, tun Sie hier?«

Albin zuckte mit den Schultern. »Was man hier halt so tut«, erwiderte er.

Bonnieux hatte ihn nie gemocht, und das war schlimmer geworden, seitdem Albin nicht mehr bei der Brigade war. Der Staatsanwalt war stets auf Ordnung, Hierarchie, Akkuratesse und den bestmöglichen Eindruck bedacht, und Albins Laisser-faire war ihm immer schon ein Dorn im Auge gewesen. Umso schlimmer, dass er als Pensionär ständig an Tatorten herumschnüffelte und sich in die Ermittlungen einmischte. Castel hatte Bon-

nieux vor einiger Zeit immerhin abgerungen, Albin –
mehr oder weniger offiziell – zu einem »Polizeilichen
Berater« zu ernennen, und ihm kleine Visitenkarten mit
entsprechendem Aufdruck zum Geburtstag geschenkt.
Einerseits hatte Bonnieux eingesehen, dass man Albin
sowieso nicht ausbremsen konnte, außer mit gericht-
lichen Verfügungen und Verboten, was niemand wollte.
Andererseits hatte Albin so einige Male die Ermittlungen deutlich vorangebracht und war beim Lösen von
Fällen durchaus eine Hilfe gewesen. Das konnte man
nicht ignorieren. Zudem hatte die Ernennung auch einen juristischen Hintergrund, denn wenn Albin als Pri-
vatier an Tatorten herumlief, konnte ein Rechtsanwalt
einen Strick daraus drehen – nach dem Motto: Bei diesen Ermittlungen ist nicht alles sauber gelaufen.

»Sie«, sagte Bonnieux, »haben hier nichts, aber auch
gar nichts zu suchen, Leclerc! Ich könnte es ununter-
brochen wiederholen, und wahrscheinlich muss ich das,
weil es sonst nicht in Ihren Kopf geht, aber …«

»Es war reiner Zufall«, erklärte Albin und hob zwei
Finger. »Ich schwöre es beim Leben meines Mopses.
Fragen Sie die beiden.«

Albin senkte die zum Schwur erhobenen Finger, um
auf Castel und Theroux zu deuten, die gerade zu Bonnieux und Albin stießen. Cat hatte eben noch mit einer
Gendarmin gesprochen, die eine Rettungssanitäterin
herbeiwinkte, worauf die beiden zu dem Campingtisch gingen, an dem Danielle Besnier in sich versunken
hockte.

»Es war wirklich Zufall«, sagte Castel, die neben
Albin zum Stehen kam und sich hinhockte, um den vor

Freude hechelnden und mit dem Hinterteil wedelnden Tyson mit einem ausgiebigen Tätscheln zu begrüßen.

»Stimmt«, ergänzte Theroux – was nichts daran änderte, dass Bonnieux kochte.

Nun kam auch Kevin Toullardin in seinem weißen Overall hinzu. Im Gehen öffnete er den Reißverschluss und fächelte sich mit einem Tablet Luft zu, was sicherlich nicht viel bringen würde, nahm Albin an. Toullardin war ein nerdiger Typ und Albin gegenüber bei weitem nicht so entspannt wie Bruno Grinamy, dessen Halbglatze in der Nähe der Leiche glänzte, wo Grinamy einige Worte mit einem von Berthes Mitarbeitern wechselte.

Bonnieux straffte sich schließlich, richtete sich die Krawatte und sagte: »Also gut. Oder auch nicht. Briefen Sie mich bitte und wiederholen Sie gern, was ich schon weiß.«

Castel stellte sich wieder hin und übernahm das Wort. »Bislang sieht es nach einem Unfall und grober Fahrlässigkeit aus. Beim Einrichten einer Szene, in der der Schauspieler Brad Stone erschossen werden sollte, wurde mit scharfer Munition statt mit Platzpatronen auf ihn gefeuert. Eine Schrotladung traf seinen Oberkörper. Der sofort hinzugeeilte Ersthelfer sowie der am Set anwesende Notarzt konnten nur noch den Tod feststellen. Der Schuss wurde von Danielle Besnier abgegeben, die eine Nebenrolle in dem Film spielt, auf Einladung zum Zusehen am Set war, aber um Hilfe gebeten wurde, um die Kameras auszurichten. Der Schuss wurde nicht simuliert, sondern real abgefeuert, weil die Kameraleute einschätzen wollten, wie sich der Pulverdampf und das Mündungsfeuer auf das Bild auswirken. Eigentlich hätte das Gewehr von der Schauspielerin Claire Lambert benutzt werden sollen, die in der Szene mit der Schauspielerin Olivia Connor auftritt. Aber beide waren zum Tatzeitpunkt nicht am Set, sondern hatten sich im Basecamp erneut in die Maske begeben. Theroux und ich haben das Geschehen aus etwa hundert Meter Entfernung mit angesehen. Wir hielten uns auf der Brücke über dem Toulourenc auf, da wir zuvor von der Gendarmerie wegen einer Auseinandersetzung mit Körperverletzung unter Schaulustigen gerufen worden waren. Was wissen wir zu der Waffe und der Munition, Kevin?«

Kevin Toullardin rückte sich die Brille auf der Nase zurecht, klemmte sich das Tablet zwischen die Beine und zog sich den Overall zur Hälfte aus. Darunter kam ein verschwitztes T-Shirt mit dem Aufdruck »Loki for President« zum Vorschein.

Toullardin erklärte: »Zuständig für das Gewehr ist Waffenmeister Pascale Flechet. Es handelt sich um eine Bockdoppelflinte 686 von Beretta, die mit zwei Stahlschrotpatronen im Kaliber 12/76 von Sellier & Bellot geladen war. Davon wurde eine abgefeuert, die Brad Stone im Brustbereich unterhalb des linken Schlüsselbeins aus etwa zehn Meter Entfernung traf. Die Platzpatronen sehen exakt so aus wie die echten. Das muss wohl so sein, damit beim Laden einer Waffe im Film alles echt wirkt und auch von Experten im Publikum als authentisch bewertet wird. Pascale Flechet hat die Waffe und einen Karton mit Filmmunition im Kofferraum seines Fahrzeuges aufbewahrt. Es handelt sich dabei um einen Karton, der für Platzpatronen üblich, aber dem Original von Sellier & Bellot nachempfunden ist – ebenfalls aus Gründen der Authentizität. Flechet hat den Munitionskarton und die Flinte mit geöffnetem Knicklauf auf einem Tisch mit Requisiten platziert und mit zwei Patronen geladen, kurz bevor sie zum Einsatz kam. Wir müssen den Karton mit den Patronen noch genau untersuchen, um festzustellen, ob nur einzelne Patronen scharf waren oder alle. Nach Flechets Unterlagen ist festzustellen, wann er die Waffe und die Munition aus dem Lager für die Filmrequisiten entnommen hat. Demnach kamen die Waffe und ein Karton bereits zuvor viermal zur Verwendung – in Szenen, in denen die Darstellerinnen das Gewehr aus einem Waffenschrank nehmen, es ausprobieren, in ein Auto verladen und es in einer Schutzhülle für Sonnenschirme verstecken, in der die Flinte unbemerkt zu einem Picknickausflug an den Toulourenc mitgenommen werden kann.« Toullardin blickte kurz zum Himmel, wo ein Hubschrauber kreiste, und sprach lauter. »Es ist alles genau dokumentiert, gleichwohl haben die Waffe und die Munition ungefähr eine Stunde lang auf dem Requisitentisch gelegen – zwar unter Flechets Aufsicht, aber grundsätzlich zugänglich für jedermann. Der Moment der Schussabgabe wurde bei einem Testlauf der Kameras aufgenommen.«

Toullardin nahm sein Tablet, hielt es allen hin und drückte in einer Videosoftware auf Abspielen. Man konnte Brad Stone sehen, der zwischen den Felsen stand. Außerdem war Danielle Besnier zu erkennen, über deren Schulter hinweg gefilmt wurde. »Ist das so richtig?«, fragte sie und nahm die Waffe hoch. Im Hintergrund sagte irgendjemand etwas, sie kicherte. »Oh mein Gott, Brad, ich kann das nicht!«, rief sie und hielt den Kolben der Waffe eher lose an der Schulter. Das sah nicht sehr routiniert aus. Toullardin stellte den Ton lauter, weil der Hubschrauberlärm zunahm. Eine Hand kam ins Bild, die den Schaft des Gewehrs fester gegen Danielles Schulter presste.

Brad Stone rief: »Danielle! Shoot me! Please! Shoot me!«

Wieder kicherte sie, während der Gewehrlauf etwas schwankte.

»Okay«, rief sie. »Eat lead, Brad!«

Dann krachte der Schuss. Der Lauf der Flinte bockte hoch. Danielle ruckte. Brad Stone fiel um. Man hörte ein erstauntes Auflachen von Danielle.

»Mein Gott!«, rief sie. »Das war laut!«

Schließlich gingen einige Personen zu Brad Stone, der nicht wieder aufstand.

»Brad?«, fragte Danielle, die die Flinte senkte. »Brad?!«

Dann brach die Aufnahme ab.

»Tja«, sagte Bonnieux. »Also gehen wir zunächst davon aus, dass es zu einer Verwechslung gekommen ist. Statt einem Karton mit falscher Munition wurde einer mit echter verwendet, ohne dass es auffiel. Dann folgte der tödliche Schuss. Wobei sich die Frage stellt, woher die echte Munition stammte und wie sie unter die Filmrequisiten gelangte. Damit hätten wir grobe Fahrlässigkeit und Totschlag beziehungsweise fahrlässige Tötung und außerdem Verstöße gegen die Sicherheitsvorschriften. Und davon abgesehen …« Bonnieux nahm die Brille ab und massierte sich den Nasenrücken, blickte nach oben, wo der Hubschrauberlärm immer unerträglicher wurde. Er sprach nun deutlich lauter. »Abgesehen davon haben wir einen riesigen Schlamassel. Eine sehr bekannte Persönlichkeit wurde beim Dreh einer internationalen Großproduktion getötet. Ich denke, ich muss nicht extra herausstellen, was das für ein Medienecho nach sich ziehen wird?« Bonnieux setzte sich die Brille wieder auf und blickte in die schweigende Runde. »Wir werden die Produktion für die Ermittlungen stoppen müssen, und Sie, Leclerc, werden sich fernhalten.«

Bevor Albin etwas erwidern konnte, sagte Cat bereits: »Monsieur Bonnieux, wir werden sehr, sehr viele Befragungen vornehmen müssen, und unser Personal ist nach wie vor …«

»Was soll denn ›nach wie vor‹ heißen?«, fragte Bonnieux, der schon mehrfach versprochen hatte, Ermittlungserfolge aus der Vergangenheit zu nutzen, um die Stärke der Polizei in Carpentras zu verbessern.

Castel ging darüber hinweg. »… nach wie vor sind wir aus personellen Gründen auf jede Unterstützung angewiesen oder müssten eine große Kommission bilden, die …«

Bonnieux schnitt Cat das Wort ab. »Die Welt«, sagte er laut, »wird auf uns blicken. Die internationale Presse. Wir dürfen uns nicht den geringsten Fehler erlauben, denn später vor Gericht werden wir es mit global operierenden Anwaltskanzleien zu tun haben, die uns in der Luft zerfetzen. Mesdames et Messieurs: Dieser Fall ist ein Supergau, und wir müssen mit äußerster Präzision vorgehen und der größten Vorsicht, denn …«

Er stoppte und blickte auf. »Was, zum Teufel, ist denn da eigentlich die ganze Zeit los?«

Auch Albin sah nun nach oben. Bonnieuxs Frage war

ziemlich einfach zu beantworten. Denn der Hubschrau-berlärm stammte von eben einem solchen, schwarz mit dem Aufdruck einer Aviation-Mietfirma, der nun auf der Straße hinter der Toulourenc-Brücke zur Landung ansetzte.

Der Turbinenlärm war irre, der Wind der Rotoren ebenfalls, die jede Menge Staub aufwirbelten, aber rasch an Fahrt abnahmen, nachdem der Pilot den Motor abge-stellt hatte. Eine Schiebetür öffnete sich – und aus dem Passagierraum trat eine massige Gestalt vom Format ei-nes Gerard Depardieu mit Sonnenbrille, Kurzarmhemd und Jeans. Der Kerl kam mit großen Schritten auf sie zu, hob die Hand zum Gruß, nickte hierhin, mal dorthin. Wilson Fairchild und sein Assistent Eric Chabrol gesell-ten sich zu dem Mann, der um die sechzig Jahre alt sein musste, sprachen im Gehen mit ihm – und schließlich kamen die drei vor Bonnieux zum Stehen, der sich de-monstrativ in eine »Ich habe hier das Sagen«-Positur geworfen hatte.

Der Mann stellte sich vor, schüttelte Bonnieux die Hand und ignorierte die übrigen Personen.

»Olivier Besson jr.«, sagte er mit tiefer Bassstimme. Albin sah, dass seine Gesichtsfarbe ungesund rot wirkte. »Ich bin der Produzent«, erklärte Besson. »Ich komme gerade aus Cannes von den Filmfestspielen. Bin sofort von meiner Yacht aufgebrochen. Entsetzlich, was ge-schehen ist. Meine Crew und ich werden alles tun, um diesen grauenvollen Vorfall aufzuklären.«

Bonnieux gab sich gewogen und nickte freundlich, ganz offensichtlich beeindruckt von Bessons Erschei-nung und der Tatsache, dass er einen Giganten des französischen Films vor sich hatte, der unlängst mit sämtlichen nationalen Filmpreisen dekoriert worden war.

»Ich weiß Ihre Kooperation zu schätzen, Monsieur Besson«, erwiderte Bonnieux. »Wir stehen noch ganz am Anfang der Ermittlungen.«

»Es war ein Unfall.«

»Es hat allen Anschein.«

»Was soll das denn heißen?«

»Dass es den Anschein hat.«

»Sie meinen, dass es absichtlich geschehen sein könnte?« Besson streckte sich. Sein beachtlicher Wanst stieß beinahe gegen Bonnieuxs Bauch. »Unterstellen Sie das etwa?«

Bonnieux rollte den Kopf im Nacken. Albin wusste, dass der Staatsanwalt zwar sehr eloquent, jovial und diplomatisch war – außer Albin gegenüber. Aber er konnte auch anders, wenn man ihn reizte, und dann begann es oft mit diesem Kopfrollen wie bei einem Boxer, der sich noch mal schnell den Nacken lockerte, bevor der Gong zur ersten Runde schlug.

»Monsieur Besson«, sagte Bonnieux und klang etwas angestrengt, »wir werden es herausfinden und feststellen, ob und wie die Sicherheitsbestimmungen am Drehort ...«

»Hier ist alles in Ordnung«, fuhr Besson dazwischen. »Wissen Sie, wie viel ich für die Sicherheit am Set jeden Tag ausgebe?«

»Dennoch gab es einen Toten.«

Besson zog ein Stofftaschentuch mit Monogramm hervor und fuhr sich damit durchs Gesicht, wischte sich den Schweiß ab. »Wie gesagt«, schnaufte er, »wir werden alles tun, um die Behörden bei der Klärung zu unterstützen. Wann können wir hier weiterdrehen?«

Bonnieux lachte kurz auf. »Bis wir den Tatort wieder freigeben. Heute jedenfalls nicht mehr. Vielleicht auch morgen und übermorgen nicht.«

»Unmöglich«, antwortete Besson. »Jeder Drehtag kostet Hunderttausende Euro.«

Bonnieux zuckte mit den Schultern. »Wir werden ohnehin sehr viele Befragungen vornehmen müssen, und ...«

Besson deutete auf Eric Chabrol und Wilson Fairchild. »Stimmen Sie den Zeitplan mit der Produktionsleitung ab, und wir sehen, wer wann frei ist ...«

»Nein.«

»Doch.«

»Nein.«

»Monsieur le Procureur – es ist schlimm, was geschehen ist. Aber Sie können uns hier nicht alles durcheinanderwerfen ...«

»Monsieur Besson, und ob ich das kann.«

Besson baute sich wieder auf, tippte auf die Uhr. »Hören Sie – ich will mich nicht streiten. Ich habe wenig Zeit. Ich muss zurück nach Cannes zu einem Empfang. Und die Dreharbeiten müssen weitergehen.«

Bonnieux schien nachzudenken. »Nur unter polizeilicher Begleitung und Aufsicht«, sagte er. »Das wäre der Kompromiss.«

Besson zuckte mit den Achseln. »Mir egal. Aber es muss weitergehen.«

Castel sagte: »Ich glaube nicht, dass wir dafür die Kapazitäten haben.«

»Albin Leclerc«, erwiderte Regisseur Wilson Fairchild und deutete auf Albin. »Das wäre optimal, denn er ist Ex-Commissaire genau wie Yves Serrault in seiner Rolle.«

»Moment, Moment …«, wiegelte Bonnieux ab.

»Ich will Leclerc am Set als polizeilichen Kontakt und persönlichen Berater für Yves. Um die Sicherheit kann er sich meinetwegen ebenfalls kümmern.«

»Nein, nein, also bitte.« Bonnieux hob abwiegelnd die Hände.

Besson blickte Albin an, nickte und sagte: »Gut, dann soll dieser Leclerc das machen. Damit ist die Sache geklärt. Perfekt.«

Albin hustete und wollte gerade etwas sagen. Da ging Bonnieux bereits hoch wie eine Silvesterrakete. »Wie!«, blaffte er Besson an, »wie kommen Sie und Ihr Regisseur auf die Idee, hier wäre alles geklärt, und maßen sich an, Entscheidungen treffen zu wollen, die nicht ansatzweise in Ihrer Befugnis liegen, und in völliger Ignoranz …«

»Sie!«, blaffte Besson zurück. »Sie werden mir meinen Film nicht zerstören und mich mit Ihren kleingeistigen Entscheidungen Millionen kosten! Leclerc passt hier auf, regelt das alles zwischen der Produktion und der Polizei – fertig.«

Bonnieux stand kurz vor einer Nuklearexplosion – doch er stockte auf einmal.

»Wilson!«, rief eine Frauenstimme. »Olivier! Oh, mein Gott!«

Eben waren zwei schwarze Elektro-SUV nahezu geräuschlos herangenaht, und aus einem kam nun Olivia Connor heran. Sie trug Jeans, eine weiße Bluse und ein Make-up, das auch einem Sandsturm standgehalten hätte. Sie umarmte Wilson Fairchild, ließ Eric Chabrol links liegen, herzte dann Olivier Besson mit großer Geste und tiefen Seufzern. Auch Claire Lambert kam hinzu und hatte einen hageren, ganz in Schwarz gekleideten Mann mit roten Haaren im Gefolge. Sie wirkte weit weniger dramatisch und hatte rote Augen. Sie musste viel geweint haben.

»So schrecklich«, schluchzte Olivia Connor, blickte dann zum Tatort hinüber und sog scharf die Luft ein, schlug sich die Hände vors Gesicht. »Oh, mein Gott, ist das … Liegt dort Brad?«

»Ja«, erwiderte Besson, worauf sich Olivia Connor sofort abwendete und zu Claire Lambert sah, die wie hypnotisiert auf die weißen Reflektoren starrte, unter denen die von Berthes Crew umgebene Leiche lag.

»Grauenhaft«, sagte Olivia Connor mit bebender Stimme. »Wie konnte das nur geschehen? Warum hat diese Frau auf ihn geschossen? Warum hat Claire das nicht gemacht, es wäre doch ihr Part gewesen …«

»Zum Glück«, sagte Claire Lambert tonlos. Sie schluckte schwer.

»Was?«

»Zum Glück habe nicht ich geschossen. Sonst hätte ich Brad getötet.«

»Mein Gott, das stimmt«, erwiderte Olivia, »es ist alles fürchterlich, aber wie entsetzlich wäre *das* erst gewesen?«

Albin blickte zu Tyson. Tyson blickte zu Albin. Genau wie Albin hatte er inzwischen genug von all dem Drama. Albin nahm eine Zigarette aus der Schachtel und klemmte sie sich zwischen die Finger.

»Und wer ist das?«, fragte Olivia Connor und blickte Luc Bonnieux an.

»Luc Bonnieux«, erwiderte der, »Staatsanwalt.« Er streckte die Hand aus. Olivia Connor schüttelte sie grazil. Bonnieux war sichtlich bewegt, einen solchen Star vor sich zu haben und sogar anfassen zu dürfen.

»Und wer ist das?«, fragte sie dann und deutete auf Albin.

Wilson Fairchild, der hinter Connor stand, erklärte: »Ex-Commissaire Albin Leclerc. Unser polizeilicher Berater. Er wird auch Yves beraten.«

Olivia betrachtete Albin von oben bis unten und wieder zurück. »Das ist phantastisch. Ein Ex-Commissaire im gleichen Alter wie Yves, brillant.«

Albin klemmte sich die Zigarette zwischen die Lippen und steckte sie an.

»Sie rauchen? Reicht nicht ein Toter am Set? Wollen Sie sich umbringen?«

»Früher oder später läuft es darauf hinaus«, erwiderte Albin und paffte. »Besser später.«

Damit zog er an Tysons Leine, um zum Tatort zu Berthe und Grinamy zu schlendern. Dieser Wahnsinn mit den Schauspielerinnen, Regisseuren, Produzenten und Bonnieux wurde ihm jetzt wirklich zu viel.

»Meine Güte«, murmelte er und paffte.

Meine Güte, schien Tyson zu erwidern, der unter den Pinien neben Albin hertrottete.

»Ich verstehe ja die Aufregung – aber so viele Egos, die aufeinandertreffen … «

Da hast du recht. Und sie entscheiden über deinen Kopf hinweg, dass du vor Ort als Berater tätig sein sollst. Keiner

*hat dich gefragt, ob du das auch möchtest oder die Zeit
dazu hast!*

»So sind diese Leute, Tyson. Sie sind es gewohnt,
sich so zu verhalten. Andererseits: Es könnte schlimmer
kommen. Außerdem habe ich tatsächlich gerade Zeit,
und diese Sache interessiert mich.«

Es war doch ein Unfall.

»Wer weiß.«

*Du meinst, jemand könnte die Patronen mit Absicht
ausgetauscht haben?*

»Wer weiß«, wiederholte Albin in Gedanken.

*Hm. In jedem Fall wird die Chefin außer sich sein,
wenn du ihr Bericht erstattest. Du und der Berater von
Yves Serrault und dann diese ganzen Stars und dass du
Brad Stone gesehen hast …*

Einen ziemlich toten Brad Stone allerdings, dachte
Albin, als er an der Leiche angekommen war.

Der Schauspieler lag auf dem Rücken, unter ihm die
Schaumgummipolster, die ihn vor einem harten Sturz
bewahren sollten. Eine Blutlache hatte sich um ihn herum ausgebreitet. Links und rechts standen Reflektoren.
Einer davon war mit etwas Blut besprizt. Berthes Mitarbeiter machten Videoaufnahmen, und Berthe richtete
sich gerade auf, als Albin nahte, tauschte ihre Nahsicht-
brille mit dem roten Gestell gegen ihre normale Brille
mit dem identischen Look und seufzte. Bruno Grinamy
stand etwas abseits und trank eine Cola. Den weißen
Overall hatte er über die Hüfte heruntergeschoben und
sah sich immer wieder um, als sei ihm etwas entgangen,
das er noch einmal genauer betrachten musste.

»Ich wollte Bradley Stone immer schon mal nahe

sein«, sagte Berthe und zog ihre Latexhandschuhe aus. »Aber nicht auf diese Art und Weise.«

»Du bekommst ihn sogar nackt auf deinen Tisch. Willenlos.«

Berthe lachte auf. »Auch da hätte ich mir andere Umstände gewünscht.«

»Geht's dir gut?«, fragte Albin.

»Ich kann nicht klagen. Leider ist der Urlaub schon wieder vorbei, und in der freien Zeit hatte ich ein paar Dinge zu tun, die nicht sonderlich entspannend waren.«

Albin nickte. Er wusste, dass Berthe gelegentlich als Gutachterin tätig war und an der Universität Vorlesungen hielt. Daher kommentierte er das nicht.

»Und bevor du mich ausfragst«, ergänzte Berthe, »kann ich dir nur so viel sagen, dass er vermutlich sofort tot war – zumindest innerhalb von ein oder zwei Minuten. Die Ersthelfer und der Notarzt hätten nichts mehr ausrichten können.«

Albin legte den Kopf schief und betrachtete die Leiche. Kurz unterhalb des Schlüsselbeins war ein Loch zu sehen, in dem Grinamy getrost seine Colaflasche hätte abstellen können. Auch die Schulter hatte etwas abbekommen. Schrotladungen hatten auf die kurze Distanz einen geringen Streukreis, aber eine sehr große Wirkung.

Berthe erläuterte: »Der Blutverlust und die Spritzer an den Reflektoren sprechen dafür, dass ein großes Gefäß verletzt worden sein muss. Eine Austrittswunde gibt es nicht. Die Schussdistanz betrug etwa acht Meter. Genaueres wird die Obduktion zeigen. Aber ich nehme nicht an, dass er eine Überlebenschance hatte. Die Kugeln dürften im Körper eine verheerende Wirkung entfacht haben.«

»Das ist ja die Idee«, sagte Bruno Grinamy und leerte seine Cola. »Die Wirkung trifft dich in der Fläche, nicht so sehr in der Tiefe. Es sei denn, du schießt auf Weichteile. Ein Wildschwein haut es natürlich so oder so aus den Hufen.«

»Für die ist die Munition ja auch gedacht«, sagte Albin. Grinamy nickte. »Richtig. Das war reine Jagdmunition. Nichts Außergewöhnliches. Die bekommst du überall in Fachgeschäften oder im Versandhandel. Wir werden mal nachhorchen. Das heißt: Kevin wird das alles veranlassen.«

»Er hat uns eben ein Video gezeigt«, sagte Albin und rauchte. »Stört dich das nicht, wenn er …« Albin deutete mit der Kippe auf die Personengruppe, in der nach wie vor lautstark diskutiert wurde. Allerdings schien sich Olivier Besson lösen zu wollen.

»Wenn er das Heft in die Hand nimmt?«, fragte Grinamy. Er schüttelte den Kopf. »Kein Stück. Früher oder später bin ich raus, Albin. Dann ist Kevin am Drücker, und besser, er gewöhnt sich schon mal dran.«

»Also machst du langsam ernst mit dem Ruhestand?«

»Ich wäre ja schon längst auf dem Altenteil und würde von morgens bis abends fischen oder auf Martinique sitzen.«

Grinamy hatte Albin auf die Idee gebracht, die Hochzeitsreise dorthin zu unternehmen, weil er permanent von der Insel sprach.

»Ist schön dort«, sagte Albin, »aber mir wurde ruckzuck langweilig.«

Berthe lachte. »Dir wird ja schon langweilig, wenn du mal zehn Minuten nichts zu tun hast.«

Albin mochte da nicht widersprechen. »Sie wollen, dass ich am Set als Berater bleibe. Schnittstelle zwischen der Polizei und der Crew wegen der vielen Vernehmungen. Außerdem soll ich aufpassen. Und denen ein paar Tipps geben – authentische Ermittlungen und so weiter.«

Berthe zuckte mit den Achseln. »Ist doch wunderbar. Wenn sie gut bezahlen? Die haben sicherlich ein sattes Budget.«

»Über Geld haben wir noch nicht gesprochen.«

»Ruhm und Ehre«, sagte Grinamy und grinste. »Wer weiß, vielleicht werde ich im Ruhestand auch Berater. Weiß noch nicht, wen ich wofür und womit beraten soll, aber da findet sich bestimmt schon etwas.«

Grinamy hatte lauter geredet. Der Rotor des Hubschraubers drehte sich wieder. Olivier Besson stieg ein.

»Und wer war das?«, fragte Berthe.

»Der Filmproduzent. Er hat Bonnieux angepöbelt. Bonnieux hat ihn angepöbelt. Aber offenbar haben sie sich geeinigt.«

Berthe lachte erneut auf. Grinamy grinste, kam dann zu Albin und klopfte ihm auf die Schulter. »Soll ich dich gleich mit zurück in die Stadt nehmen? Dein antikes Taxi ist ja bereits verschwunden.«

»Wäre sehr gut, danke.«

Grinamy sah ihn an. »Und? Machst du den Beraterjob am Set?«

»Ich werde es wohl annehmen.«

Grinamy nickte. »Irgendetwas stimmt nicht, oder? Deswegen machst du das.«

Albin zog ein letztes Mal an der Zigarette. »Richtig«, erwiderte er. »Irgendetwas stimmt nicht.«

»Es liegt was in der Luft«, sagte Grinamy. »Habe ich auch schon gedacht.«

»Und was?«, fragte Berthe.

»Finden wir heraus«, antwortete Albin und löschte die Zigarette. »Tun wir am Ende ja immer.«

8

Claires Hand zitterte. Sie ließ einige Tropfen in das Glas fallen, betrachtete, wie sie sich mit dem Wasser vermischten, und schluckte dann alles runter. Sie wartete ab, blickte durch das Plexiglasfenster ihres Trailers in die Sonne und beobachtete, wie Olivia draußen auf und ab ging wie eine gefangene Wildkatze in ihrem Käfig – mit dem Unterschied, dass Olivia in keiner Welt aus Gittern lebte, zumindest keinen sichtbaren. Ansonsten waren sie Gefangene, Gefangene ihres eigenen Erfolges, der es mit sich brachte, dass man sich entweder in einer Scheinwelt bewegte oder in einer, deren Möglichkeiten sehr begrenzt waren.

Sie konnten nicht einfach auf die Straße zum Einkaufen gehen. Es war nicht machbar, sich abends in ein Restaurant zu setzen. Und wenn sie es doch taten, waren sie entweder sehr schnell von Fans umgeben, die Selfies wollten, oder wurden von Paparazzi verfolgt. In der Öffentlichkeit kam sie sich manchmal beinahe wie eine Aussätzige vor: Schau mal, da geht Claire Lambert. Normalität gab es schon lange nicht mehr, und das war wohl der Preis, der zu zahlen war. Und die Freiheit, tja, die musste man sich in den Räumen zwischen den Gittern suchen und sich teilweise hart erkämpfen.

Natürlich hatte alles seine wunderbaren Seiten, doch

wo viel Licht war, gab es auch viel Schatten. Dabei hatte Claire es nie um des Lichtes willen getan, nicht wegen des Ruhms. Sie hatte schon früh gemodelt, war erfolgreich damit geworden, kam auf Titelseiten, bekam Werbedeals mit Kosmetikherstellern und Modelabels – und all das, obwohl sie sich nie als sonderlich hübsch empfunden hatte und dem gängigen Schönheitsideal nicht unbedingt entsprach. Dennoch hatte sie alles erreicht, wovon sie immer geträumt hatte. Träume, die sie um ihretwillen hatte, nicht weil es ihr auf die Beachtung der Öffentlichkeit ankam. In der Biographie von Keith Richards, dem Gitarristen der Rolling Stones, hatte sie einmal gelesen: »Ich mache das nicht für euch, ich mache das nicht fürs Geld – ich habe alles immer nur für mich selbst getan.« Damit hatte sie viel anfangen können, und es war wohl mit jeder Kunst oder Kreativität so: Man stellte ein Produkt beziehungsweise sich selbst in der Öffentlichkeit zur Disposition und hatte ab diesem Zeitpunkt nicht mehr unter Kontrolle, was geschah. Wie man wahrgenommen wurde, ob ein Song plötzlich zum Hit, ein Buch zum Bestseller oder ein Modefoto zum Titelbild der *Vogue* werden würde.

Schließlich hatte Claire das erste Filmangebot erhalten und begeistert zugesagt. Was für ein Abenteuer! Sie hatte ihre Sache gut gemacht. Es folgten weitere Angebote – und je höher Claire flog, je näher sie an die Sonne kam und je mehr sie von sich preisgab, desto verletzlicher fühlte sie sich. Und desto häufiger verbrannte sie sich. Der Ruhm und der Stress zerrten an ihrem Nervenkostüm, und sie spürte zunehmend, dass sie auf dieses Leben nicht vorbereitet, dafür nicht gemacht worden war. Es gab Abstürze, Drogen, Alkohol, zwei Aufenthalte in Kliniken wegen Nervenzusammenbrüchen. Doch immer wieder gelang es ihr aufzustehen – und sich in die Arme unterschiedlicher Männer zu werfen. Vielleicht um bei ihnen Schutz zu suchen oder Bestätigung zu finden. Claire konnte es nicht sagen, wenngleich die Therapeuten ihr genau das einimpfen wollten: dass sie ihre Karriere ergriffen habe, um etwas zu erleben, das ihr in der Kindheit gefehlt habe, und dass sie das auch auf ihr Privatleben übertrage. Dass sie toxische Beziehungen suchte, um sich selbst zu bestrafen. Dabei hatte sie von ihren Eltern stets jede Menge Unterstützung erhalten und wollte eigentlich nichts anderes als so eine perfekte Beziehung wie ihre Eltern – also: irgendwann, wenn die Zeit reif dafür war. Und sie empfand es absolut nicht so, dass sie dem Applaus hinterherlief, um ihr Ego streicheln zu lassen. Aber vielleicht war ihre Wahrnehmung falsch, und sie musste lernen, das zu akzeptieren.

Bei einer US-Produktion hatte sie schließlich Brad Stone kennengelernt und war ihm sofort verfallen – denn so war Claire: Sie liebte die Liebe. Sie war wie ein Schmetterling, der von Blume zu Blume flog und sich stets mit Haut und Haar hingab. Und deswegen hatte Brad sie so tief verletzen können wie noch kein anderer Mann zuvor.

Sie war von Anfang an seinem Charme, dem guten Aussehen verfallen. Natürlich kannte Claire seinen Ruf als »Ladykiller«, aber er kannte auch ihren Ruf als labile Motte, die um jedes helle Licht schwirrte, um darin zu verglühen. Und so waren sie wie zwei Kometen aufeinandergeprallt und für einige Tage miteinander verschmolzen. Dann hatte Brad sich bereits wieder nach etwas anderem umgesehen, Claire links liegenlassen, und als sie ihn quasi auf den Knien um Liebe angebettelt hatte, hatte er sie von sich abperlen lassen. Es hatte sich angefühlt, als hätte er ihr die Faust in die Brust gerammt und ihr Herz in der Hand zerquetscht. Schließlich hatten sich die Medien das Maul über sie zerrissen, über die Beziehung und das »Aus«. Claire hatte nach außen hin alles mit Fassung getragen und sich an dem orientiert, was Brad jeweils in den Medien vorlegte und kommentierte.

Aber tief in ihr drin sah es anders aus. Tief in ihr drin war alles verwüstet, und tief in ihr drin schrie sie immer noch nach Brad Stone. Sie konnte keinen Abschluss finden.

Doch, jetzt, dachte Claire, jetzt war der Abschluss da. Das Ende. Nun gab es Brad Stone nicht mehr.

Aus und vorbei. Das war einerseits grauenhaft. Andererseits …

Claire spürte, wie die Tropfen zu wirken begannen. Olivia lief immer noch auf und ab, rauchte eine Zigarette nach der anderen, obwohl sie eigentlich Nichtraucherin war, und blickte gelegentlich zu Claires Trailer.

Claire war seit einigen Tagen auf Valium – genau genommen seit der ersten gemeinsamen Szene mit Brad. Nein, sogar schon bevor er angekommen war. Dabei war Claire es gewesen, die sich so sehr für Brad eingesetzt und vorgeschlagen hatte, dass er den Henri spielen sollte. Sie war darauf gekommen, als sie mit Olivia telefoniert hatte. Die beiden waren die erste Besetzung für die Rollen, während die männliche Hauptrolle weiter unklar geblieben war. In London waren sie sich begegnet, hatten über *Die Mörderischen* gesprochen und schließlich wegen der Rollen miteinander telefoniert. Dabei hatte Olivia gesagt, dass sie Henri jetzt schon hasse und sie die Rolle am liebsten mit ihrem Exmann besetzen lassen würde. Claire hatte erwidert, dass sie Brad Stone vorschlagen würde, worauf Olivia erst gelacht und dann gesagt hatte, der sei mindestens genauso ein Schuft wie ihr Ex. Worauf Claire ihr erklärt hatte, dass »Schuft« nicht einmal nah dran kam. Olivia war entsetzt gewesen. Dann hatte sie von ihrem betrügerischen Mann berichtet und eingestanden: »Das Schlimme ist: Ich würde ihn sofort wieder zurücknehmen.« Und Claire hatte zugegeben: »Das gilt auch für Brad.«

Doch jetzt war jede Rückkehr unmöglich. Brad Stone war tot.

Claire seufzte, wischte sich einige Tränen von den Wangen und ging dann nach draußen. Sie würde Olivia um eine Zigarette bitten. Vielleicht auch zwei.

9

»Tja«, sagte Albin, legte das Besteck auf den Teller und leerte das Glas Rosé. »So war das.«

Veronique hatte die ganze Zeit über an seinen Lippen gehangen und jede Menge Fragen gestellt, die Albin nicht hatte beantworten können. Warum dieses, warum jenes, warum welches ...

Sie wusste bereits aus den sozialen Medien, dass Bradley Stone während Dreharbeiten in der Provence bei einem Unfall, so die Nachrichten, erschossen worden war. Details kannte sie nicht, weswegen sie Albin mit ihren Fragen löcherte. Aber auf die meisten davon hatte er natürlich keine Antwort.

Zum Abendessen hatte es eine einfache Gemüsequiche gegeben. Man machte dazu einen Mürbeteig aus Mehl, Ei, Butter, Salz, Sesam, Zwiebelsamen, stellte ihn eine Stunde kalt, rollte ihn anschließend aus und platzierte ihn in einer Tarteform, wobei der Boden einige Male eingestochen werden musste. Dann bedeckte man den Boden mit Backpapier und schob ihn für zwanzig Minuten zum Vorbacken in den Ofen. Separat gab man dann das Gemüse und die Kräuter in eine Schüssel: in Stücke geschnittene Paprika, Auberginen, Zucchini, Tomaten, eine Zwiebel, Rosmarin oder eine Kräuter-der-Provence-Mischung, Salz und Pfeffer, vermengte alles mit Olivenöl und gab es für zwanzig Minuten in den Ofen, ließ es abkühlen und goss die Flüssigkeit ab.

Dann kam Schafskäse zum Gemüse, alles wurde durchgemischt und auf den zuvor mit Semmelbröseln bestreuten Quicheboden gegeben. Die Quiche kehrte für weitere zwanzig Minuten zurück in den Ofen – dann war das Essen fertig, zu dem es Kräuterquark gab.

Veronique schob sich gerade das letzte Stück in den Mund, kaute und ließ Albin dabei nicht aus den Augen. Sie waren klar und wach. Er konnte sich jederzeit darin verlieren.

Veronique führte ein Blumengeschäft, war etwas jünger als Albin und hatte zwei Töchter, die sie bereits zur Großmutter gemacht hatten. Was man Veronique niemals ansehen würde, denn sie ging für mindestens zehn Jahre jünger durch, als sie war. Mit dem Ruhestand hatte Albin sich durchgerungen, sie um ein Rendezvous zu bitten, und sie hatte sofort zugesagt. Inzwischen waren sie verheiratet, und es bewahrheitete sich jeden Tag, was Albin von Anfang an gespürt hatte: dass sie genau die richtige Frau für ihn war und ihn nahm, wie er war – wenngleich seine Bedienungsanleitung nicht allzu einfach war und es reichlich Kleingedrucktes gab.

Schließlich schüttelte sie ein weiteres Mal den Kopf und sagte: »Ich kann immer noch nicht fassen, dass du Yves Serrault treffen und ihm Tipps geben sollst. Was willst du ihm denn erklären? Wie man richtig raucht oder sich vor dem Rasenmähen drückt?«

Albin lachte auf. »Nein, es geht um Polizeiarbeit und wie man sich im Ruhestand fühlt.«

»Yves Serrault«, wiederholte Veronique versonnen.

»Albin, wenn du ihn triffst, musst du mich mitnehmen. Ich will ein Selfie mit ihm machen.«

Albin konnte das Bild schon vor dem geistigen Auge sehen: seine Frau wie Gina Lollobrigida und Yves Serrault mit dem schneeweißen Haar und seinem gebräunten Lino-Ventura-Gesicht, das so faltig war, als habe jemand einige Stunden drauf gesessen.

»Sehen wir dann.«

»Nein, sehen wir nicht, mein Lieber. Ich will ein Selfie mit Yves Serrault. Hast du eine Ahnung, wie lange ich den toll finde? Schon als junges Mädchen habe ich für ihn geschwärmt. Wie er in *Die drei Musketiere* in den Fluss geht zum Baden ...« Veronique schüttelte sich wohlig.

Serrault hatte in seiner Karriere so ziemlich alle französischen Nationalhelden gespielt. Matteo hatte regelrecht strammgestanden, als er von Albin vorhin erfahren hatte, dass er den Schauspieler beraten sollte, und gesagt: »Mon dieu – er war Napoléon! Er war de Gaulle! Er war d'Artagnan!«

Albin sagte zu Veronique: »Ich verstehe überhaupt nicht, was an dem sexy sein soll. Der sah doch schon früher aus wie eine Bulldogge.«

»Er hat Charakter. Er wirkt wie ein Gentleman der alten Schule, der gleichzeitig nicht zögern würde, den Säbel zwischen die Zähne zu klemmen und eine Frau auf sein Piratenschiff zu entführen. Er ist eine Mischung aus bösem Buben, Prinz auf weißem Ross und Elder Statesman.«

Albin lachte. »Du hast ja Phantasien.«

Veronique erwiderte nichts, sondern schenkte ihm

lediglich einen vielsagenden Augenaufschlag und tupfte sich die Mundwinkel mit einer Serviette ab.

»Eines sage ich dir, mein Lieber«, murmelte sie, »wenn du Yves Serrault triffst und mich ihm nicht vorstellst, dann … dann weiß ich auch nicht.«

Sie warf die Serviette auf den Tisch und stand auf, um abzuräumen.

»Ich habe ihn doch noch nicht mal selbst getroffen!«

Veronique schwieg und trug alles in die Küche.

»Vielleicht meinen die das nicht einmal ernst!«

Sie räumte den Geschirrspüler ein.

»Die müssen ihn doch erst mal selbst fragen, ob er das überhaupt möchte mit mir als Berater!«

Veronique stellte den Geschirrspüler an.

»Eventuell will er auch gar keine Fans treffen!«

Sie räumte die Reste in den Kühlschrank.

Albin seufzte und stand auf. Er gab auf. »Aber falls es funktioniert, werde ich dich natürlich einmal mit zum Dreh nehmen.«

Veronique hielt inne und lächelte Albin selig an. »Damit ich ein Selfie mit Yves Serrault machen kann und er mir ein Autogramm gibt?«

»Natürlich. Das ist doch selbstverständlich. Ich verstehe nicht, wie du das anzweifeln kannst.«

»Ich würde doch niemals an meinem geliebten Mann zweifeln.«

»Ha!«, machte nun Albin, schnappte sich seine Zigaretten und ging zum Flur, um die Schlüssel, das Handy und Tysons Leine zu nehmen. Der Mops stand schon längst vor der Tür und wartete auf Albin, damit sie ihre Abendrunde drehen konnten.

»Er war d'Artagnan!«, rief Veronique ihm hinterher. »Er hat Werbung für Davidoff gemacht! Erinnerst du dich an die Plakate aus den späten Achtzigern, wo er …«

»Na klar!«, rief Albin und ging mit Tyson nach draußen, schloss die Tür hinter sich und steckte sich eine Gitanes an. »Meine Güte«, murmelte er.

Tyson sah zu Albin auf und schien zu grinsen, vielleicht lag es aber auch am Licht der eben angeflammten Straßenlaternen. Am Himmel waren die ersten Sterne zu sehen.

»Was gibt's da zu grinsen?«, fragte Albin und stieß den Zigarettenrauch durch die Nasenlöcher aus.

Ich grinse doch nicht, Chef.

»Sah aber so aus«, knurrte Albin und setzte sich in Bewegung. Tyson lief bereits voran.

Du musst zugeben, dass Serrault etwas hat.

»Natürlich hat er das. Sonst wäre er ja kein Star.«

Aber schon ein verrückter Zufall. Er spielt einen Ex-Commissaire, der in einem Vermisstenfall und schließlich in einem Mordfall ermitteln muss. Genau wie du.

»Allerdings«, erwiderte Albin und schlenderte rauchend über den Bürgersteig. Er kickte ein Steinchen vor sich her und paffte.

Ich weiß, worüber du nachdenkst, Chef, sagte Tyson.

»Darüber, dass etwas nicht stimmt.«

Du witterst es. So wie ich es wittere, wenn ein Kaninchen in der Gegend ist oder in Kürze ein Unwetter aufzieht.

»Die Frage ist«, murmelte Albin in Gedanken, »wie die scharfe Munition in das Gewehr gelangt ist. Es war entweder ein Fehler – oder es war Absicht. Wenn es ein Fehler gewesen ist, handelte es sich beim Tod von Bradley Stone um einen Unfall. Im anderen Fall ...«

Wie könnte das denn durch Zufall geschehen sein?

Albin zuckte mit den Schultern. »Der Waffenmeister hat alles dokumentiert. Dennoch wäre es möglich, dass sich irgendwo in der Requisitenfirma ein Karton mit scharfen Patronen befunden hat. Zum Beispiel einer, der als Vorbild genommen wurde, um Platzpatronen und eine Fake-Verpackung für den Film herzustellen. Dann wurden die Kartons verwechselt – bingo.«

Und im anderen Fall?

»Im anderen Fall hat jemand den Karton mit den Platzpatronen mit böser Absicht gegen einen mit echten ausgetauscht. Entweder geschah es bereits im Requisitenlager, als der Waffenmeister seine Sachen eingepackt hat. Oder es passierte in einem unbemerkten Moment, als die Waffe und die Munition auf dem Tisch lagen. Und natürlich wäre es möglich, dass er selbst die Munition ausgetauscht hat – wenngleich im Augenblick nichts dafür zu sprechen scheint und es kein erkennbares Motiv gibt.«

Cat und Theroux werden es herausfinden.

Albin rauchte und nickte. »Sie werden sich auf den Waffenmeister fokussieren, weil er den leichtesten Zugang hatte. Er ist die erste Wahl als Tatverdächtiger. Sie werden außerdem die Firma auseinandernehmen, die die Waffen verleiht und für die er arbeitet. Sie werden alle Protokolle nachprüfen. Sie werden herausfinden, wie es zu dem Unfall kommen konnte, falls es einer war. Und du hast gehört, auf was Bonnieux hinauswill. Folglich werden sie außerdem überprüfen, ob die Sicherheitsvorkehrungen vor Ort eingehalten worden sind oder ob es Nachlässigkeiten gab und wer dafür verantwortlich ist. Sie werden im Detail nachvollziehen, wie Danielle Besnier den Schuss abgab, und ihre eigenen Beobachtungen vor Ort mit den Videoaufnahmen und allen Zeugenaussagen abgleichen, um die Vorgänge minutiös nachzuvollziehen. Das ist eine Heidenarbeit.«

Und du?

»Um all das muss ich mich nicht kümmern. Deswegen werde ich meinen Fokus darauf richten, was Cat und Theroux erst im zweiten Schritt in Angriff nehmen können und erst dann, wenn sie auf Unregelmäßigkeiten stoßen. Ich werde mich mit dem Ansatz befassen, dass es kein Unfall war – selbst wenn das nur dazu dient, eine böse Absicht auszuschließen.«

Dein Gefühl sagt dir doch bereits, dass irgendetwas nicht stimmt.

»Mhm. Erinnere dich daran, was Wilson Fairchild gesagt hat. Wie viel Pulver er in seinem Kriegsfilm verschossen hat, ohne dass etwas geschehen ist. Dann wird in seinem nächsten Film ein einzelner Schuss abgefeuert – und bämm! Ungewöhnlich. Die Chancen eines Unfalls mit Munition wären bei einem Kriegsfilm sehr viel größer.«

Das stimmt. Aber es muss nichts heißen. Fehler geschehen überall und in den unmöglichsten Augenblicken.

»Augenblick ist das richtige Stichwort. Wer hätte einen Augenblick lang Gelegenheit gehabt, die Munition auszutauschen? Wer hatte ein Motiv? Wer profitiert – und auf welche Weise? In Bezug auf die Gelegenheit ist

81

die Antwort: alle, die am Set waren, der Waffenmeister namens Pascale Flechet allen voran. Aber lassen wir ihn mal beiseite. Unter welchen Voraussetzungen hätte eine andere Person scharfe Patronen gegen Filmmunition austauschen können? Der Waffenmeister hätte abgelenkt sein müssen. Außerdem hätte der Täter wissen müssen, um welche Munition es sich überhaupt handelte. Das hätte er vorher in Erfahrung bringen müssen, um scharfe Patronen vom gleichen Typ zu besorgen. Wer hätte vorher in Erfahrungen bringen können, welche Munition verwendet wurde? Wiederum alle am Filmset, denn wie wir gehört haben, waren die Waffe und der Patronenkarton bereits zuvor im Einsatz. Wer wusste, an welchen Tagen das sein würde? Alle, die die Drehpläne kennen – also die komplette Crew. Allerdings lässt sich ein spezifischer Zeitraum eingrenzen: Wann hat jemand die Waffe und den Patronenkarton erstmals gesehen, und wann wurde die Waffe schließlich abgefeuert? Zwischen diesen beiden Zeitpunkten müsste der Täter irgendwo die passende scharfe Munition gekauft haben. Und hier ließe sich ansetzen. Wer hat Patronen im Kaliber 12/76 von Sellier & Bellot innerhalb des relevanten Zeitraums verkauft und an wen?«

Ja, sagte Tyson, *aber ein gewiefter Täter würde doch wissen, dass die Polizei sich solche Fragen stellt und so wenig Spuren wie möglich hinterlassen haben, oder?*

Albin rauchte. »Da hast du recht. Ein Täter, der so planvoll vorgeht, würde das in jedem Fall beachten, ja. Gehen wir von einem Mord aus, dann würde sehr viel kriminelle Energie im Spiel sein, denn der Täter hätte nicht nur die Absicht, Brad Stone zu töten. Er plante zudem, sich nicht selbst die Hände schmutzig zu machen und es außerdem wie einen Unfall am Set aussehen zu lassen. Zudem hätte der Täter viele andere Möglichkeiten gehabt, Brad Stone zu töten: im Hotel, bei einem Spaziergang, irgendwo sonst. Aber er wählte diesen Weg. Warum? Weil es einfacher für ihn und weniger riskant war und am Ende mit hoher Wahrscheinlichkeit darauf hinauslaufen würde, dass durch einen groben Fehler die Munition verwechselt worden ist. Falls böse Absicht dahintersteckt und Bradley Stone ermordet werden sollte, stellen sich, wie ich eingangs sagte, noch weitere Fragen: Wer würde vom Tod Bradley Stones profitieren? Ging es um Eifersucht? Um Rache? Wurde jemand von ihm schlecht behandelt? Ging es um Gier?«

Wir haben bereits gehört, dass eine der Schauspielerinnen etwas mit Brad Stone hatte, oder?

Albin nickte.

Und was sagt dir dein Gefühl?

»Mein Gefühl sagt mir, dass wir mehr wissen müssen, Tyson. Und wenngleich Castel und Theroux schon einiges an Informationen in Erfahrung gebracht haben: Wir sollten mit Danielle Besnier anfangen, die den tödlichen Schuss abgab und die eigentlich nicht am Set hätte sein sollen. Dennoch war sie – und zwar auf Einladung von Claire Lambert – vor Ort, die Frau, die einmal etwas mit Brad Stone hatte und die sich für die Besetzung mit ihm für den Film eingesetzt haben soll. Jene Claire Lambert, die eigentlich die Schützin hätte sein sollen, sich aber wie durch Zufall nicht am Set befand, als der tödliche Schuss fiel.«

Tyson schwieg einige Momente. *Chef?*, fragte er dann.

Albin löschte die Zigarette an einer Mauer und warf die Kippe in einen Mülleimer. »Ja?«

In dem Film geht es um zwei Frauen, die einen Mann ermorden wollen. Und dann geschieht es wirklich. Die Filmhandlung wird auf einmal real. Schon mal darüber nachgedacht?

»Hm«, machte Albin und steckte sich direkt die nächste Gitanes an. »Worauf willst du hinaus?«

Weiß ich noch nicht. Ich habe nur laut gedacht.

»Das machst du dauernd.«

Du doch auch?

Albin schmunzelte und kickte das Steinchen weiter vor sich her.

Da war etwas dran, dachte er. Am laut Denken – aber auch an allem anderen.

10

Danielle Besnier war eine hübsche Frau, kein Zweifel. An diesem Morgen wirkte sie allerdings wie jemand, der bereits vier Jahre in Isolationshaft verbracht hatte und darüber durchgedreht war.

Sie hockte in ihrem abgedunkelten Hotelzimmer in Avignon auf dem Bett, die Haare zerzaust, nur im Pyjama, und als sie Albin die Tür öffnete, war er zunächst versucht gewesen, einen ärztlichen Notdienst anzurufen. Aber die junge Schauspielerin hatte ihm versichert, dass sie bereits eine psychologische und ärztliche Betreuung habe – Capitaine Castel habe das gestern vermittelt.

Na dann, dachte Albin, stand in dem Zimmer, sah die Tablettenblister auf dem Nachtschrank und betrachtete Danielle dabei, wie sie Tyson streichelte, der zu ihr aufs Bett gesprungen war, als wolle er sie trösten. Und in der Tat verfehlte es seine Wirkung nicht.

»Ich muss gleich unbedingt duschen«, sagte sie und fuhr sich durch die wirren Haare. »Ich werde zum Set abgeholt und habe heute eine Szene auf dem Weingut.«

Albin nickte und dachte, dass er bei der Gelegenheit dort ebenfalls vorbeischauen könnte.

»Sind Sie denn in der Lage dazu?«, fragte er.

Danielle kraulte Tyson hinter den Ohren und zuckte mit den Schultern. »*The show must go on*, oder?«

»Das wissen Sie besser«, erwiderte Albin und klappte seinen Notizblock wieder zu.

Die junge Frau hatte ihm eben alles erklärt und geschildert, wie es zu ihrer Präsenz am Toulourenc-Set gekommen war – was sie nach ihren Worten auch schon Castel und Theroux erzählt hatte. Ihre Informationen wichen nicht von dem ab, was die beiden Capitaines gestern bei der Zusammenfassung für den Staatsanwalt wiedergegeben hatten. Es waren keine neuen Details hinzugekommen und keine weggelassen worden.

Danielle fragte: »Haben Sie vor dem Hotel Presse gesehen?«

Albin verneinte.

»Ich traue mich überhaupt nicht, in Instagram zu schauen.«

»Das sollten Sie auch vermeiden«, sagte Albin, »bis sie sich stabil genug dafür fühlen. Es klingt sicherlich unangemessen und ist in Ihrer Situation vielleicht auch nicht hilfreich, aber: Die Medien und die sozialen Medien sind nach meiner Einschätzung nicht mehr als ein öffentlicher Marktplatz, auf dem täglich wechselnde Personen an den Pranger gestellt und mit Unrat beworfen werden. Jeder Vollidiot darf seine Meinung zu einem Thema abgeben, von dem er keine Ahnung hat. Und jeder Blödmann meint, dass er digital Dinge über jemanden behaupten kann, die er auf einem realen Marktplatz niemals jemand anderem ins Gesicht sagen würde, weil er dafür ansonsten sofort ein paar Ohrfeigen kassieren würde.«

Danielle Besnier lachte matt auf. »Es ist sowieso zu spät«, erklärte sie. »Ich habe schon in die Medien geschaut. Jeder schreibt über den Vorfall – absolut jeder. Brad Stone bei einem Drehunfall erschossen ...«

»Bei dem Stichwort«, sagte Albin. »Haben Sie eine Idee, wie die scharfe Munition ins Gewehr gelangt sein könnte?«

»Es muss eine Verwechslung gegeben haben. Anders kann ich mir das nicht erklären.«

»Man hatte Sie spontan gebeten, das Gewehr für die Szeneneinrichtung zu nehmen?«

»Ja, so kam es mir vor. Weil ich gerade in der Nähe stand, weil ich eine Frau bin und wegen der Größe, sagte man mir.«

»Es hätte doch auch ein Assistent übernehmen können?«

»Da fragen Sie mich zu viel.«

»Wären Sie nicht vor Ort gewesen – wer hätte das dann gemacht?«

»Ich nehme an, Claire, da sie in der Szene ja schießen sollte.«

»Kein Assistent?«

»Es hat ja auch kein Assistent den Platz von Brad eingenommen, obwohl es nur um die Einrichtung der Szene ging. Aber Claire war ja nicht da.«

»Und der Waffenmeister nahm die Büchse vom Requisitentisch und gab sie Ihnen.«

»Ja. Der Lauf klickte zu. Mir wurde erklärt, was ich tun sollte, und dann ...« Danielle schluckte schwer, wischte sich mit dem Handballen über die Augen. »Wenigstens«, sagte sie, »ist mein Name noch nicht an die Medien durchgesickert. Ich werde später mit einem Anwalt telefonieren, den mir meine Agentur vermittelt hat.

Er wird mir erklären, wie ich mich schützen kann und wie jetzt die Sache mit der Polizei und alles andere weitergehen wird.«

»Das ist das Beste, was Sie tun können«, sagte Albin und musterte Danielle, versuchte, in ihrem Gesicht zu lesen und zwischen den Zeilen.

Erneut lachte sie matt auf. »Meine Karriere ist zu Ende, bevor sie richtig begonnen hat. Wissen Sie, ich dachte, dass ich mit dieser Rolle in einem Film von Wilson und an der Seite von Brad, Claire und Olivia einen Durchbruch haben würde. Und ich habe alles dafür getan, diese Rolle zu bekommen. Wirklich alles.« Sie fuhr sich abwesend durch das Haar, strich eine lose Strähne hinter das Ohr. »Olivier hat gesagt, dass er großes Potenzial in mir sieht, sehr großes. Ich habe zwar nur eine kleine Nebenrolle mit wenigen Szenen und Drehtagen, aber ich bin quasi durchgängig im Film präsent als Sekretärin auf dem Weingut, und Olivier meinte, dass das sehr gut sei, und ich …« Sie winkte ab. »Na ja, ich habe wirklich viel getan, um die Rolle zu bekommen – aber jetzt …«

»Sie sprechen von Olivier Besson?«

Danielle nickte.

»Ich habe ihn gestern kurz getroffen. Kein einfacher Mensch.«

Danielle blickte auf, kraulte nach wie vor Tyson und streichelte über sein glattes Fell. »Er ist ein Schwein. Aber sagen Sie das nicht weiter.« Sie schwieg einen Moment lang. »Wenn ich sage, dass ich sehr viel getan habe, um die Rolle zu bekommen, dann meine ich das genau so, Monsieur Leclerc. Und Olivier hat viel gefordert und viel genommen – ich möchte nicht ins Detail gehen.«

Scheiße, dachte Albin.

Harvey Weinstein, #MeToo, Besetzungscouch – ging es darum? Wollte Danielle das andeuten?

Unfassbar. Da drehte dieser Besson einen Film, in dem ein Drecksack das Machtgefälle ausnutzte, eine Angestellte zu einer Affäre zwang und seine Frau hinterging, was diese Frauen nicht hinnahmen – eine Aufforderung, sich aufzulehnen. Und dann machte er selbst ... Nein, unfassbar, dachte Albin.

»Nicht gut«, sagte er. »Sie sollten das nicht einfach so hinnehmen, Danielle.«

Sie atmete tief durch, schüttelte dann den Kopf. »Ich bin sowieso erledigt«, sagte sie. »War alles umsonst. Aber er hat die Quittung bekommen.«

Albin legte den Kopf schief. »Quittung?«

»Haben Sie es noch nicht gehört? Ich habe es in den Medien gesehen, als ich vorhin einen Blick hineingewagt habe.«

Albin zuckte ahnungslos die Schultern.

»Olivier hatte einen Herzinfarkt und liegt in Cannes auf der Intensivstation. Ich hoffe, er verreckt daran.«

11

Prominente und Weingüter im Midi – weiß der Teufel, warum es diese Leute ausgerechnet nach Frankreich trieb, und dann noch auf ein Weingut.

Einerseits war der Süden, insbesondere das Vaucluse, malerisch und ruhig und versprach Abstand vom Trubel und den allgegenwärtigen Paparazzi. Insofern war nachvollziehbar, warum manche hier abtauchten – es hatte ja bereits in den Siebzigern die Rolling Stones in Frankreichs Süden getrieben.

So zog der eine vielleicht den nächsten hierher, und abgesehen davon hatte so mancher Winzer wohl Geldsorgen, keine Nachfolger in der Familie, oder es fehlten finanzielle Ressourcen, um zu investieren.

Doch der Wein gehörte zu Frankreichs DNA so sehr wie Chansons, Brioche, Pétanque und Roquefort. Für die Promis mochte der Weinanbau, auch wenn sie ihn natürlich nicht selbst ausübten, möglicherweise eine Art Ausgleich darstellen. Außerdem konnte man damit Eindruck schinden und sich brüsten, in umweltfreundliche Produktionsweisen zu investieren und das Klima und Ressourcen schonen zu wollen. Und schließlich war es etwas, das einfach im Midi dazugehörte: der Wein. Also, wenn man sich hier ansiedelte, dann doch gleich auf einem Weingut, oder?

Ridley Scott war in der Provence ansässig und machte in Wein, John Malkovich ebenfalls. Brad Pitt und Angelina Jolie hatten ein Weingut erworben, George Lucas und Johnny Depp ihr Glück damit versucht. Eine Menge anderer hatte hier ebenfalls ihre Rückzugsorte – George Clooney, Hugh Grant, Roman Polanski und viele weitere, die entweder noch lebten oder inzwischen verstorben waren.

So war es kein Wunder, dass der Filmregisseur Wilson Fairchild einen Freund aus der Branche hatte, der hier ebenfalls ein Weingut als Zweitwohnsitz besaß, das er für die Dreharbeiten zu *Die Mörderischen* zur Verfügung stellte. Es hieß Château de Mercier, war weder außerordentlich groß noch besonders klein und bestand aus einer Ansammlung von alten Bruchsteingebäuden, die ringsherum von Weinreben umgeben waren. Alle Gebäude hatte man augenscheinlich mit viel Geld hergerichtet. Die malerisch gelegene Domaine gab eine perfekte Filmkulisse her, fand Albin, als er mit dem SUV auf den Weg einbog, der ihn entlang von Zypressenreihen auf den Hof führte, wo jede Menge Fahrzeuge und Filmequipment herumstanden. Zwischen den Wirtschaftsgebäuden thronte das Hauptgebäude, das über blaue Fensterläden aus Holz verfügte sowie über ein kleines Türmchen, womit es ein wenig wie eine Burg wirkte.

Albin war dem Wagen gefolgt, der Danielle Besnier zum Dreh abgeholt hatte, und hatte zuvor noch erfahren, dass Wilson Fairchild außerdem auf dem Weingut Quartier bezogen hatte statt in einem Hotel. Sicherlich im Haupthaus mit dem Türmchen.

»Schau dir das alles hier mal an«, murmelte Albin zu Tyson, der in seinem Körbchen im Kofferraum lag.

Wenn ich mal was sehen könnte, schien Tyson zu erwidern, *aber sie hätten den Weg sanieren können: Es rumpelt!*

In der Tat, dachte Albin und umkurvte die Schlaglöcher im Kies, so gut es ging.

»In meinem Kopf rumpelt es ebenfalls«, erwiderte Albin. »Der Produzent Olivier Besson auf der Intensivstation mit Herzinfarkt. Der Hauptdarsteller bei einem mutmaßlichen Unfall erschossen ...«

Olivier Besson sah doch gestern schon aus, als habe er einen Schnellkochtopf verschluckt und stehe unter Hochdruck.

»Das ist richtig.«

Der ganze Stress muss zu viel für ihn gewesen sein. Kein Wunder, Chef.

»Mhm«, erwiderte Albin. »Zunächst hat uns das Gespräch mit Danielle Besnier in der Frage nicht weitergebracht, wie die scharfe Munition in das Gewehr gelangt sein könnte. Ich sehe bislang außerdem kein Motiv, warum Danielle Brad Stone hätte ermorden sollen.«

Sie war ja froh, die Rolle bekommen zu haben und so nah an den Stars zu sein. Sie witterte ihre große Chance in der Branche.

Das hätte sie sich durch nichts, aber auch gar nichts verbauen wollen.

»Mhm«, machte Albin und suchte nach einer Parkmöglichkeit, die er schließlich neben einem Lkw mit dem Aufdruck einer Verleihfirma für Kameratechnik fand.

Sie hätte allenfalls ein Motiv, dem Produzenten Olivier Besson etwas anzutun – denn es klang ja schon sehr danach, als habe sie dem Mann Gefälligkeiten für die Rolle erweisen müssen.

»Sie hat es zumindest angedeutet«, sagte Albin. »Was um so widerlicher wäre, wenn man sich vorstellt, worum es in dem Film geht. Und Besson hat immerhin einen Herzinfarkt erlitten.«

Genau wie die Ehefrau in Die Mörderischen, *oder? Sie bekommt ebenfalls einen Infarkt.*

»Hm«, machte Albin und stellte den Motor aus. »Das stimmt, aber …«

… Ich meine ja nur. Es muss nichts heißen. Weißt du noch, dass schon einmal ein Mörder sozusagen über Bande gespielt hat?

Albin konnte sich erinnern. Ein zurückliegender Fall. Aber damals waren die Voraussetzungen andere gewesen, weswegen er sagte: »Ich halte es nicht für sehr wahrscheinlich, dass mit dem Mord an Brad Stone eigentlich der Produzent Olivier Besson getroffen werden sollte.«

Zumindest nicht von Danielle Besnier.

»Von wem denn?«

Das herauszufinden ist dein Job, Chef. Ich bin doch bloß dein Berater.

»Mhm, das glaubst auch nur du«, murmelte Albin und stieg aus, ging um den SUV herum, hob Tyson aus dem Kofferraum und leinte ihn an. Sich selbst hängte er eine Kordel um den Hals, an der sich ein in Plastik verschweißtes Namensschild mit dem aufgedruckten Logo der Produktionsfirma befand – der Regieassistent Chabrol hatte es Albin gestern ausgehändigt.

Menschen trugen Dinge hin und her, sprachen miteinander, es standen Wohnwagen herum, außerdem Transportwägelchen voller technischem Equipment, Reflektoren, Scheinwerfer – alles wirkte wie ein unorganisierter Ameisenhaufen. Aber sicherlich wusste jeder hier, was er tat. Albin orientierte sich und verortete das aktuelle Setting in einer offenen Scheune, wo Kameras und gedimmte Scheinwerfer zu sehen waren. Außerdem erkannte Albin dort den Regisseur Wilson Fairchild, der etwas abseits mit Olivia Connor und Claire Lambert an einem Klapptisch saß und ein konzentriertes Gespräch führte. Alle hielten Tablets in der Hand und schienen gerade eine Szene zu proben beziehungsweise den Text durchzugehen. Da wollte Albin lieber nicht stören.

Er sah sich weiter um, steckte sich eine Zigarette an und ging schließlich zu einem Mann, den er gestern bereits gesehen hatte. Er hatte rote Haare, war schlank, Anfang oder Mitte dreißig und im Gefolge von Claire Lambert aufgetaucht. Er trug ein schwarzes T-Shirt und Jeans. Um die Hüfte hatte er einen Plastikbeutel geschnallt. Beim Näherkommen sah Albin, dass darauf Kreppband klebte mit der Aufschrift »Claire«, und darin befanden sich alle möglichen Tuben und Utensilien, Bürsten, Kämme, was auch immer – ein Einsatzbeutel für Make-up, wie es schien. Der Mann sah zu Albin und wedelte demonstrativ mit der Hand vor dem Gesicht herum, wie um Albins Zigarettenrauch zu verscheuchen.

»Ihr Mops ist ja niedlich«, sagte der Mann, »aber das mit den Zigaretten sollten Sie wirklich sein lassen, Monsieur …« Er beugte sich etwas vor, las Albins Schild. »Monsieur Leclerc?«

»So ist es«, bestätigte Albin. »Ex-Commissaire. Wegen der Ermittlungen. Sie wissen schon. Ich bin als Kontaktperson vor Ort. Als Berater ebenfalls. Wegen der polizeilichen Expertise. Aber vor allem wegen dem Vorfall.«

»Es ist so schrecklich«, sagte der Mann tief betroffen und fasste sich ans Herz. »Und es ist eine Zumutung, dass die Dreharbeiten nicht wenigstens für ein paar Tage unterbrochen worden sind. Aber der Zeitplan ist eng, und jeder Tag kostet die Produktion Zigtausende – ob gedreht wird oder nicht. Und jetzt noch diese Sache mit Olivier. Sie haben es schon gehört?«

Albin nickte. »Und Sie sind?«, fragte er.

»Serge Vallet. Ich mache hier am Set die Maske für Claire Lambert. Normalerweise hat sie ihren persönlichen Make-up-Artist, aber hier für den Film ist das dieses Mal etwas anders.«

»Verstehe«, erwiderte Albin, zog ein weiteres Mal an der Gitanes und gab sich unbeeindruckt davon, dass Vallet zurückwich, um dem Zigarettenqualm zu entgehen.

Sicherlich war er gestern mit Claire Lambert vom Drehort verschwunden, da er ja zusammen mit ihr wieder aufgetaucht war. Von daher verifizierte Albin die Aussagen von Danielle und fragte: »Claire Lambert und Olivia Connor – sie waren ja vor dem tödlichen Schuss verschwunden, weswegen Danielle Besnier …«

»O mein Gott, die Ärmste tut mir ja so leid. Wie geht es ihr denn? Wissen Sie das? Ich habe sie eben am Set gesehen, ganz kurz.«

»Den Umständen entsprechend.«

Schließlich rollte Serge Vallet mit den Augen und erklärte: »Wir hatten uns mit der Kostümbildnerin für ein Outfit für Claire entschieden, das etwas offenherziger war. Ein warmer Tag, Picknick, verführerisch … Passend zur Intention der Szene. Entsprechend wurde das Licht eingerichtet. Dann kommt Olivia, sieht Claire und beschwert sich, mäkelt an ihrem eigenen Outfit herum, das sie ebenfalls verführerischer und offenherziger haben wollte, worauf Claire sagt: Dann sollten wir es vielleicht gemeinsam abstimmen, was Olivia nur mit einem Ohr wahrnimmt und schon abdampft – und wir dann hinterher. Das alltägliche Drama, kann ich Ihnen sagen, Monsieur. So war das nicht geplant und hat dann alles verzögert.«

»Die beiden verstehen sich nicht?«

»Oh, sie verstehen sich sehr gut, Monsieur, auf einer professionellen Ebene. Aber Sie dürfen nicht vergessen: Zwei Fußballspieler mögen Freunde sein, aber auf dem Platz sind sie dennoch Konkurrenten.«

»Ist ein Film denn kein Mannschaftssport?«

»Bis zu einem gewissen Grad schon. Olivia hatte sich regelrecht um die Rolle gerissen und wollte sie unbedingt haben, zumal in einem Film von Wilson. Sie ist phantastisch, und an manchen Tagen kann man wirklich nicht sagen, ob Olivia noch Olivia ist oder Nicole Delassale. Sie ist eins mit der Rolle und bekannt dafür, sich extrem in ihre Figuren zu vertiefen. Für die Nicole hat sie eine regelrechte Besessenheit entwickelt, wenn Sie mich fragen – na, vielleicht hat es ja auch private Gründe.«

»Inwiefern?«, fragte Albin und rauchte.

Serge Vallet fächelte sich Luft zu, musterte Albin. Dann sagte er: »Es ist ja kein Geheimnis und ging durch die Presse, dass Olivias Mann letztes Jahr eine Affäre mit einer jüngeren Frau hatte. Vielleicht ist das also auch eine Art Therapie für Olivia.«

»Verstehe«, sagte Albin.

Von Affären hatte er nichts gehört. Und selbst wenn, hätte er es wohl kaum wahrgenommen. Für Klatsch und Tratsch interessierte sich Albin kein Stück, vor allem nicht aus der Welt der Prominenten und Halbprominenten. Die meisten von denen kannte er nicht einmal.

»Sie meinen damit«, ergänzte er, »sich in dieser Rolle an ihrem Filmmann zu rächen, wäre für Olivia Connor, wie sich symbolisch an ihrem realen Mann für dessen Affäre zu rächen?«

Vallet nickte. »Außerdem muss sie sich ja auch gegen eine jüngere Frau durchsetzen – in diesem Film wie in der Wirklichkeit. Dass Claire mit der Rolle besetzt werden wird, war von Anfang an klar. Ich meine: Es ist ein französischer Thrillerklassiker und muss selbstverständlich mit einer Französin besetzt werden. Eigentlich hätte man eine rein französische Produktion machen müssen, aber …« Vallet winkte ab.

»Ich habe gehört«, sagte Albin, »dass sich Claire dafür eingesetzt hat, Brad Stone an Bord zu holen?«

Vallet nickte. »Claire hat ihn vergöttert. Die beiden waren für eine kurze Zeit zusammen, und Claire Lambert und Brad Stone, das war das heißeste Paar unter der Sonne. Aber Brad ist nun einmal Brad – also, war. Er hat die Frauen wie die Unterhemden gewechselt und Claire gegen ein Model aus Brasilien ausgetauscht. Sie hat mir erzählt, dass sie sich drei Wochen lang in ihrem Zimmer eingesperrt und das Haus nicht verlassen hat, während sie von Brads neuer Flamme aus den sozialen Medien erfuhr. Claire ist sehr emotional. Nach außen hin hat sie Anstand und Würde gewahrt, und ihre PR-Leute haben es so gedreht, dass sie etwas mit einem Fußballspieler hatte und sie Brad verlassen hat statt andersherum. Dann haben sie sich zwischendurch wiedergesehen, und es funkte erneut. Danach war wieder Stille – und Claire hat sich sehr dafür eingesetzt, dass die Rolle von Henri Delassalle mit ihm besetzt wurde.«

»Damit sie viel Zeit mit ihm verbringen und es wieder funken kann?«

Vallet zuckte mit den Achseln. »Wenn Sie mich jetzt fragen, ob es zwischen den beiden am Set gefunkt hat …«

»Hat es?«

»Nicht dass ich etwas davon mitbekommen hätte. Claire hat damit kokettiert, aber …« Vallet zuckte erneut mit den Schultern. »Brad ist jemand gewesen, der mit jedem gut auskam und zu allen freundlich war. Ein All-american-Sonnyboy. Zumindest nach außen hin.«

»Hat Claire denn versucht, mit ihm anzubandeln?«

Vallet zupfte Albin zwei weiße Haare vom Hemd, rollte sie zwischen den Fingern zusammen und schnipste sie fort. »Nicht dass ich es mitbekommen hätte. Da müssen Sie sie selbst fragen.«

»Wie hat sie den Tod von Brad Stone aufgenommen?«

»Es hat sie zerschmettert. Es hat alle entsetzt – aber Claire ist am Boden zerstört. Ein Wunder, dass sie heute überhaupt hier ist. Wie ich schon sagte: Es ist eine Schande, dass man die Dreharbeiten einfach so fortsetzt, als sei nichts geschehen. Damit hätte ich beim besten

Willen nicht gerechnet. Man sollte doch wenigstens ein paar Tage aussetzen – aber: Wie ich schon sagte, geht es offensichtlich doch nur ums liebe Geld, und mich fragt ja keiner. Außerdem habe ich ohnehin schon viel zu viel geplappert, Monsieur le Commissaire.«

»Ex-Commissaire.«

Eine andere Stimme mischte sich hinzu. »Da ist unser Commissaire.« Es war die Stimme von Eric Chabrol, dem Regieassistenten. Er trug ein Headset und eine Sonnenbrille, was ihn aussehen ließ, als sei er Pilot und gerade aus einer Cessna gestiegen. »Können wir heute Abend mit Ihnen rechnen?«

»Was? Wo?«, fragte Albin.

»Yves Serrault trifft heute ein. Vielleicht sollten Sie einander kennenlernen.«

Chabrol nannte Albin den Namen eines Restaurants und eine Uhrzeit. Albin nickte lediglich und dachte: Meine Güte – ich und Abendessen mit Yves Serrault?

»Perfekt«, sagte Chabrol, der hektisch wirkte und sofort wieder verschwand.

Auch Serge Vallet hatte zu tun. »Ich muss ebenfalls weiter«, sagte er. »Claire braucht mich. Ich wünsche Ihnen noch einen angenehmen Tag.« Damit verschwand er in Richtung Set.

Albin zog ein letztes Mal an der Zigarette, drückte sie dann aus und behielt den Filter zwischen den Fingern. Er sah sich um und fand an einem Pavillon einen Mülleimer, wo er sie entsorgte. Tyson trottete an der Leine hinter ihm her.

Bislang, schien Tyson zu sagen, *bestätigen sich alle Aussagen über den Hergang, oder?*

»Mhm«, erwiderte Albin in Gedanken.

Und was meinst du dazu?

»Ich meine, dass immer noch am wahrscheinlichsten ist, dass ein bedauerlicher Fehler mit der Munition geschehen sein muss.«

Und falls nicht? Wie sieht es mit Motiven aus?

»Im Fall von Danielle Besnier erkenne ich kein Motiv, Brad Stone zu töten. Sie hätte allerdings eines, um sich an Olivier Besson zu rächen, der auf der Intensivstation liegt. Ich halte es dennoch für gespenstisch: Die männliche Filmrolle soll von seiner Ehefrau und seiner Affäre getötet werden, wobei seine Affäre auf ihn schießt. Dann geschieht es wirklich, mit dem Unterschied, dass jemand anders den Schuss abfeuert.«

Ich verstehe. Du denkst über die Verquickung von Fiktion und Wirklichkeit nach.

Albin nickte und setzte sich wieder in Bewegung, um zum Auto zu gehen. Tyson folgte ihm – natürlich, er war ja angeleint.

»Olivia Connor«, sagte Albin in Gedanken, »wird von ihrem Mann mit einer Jüngeren betrogen. In der Filmhandlung geschieht das ebenfalls. Sie ist bekannt dafür, sich sehr in ihre Rollen zu vertiefen, und ist von der Rolle der Nicole Delassalle regelrecht besessen.«

Du meinst, fragte Tyson, *sie ist vielleicht zu vertieft und zu besessen? Und die Filmrolle ihres Ehemanns verschmilzt mit der des echten?*

»Wer weiß«, murmelte Albin.

Wie sollte sie denn das mit der Munition gemacht haben?

Albin zuckte mit den Schultern. Er hatte keinen Schimmer. Allerdings hätte den Filmschuss sowieso nicht Olivia Connor abgefeuert, sondern Claire Lambert.

Sie wäre erledigt gewesen, erwiderte Tyson, *wenn sie den Abzug betätigt hätte. Damit hätte Olivia Connor ihrer Konkurrentin schwer eines ausgewischt, oder? Außerdem ihren Mann symbolisch umgebracht, eine wahnhafte Idee therapiert und gleichzeitig …*

»Mhm«, kürzte Albin ab. »Aber Claire Lambert hat nicht geschossen.«

Was denkst du über diese Claire?

»Sie wird als psychisch labil beschrieben. Sie hatte etwas mit Brad Stone. Er hat sie fallenlassen.«

Sie könnte sich aus psychotischer Eifersucht gerächt haben?

»Keine Ahnung«, sagte Albin und öffnete den SUV mit der Fernbedienung.

In jedem Fall waren beide nicht da, als der tödliche Schuss fiel. Vielleicht weil es einerseits wie ein Unfall wirken sollte und andererseits Claire Lambert ein Alibi geben würde – nach dem Motto: Ich war ja gar nicht am Set? Und bei Olivia Connor dasselbe Spiel, um zum Tatzeitpunkt nicht vor Ort zu sein?

»Das ist alles extrem hypothetisch«, sagte Albin, öffnete den Kofferraum und hob Tyson hinein. »Zumal sich eine der Frauen oder beide mit Waffen auskennen müssten. Mit Munition, die zudem hätte ausgetauscht werden müssen.«

Nun, sie haben doch das Gewehr und die Munition schon an anderen Tagen am Set gesehen und hätten auch am Tattag grundsätzlich Zugang zu der Waffe gehabt.

»Meine Güte«, sagte Albin und nahm Tyson die Leine

ab. »Du hörst dich an wie ein Polizist, der eine Fährte aufgenommen hat.«

Habe ich ja auch. Und ich bin ein Polizeihund.

»Ex-Polizeihund«, korrigierte Albin.

Wohin fahren wir überhaupt, Chef?

»Zum Bäcker«, sagte Albin.

Denn er musste eine Tüte Schokocroissants besorgen. Für eine Frau, die danach regelrecht süchtig war.

12

Theroux regte sich gerade über einen Lkw-Fahrer
auf, der im Schneckentempo überholte. Er fluchte vor
sich hin, aber Castel hörte gar nicht zu. Sie blickte aus
dem Seitenfenster, sah das grüne Autobahnhinweisschild
auf die Ausfahrt Nîmes-Ouest, das sie zum Centre Hos-
pitalier Universitaire de Nîmes führen würde, wo das
IML und das UMJ angedockt waren. Beim ersten handelte es sich um das Institut Médico-légal, die forensi-
sche Gerichtsmedizin, wo es um die Toten ging. Das
andere war die Unité Médico-judiciaire, wo für Gerichts-
verfahren nötige Befunduntersuchungen vorgenommen
wurden oder auf Ersuchen der Justiz die Betreuung von
Gewaltopfern sichergestellt wurde.

Cat und Theroux ging es meist um die Toten, wenn
sie herkamen. Und in diesem Fall handelte es sich um
einen sehr bekannten Toten, nämlich Bradley Stone.

Heute fand die Obduktion statt, zeitnah. Denn na-
türlich war der öffentliche Druck immens. Eben in den
Nachrichten im Radio hatte es einen Bericht über den
Stand der Dinge gegeben und darüber, dass wegen des
Vorfalls der Produzent Olivier Besson einen Herzinfarkt
erlitten hatte. Das Internet war voll mit Wahrheiten,
Halb- und Unwahrheiten. Fast schien es so, als hätte
jeder, aber wirklich jeder irgendetwas dazu zu sagen.

Gestern Abend hatte Cat mit Jean die Nachrichten im Fernsehen gesehen. Manche Sender hatten ihre Programme umgestellt, zeigten Filme mit Brad Stone.

Heute Morgen hatte Cat beschlossen, dass man sich dem Overkill nur durch Detox entziehen konnte – indem man einfach alles ignorierte. Anders war es nicht auszuhalten, denn man regte sich ja nur auf, und wer waren irgendwelche Kommentatoren bei TikTok, dass sie es sich mit ihren Forderungen an die Polizei erlauben konnten, indirekt Druck auszuüben?

Abgesehen davon lenkte das alles nur ab von der Kernfrage: Wie waren die scharfen Patronen in das Gewehr gelangt?

Darauf gab es nach wie vor keine Antwort. Bevor sie eben losgefahren waren, hatte sich Kevin Toullardin von der Spurensicherung gemeldet. Die Forensiker hatten sich die Munition genauer angesehen und festgestellt, dass der komplette Karton am Set mit scharfen Patronen gefüllt gewesen war. Außer einigen Fingerabdrücken von Waffenmeister Pascale Flechet waren weitere gefunden worden, die man noch nicht zuordnen konnte. Das mochten die von den Verkäufern sein oder von Angestellten des Herstellers. Im nächsten Schritt würde ermittelt werden, woher der Karton stammte, wer ihn wann und wo gekauft hatte.

Zunächst stand damit fest: Die scharfen Patronen waren in das Gewehr gelangt, weil es gar keine Platzpatronen gab und alle echt waren. Wie konnte das geschehen sein? Hätte Waffenmeister Flechet oder jemand in der Requisitenfirma das nicht merken müssen? Diese Fragen mussten geklärt werden, auch im Hinblick darauf, ob statt Fahrlässigkeit eine böse Absicht dahintersteckte. Nach den bisherigen Überprüfungen waren dem Waffenmeister Pascale Flechet zumindest keine Fehler nachzuweisen außer dem, nicht gemerkt zu haben, dass er die Waffe mit scharfen Patronen geladen hatte. Kevin Toullardin und Bruno Grinamy hatten sie miteinander verglichen und schon in der Dienstbesprechung gesagt, dass die echten und die falschen Patronen von Sellier & Bellot nahezu identisch aussahen. Das hatten sie nun im Labor verifiziert und Cat ein Foto geschickt.

In der Tat musste man schon sehr genau hinschauen, um Unterschiede zu bemerken. Wenn man sich in die Rolle des Waffenmeisters versetzte und davon ausging, dass der annahm, die Filmmunition dabeizuhaben, dann hätte Cat ebenfalls ohne Argwohn die Patronen aus der Kiste gezogen und in den Lauf gesteckt. Dennoch handelte es sich dabei natürlich um eine Fahrlässigkeit.

Generell gab es drei Möglichkeiten, wie der Karton von Sellier & Bellot ans Set gelangt sein konnte. In der Requisitenfirma war etwas durch einen Fehler schiefgegangen, und der Waffenmeister Pascale Flechet hatte unwissentlich scharfe Munition eingepackt. Oder jemand hatte den Karton in der Firma bewusst ausgetauscht. Oder Flechet hatte alles richtig gemacht – und jemand am Set den Austausch vorgenommen. Variante vier: Pascale Flechet war der Schuldige und hatte mit Vorsatz gehandelt, wenngleich nichts darauf hindeutete.

Es war für nachmittags eine Durchsuchung der Requisitenfirma angesetzt worden – aber Cat versprach sich nicht viel davon, denn entweder würden sie dort ebenfalls feststellen, dass alles in Ordnung und vernünftig dokumentiert worden war, oder jemand hätte seine Spuren inzwischen verwischt.

Das Problem war: Wenn tatsächlich keine fehlerhafte Verwechslung von scharfer Munition und Platzpatronen stattgefunden hatte, dann musste es mit Vorsatz geschehen sein. Hatte ein Mitarbeiter von der Requisitenfirma oder jemand am Set den Austausch gezielt vorgenommen, ging es um Mord. Ging es um Mord, gab es ein Motiv. Und dann musste es irgendeine Verbindung zwischen dem Täter und Bradley Stone geben.

Die Angestellten der Firma hatte sich die Polizei auf dem Papier bereits angesehen, ohne jedoch bei jemandem irgendeine Beziehung zu dem US-Schauspieler erkennen zu können. Das galt auch für Pascale Flechet.

Theroux war inzwischen von der Autobahn abgebogen und fuhr durch die Stadt.

»Der Verkehr«, sagte er, »wird jeden Tag schlimmer. Eigentlich wollte ich in den Sommerferien mit der Familie im Auto nach Narbonne fahren. Aber bei dem Verkehr wäre es vielleicht besser zu fliegen.«

»So schlimm ist es doch auch wieder nicht«, sagte Cat. Sie und Jean planten ebenfalls zu verreisen. Sie waren kürzlich zusammengezogen, und alle freien Tage letztes Jahr waren für den Umzug und die Renovierung draufgegangen. Jean war Kurator im Musée Granet in Aix-en-Provence, wo er auch gewohnt hatte. Er und Cat waren ständig hin- und hergependelt, was viel Zeit und Nerven gekostet hatte.

Schließlich hatten sie eine großartige Wohnung gefunden, und Jean hatte seinen Job anpassen können. Er machte nun viel vom Homeoffice aus, hatte seine

Stunden im Museum reduziert und außerdem wieder begonnen, als Kunsthistoriker frei zu arbeiten, was ihm mittlerweile ziemlich gut gefiel.

Jedenfalls hatten sie sich gegenseitig einen Entspannungsurlaub am Strand versprochen. Cat hatte darauf bestanden, dass nirgends Ausgrabungsstätten oder Museen zu finden sein sollten, wohin Jean sie schleppen könnte. Also war die Wahl auf die Karibik gefallen, zumal Veronique Leclerc so von Martinique geschwärmt hatte. Aber mal sehen, welche Insel es am Ende werden würde.

Schließlich kamen sie am Institut Médico-légal an, suchten einen Parkplatz, stiegen aus und meldeten sich an. Theroux schien etwas aufzufallen, er seufzte tief, hob die Hände und vergrub sein Gesicht darin. Cat wollte erst fragen, was los war. Aber im nächsten Moment verstand sie es.

Zuerst hörte sie ein heiseres Kläffen. Dann sah sie Tyson neben der Dame an der Anmeldung sitzen und freudig mit dem Hintern wackeln, als er Cat erkannte.

»Mir bleibt nichts erspart, aber auch gar nichts«, murmelte Theroux mit erstickter Stimme. Denn eines war klar: Wo Tyson war, war Albin nicht weit. Cat musste sich daher gar nicht erst erkundigen, ob er hier war.

Sie drehte sich auf dem Absatz um und ging mit großen Schritten durch die Flure. Theroux musste sich beeilen, um zu ihr aufzuschließen, und jammerte darüber, dass Albin unerträglich sei.

Cat kommentierte das nicht. Sie stieß die Tür zum Obduktionsraum heftig auf und ging schnurstracks auf den Edelstahltisch zu, an dem Albin und Berthe standen, die einen blutbefleckten grünen OP-Kittel trug. Sie hielt ein Schokocroissant in der Hand und schaute Cat mit ebenso großen Augen an wie Albin auf der anderen Seite des Sektionstisches, auf dem die bereits wieder zugenähte Leiche von Bradley Stone und neben ihr eine geöffnete Papiertüte vom Bäcker lag.

»Was wird das hier?«, fragte Cat und stemmte die Fäuste in die Hüften.

Berthe blickte langsam zu Albin und hielt sich wegen der Krümel eine Hand unter das Croissant, kaute vorsichtig, traute sich aber offenbar nicht, etwas zu sagen.

Albin sagte: »Castel. Stellen Sie nicht so alberne Fragen. Was soll das hier schon werden? Die Obduktion von Bradley Stone hat stattgefunden. Das ist doch offensichtlich.«

»Warum ohne uns?«

»Weil ihr erst jetzt kommt. Aber ich war ja hier, von daher …«

»Albin Leclerc!«, herrschte Cat ihn an.

Theroux seufzte überdeutlich, während sich Berthes Sektionsassistenten sicherheitshalber verzogen. »Albin«, sagte Theroux, »so geht das wirklich nicht.«

»Ich könnte Ihnen … Ich könnte …« Cat rang nach Worten.

»Sparen Sie sich die Luft«, erwiderte Albin. »Ich weiß schon, was Sie sagen wollen.«

»Und Sie, Berthe, kollaborieren auch noch mit ihm!«

Berthe machte weiterhin große Augen, zog die Schultern hoch, hielt nach wie vor schweigend eine Hand unter das Croissant und schluckte schließlich schwer.

»Also, Cat«, sagte sie, »Kollaboration würde ich das

nicht nennen, Albin ist doch als Berater eingesetzt, und …«

»Es ist sogar schlimmer als Kollaboration«, blaffte Castel. Sie war echt sauer. »Es ist Korruption, weil Sie sich mit Schokocroissants bestechen lassen! Croissants! So gering ist Ihr Preis!«

Berthe wischte sich einen Krümel aus dem Mundwinkel, blinzelte und sagte: »Wenn Sie mich jetzt billig nennen wollen, dann …«

»Croissants!«

Berthe schluckte erneut schwer. Dann schob sie sich demonstrativ den Rest Gebäck in den Mund und hob trotzig das Kinn.

»Sind Sie jetzt fertig?«, fragte Albin.

»Weiß ich noch nicht«, fauchte Cat.

»Zeigen Sie etwas Pietät und Anstand, Capitaine Castel. Vor Ihnen liegt die Leiche eines weltberühmten Schauspielers.«

Berthe blickte zwischen Castel und Albin hin und her und ergänzte schließlich: »Tut mir leid. Sie wissen doch, wie Albin ist.«

»Ja«, antwortete Castel, »das weiß ich. Leider.« Dann schaute sie irritiert zu Theroux, der sich über den Körper von Brad Stone beugte, den Kopf schief legte und sich eine Tätowierung genauer ansah, die sich unterhalb des Rippenbogens befand. Mehrere Worte.

»*And those who were seen dancing were thought to be insane by those who could not hear the music*«, las Theroux vor. »Was soll denn das bedeuten? Leute, die tanzen, werden von anderen, die die Musik nicht hören können, für verrückt gehalten?«

109

»Ein Partnertattoo«, erklärte Berthe, die mit dem Croissant fertig war. »Hat er sich vor einigen Jahren mit seiner damaligen Verlobten machen lassen.«

Albin sagte: »Berthe kennt sich mit Gossip ebenso gut aus wie meine Frau.«

Berthe ergänzte: »Ein Zitat von Nietzsche. Es ist eine Art Plädoyer für die Kreativität – manche haben sie, andere nicht. Sie hören die Musik nicht.«

Theroux sah Berthe an und dachte augenscheinlich nach. »Was denn für Musik?«

»Die Musik, die für manche unhörbar ist, für andere aber schon.«

Theroux runzelte die Stirn. »Weil sie Kopfhörer tragen, oder wie ist das gemeint?«

»Nein, es geht darum, dass …«

Cat ging dazwischen: »Alain, das ist nun wirklich nicht wichtig.« Sie sah ihm an, dass er gerade wieder mal auf der Leitung stand. »Er hat das Tattoo halt, und gut ist.«

»Warum schreibt man sich so was denn auf den Leib? Ich meine: ein schönes Muster, okay, oder die Namen deiner Kinder. Aber so einen Quatsch?« Theroux schüttelte leicht den Kopf. »Verstehe einer die Amerikaner.«

Cat sah Albin grinsen. Er sagte: »Wo wir gerade von Amerikanern reden – dieser tote Amerikaner wurde nach Berthes Meinung nicht gezielt erschossen.«

»Ach«, machte Cat und wendete sich zu Berthe.

Sie nickte und schob sich die rote Brille auf der Nase zurecht. »Ich war bereits bei der Erstbeschau der Meinung, dass ein wichtiges Blutgefäß getroffen worden sein muss, und das hat sich bestätigt. Brad Stone hatte eher Pech, würde ich sagen. Ein Schuss in den Schulterbereich sollte normalerweise nicht tödlich sein, wenngleich die Schrotkugeln großen Schaden anrichten. Die Entfernung hat etwa acht Meter betragen, und ich würde meinen: Wenn man jemanden tödlich treffen will, dann könnte man das mit der betreffenden Waffe aus dieser kurzen Distanz sehr wohl. Man würde auf die Brust zielen, auf das Herz beziehungsweise auf den Kopf. Das war hier aber nicht der Fall. Wenn man in der Absicht, jemanden zu töten, auf die Schulter schießt, wäre das Unsinn – selbst mit dem Wissen, wo die großen Blutgefäße verlaufen. Man hätte keine Garantie, einen tödlichen Treffer zu landen. Von daher wirkt es auf mich eher so, als habe die Schützin das Gewehr mehr oder weniger ungezielt einfach auf den Körper des Opfers gerichtet und den Schuss abgefeuert. Der Rest war dann einfach Pech für Bradley Stone.«

»Okay«, erwiderte Cat.

Das deckte sich mit den Filmaufnahmen vom Set, auf denen zu sehen war, wie sich Danielle Besnier das Gewehr mehr oder weniger ausrichten ließ und ihr erklärt wurde, wie man es richtig hielt. Es deckte sich außerdem mit ihrer Aussage und denen von weiteren Augenzeugen, die ausgesagt hatten, Danielle habe das Gewehr einfach irgendwie auf Brad Stone gerichtet und dann auf Kommando geschossen. Damit wurde es zunehmend unwahrscheinlich, dass sie den Schauspieler gezielt hatte töten wollen. Mehr sprach dafür, dass sie wie Stone einfach Pech gehabt hatte – Pech, als Schützin beim Einrichten der Szene zu assistieren, Pech, dass scharfe Munition im Gewehr war, und Pech, dass ein großes Blutgefäß verletzt worden war.

Albin fasste zusammen: »Danielle Besnier gerät damit aus der Schusslinie.«

»Und was mit dem Waffenmeister und der Requisite ist«, ergänzte Theroux, »werden wir noch sehen. Aber ich habe das Gefühl, dass er ebenfalls Pech gehabt hat.«

»Denkt mal über Folgendes nach«, sagte Albin. »In der Filmhandlung wird der Winzer Henri Delassalle von seiner Frau Nicole und seiner Affäre Sylvie erschossen. Dann geschieht das in der Realität – nur waren die beiden Frauen, die Nicole und Sylvie spielen, auf einmal nicht vor Ort. Eine Stellvertreterin sprang ein und gab den tödlichen Schuss ab.«

»Du meinst, die Filmhandlung wird auf einmal real?«, fragte Theroux.

Albin erklärte: »Olivia Connor vertieft sich extrem in ihre Rollen. Ihr Mann hatte sie im echten Leben gerade mit einer jüngeren Frau betrogen – ähnlich wie im Film. Connor sieht außerdem die jüngere Schauspielerin Claire Lambert als Konkurrentin am Set. Diese wiederum hatte einmal etwas mit Brad Stone und wollte wieder mit ihm anbandeln. Er hatte sie nach einer kurzen Affäre für eine andere verlassen. Sie war am Boden zerstört.«

»Was willst du damit sagen?«, fragte Theroux.

Albin zuckte mit den Schultern. »Weiß ich nicht. Werfe ich euch nur mal so als Infofetzen vor die Füße.«

»Woher wissen Sie das überhaupt?«, fragte Castel.

»Hört man so hier und da«, antwortete Albin.

Castel überlegte. »Ich denke, wir müssen erst feststellen, ob und wie die Munition verwechselt worden sein kann. Dazu müssen wir abwarten, was unser Besuch bei dem Requisitenunternehmen ergeben wird. Abgesehen davon: Sollten die Schauspielerinnen etwas damit zu tun haben, wie Sie andeuten, Albin, dann müssten die sich schon gut mit Waffen auskennen, oder?«

»Touché«, erwiderte Albin.

»Ihr lest wirklich nie die Klatschpresse, oder?«, fragte Berthe.

»Warum?«, meinte Cat.

Berthe nahm ihr Handy aus der Kitteltasche, tippte auf dem Display herum. Dann drehte sie das Gerät in Richtung von Cat, Theroux und Albin. Darauf war ein Foto zu sehen, das Olivia Connor in einem Tweedsakko mit einer dekorativ in die Hüfte gestemmten Schrotflinte zeigte. »Olivia Connor«, erklärte Berthe, »geht regelmäßig auf Fasanenjagd. Da kennt man sich doch durchaus mit Waffen aus, oder?«

13

»Man muss sich nicht zwingend mit Waffen auskennen«, sagte Louise Martin und drückte Cat ein Sturmgewehr in die Hand, »aber es schadet nicht.«

Cat nickte und betrachtete die Waffe, die sehr echt aussah. Sie checkte das Magazin, lud durch und betätigte den Abzug, worauf ein kleiner Elektromotor im Innern aktiviert wurde und den Verschluss losrattern ließ. Normalerweise würde er Patronenhülsen ausspeien.

Theroux stand neben Cat und hantierte mit einer Glock, die ebenfalls aus Kunststoff war und täuschend echt aussah – so wie alles hier in der Waffenkammer der Requisitenfirma »Armafx«, die im Gewerbegebiet von Avignon ansässig war. Die Schränke mit den Gewehren und die Schubladen mit den Pistolen und Revolvern – der Anzahl nach hätte man damit eine kleine Privatarmee ausstatten können. Bei »Armafx« konnte man außerdem Polizei- und Militärfahrzeuge mieten, sogar Hubschrauber, Uniformen und Equipment sowie an Statisten gelangen, die sich mit militärischen Taktiken auskannten. Alles diente ausschließlich für Film und Fernsehen.

Louise Martin lächelte und beobachtete Castel beim Hantieren mit dem Gewehr. Sie trug ein Poloshirt mit Firmenaufdruck, hatte raspelkurze blonde Haare und jede Menge Tätowierungen auf den Armen. Pascale

Flechet, der Waffenmeister, hielt sich zurück, lehnte an der Wand, die Hände in die Hosentaschen gestopft, und wirkte so, als habe er einige Nächte nicht geschlafen. Was man ihm nicht verdenken konnte.

»Sie«, sagte Louise Martin zu Cat, »kennen sich in jedem Fall aus.«

Cat nickte. »Ich war eine Zeit lang bei der BRI-BAC in Marseille, operative Unterstützung.«

Louise Martin, die die Geschäftsführerin von »Armafx« war, nickte anerkennend. »Wir beschäftigen einige ehemalige Polizisten und Mitglieder der Spezialeinheiten, auch des Militärs. Sie sind an den Sets als Berater aktiv oder als Statisten, damit Einsätze möglichst authentisch dargestellt werden. Bei Bedarf zeigen wir auch den Schauspielern, wie man mit den Waffen umgeht oder wie man sich bei einem Einsatz bewegen würde. Ich selbst war ebenfalls bei der Armee, auch in Auslandseinsätzen.«

Cat gab ihr das Sturmgewehr zurück. »Sieht täuschend echt aus, ist aber deutlich leichter als das Original. Es funktioniert wie eine Softair-Waffe, oder?«

Louise Martin nahm das Gewehr und legte es auf einem Tisch ab.

Sie nickte und sagte: »Im Prinzip ja. Es kommen für unterschiedliche Szenen in Filmen unterschiedliche Waffen zum Einsatz. Es gibt welche aus Gummi, die nicht besonders detailliert sein müssen. Das sind Requisiten, die auch geworfen werden können, zu Boden fallen oder darüber schlittern. Dann gibt es Blowback-Waffen wie dieses Sturmgewehr oder die Glock, die Ihr Kollege in der Hand hält.«

Theroux lud die Glock durch. Drückte ab. Es gab ein Klicken, und der Schlitten sprang zurück. Er zog das Magazin heraus und legte beides auf einem Tisch ab.

Louise erklärte weiter: »Blowback-Waffen sehen sehr echt aus. Das Mündungsfeuer und herumfliegende Patronenhülsen sowie Soundeffekte werden in der Postproduktion digital hinzugefügt, so dass es am Ende sehr authentisch wirkt. Diese Waffen werden verwendet, wenn zum Beispiel Schüsse sehr nah am Gegner oder sogar aufgesetzt abgefeuert werden. Man tut so, als ob man schießt – der Rest folgt dann in der Tricktechnik. Oder stellen Sie sich vor, dass eine Einsatzgruppe in einen engen Raum voller Gangster eindringt, und alle beginnen, mit automatischen Waffen zu feuern. Das wäre auch mit Platzpatronen viel zu gefährlich und außerdem ohrenbetäubend laut – zumal solche Szenen mehrfach aus unterschiedlichen Kamerawinkeln wiederholt werden müssen. Diese Funktionswaffen sind für Großaufnahmen und Details aber manchmal nicht authentisch genug. Dann kommen deaktivierte echte Schusswaffen als Requisiten zum Einsatz. Wiederum aus Gründen der Authentizität müssen manchmal aus echten Waffen Schüsse abgefeuert werden – denn auch Personen, die sich gut mit Waffen auskennen, sollen im Film den Eindruck haben, alles wäre Wirklichkeit. Dann werden unsere Waffenmeister wie Pascale Flechet aktiv – gesetzliche Vorschrift. Aus den echten Waffen werden Platzpatronen abgefeuert. Aber manchmal wird mit den Patronen in Großaufnahme hantiert. Dann müssen auch diese Patronen echt aussehen und aus ebenfalls echt wirkenden Kartons oder Trägern entnommen werden. Tja, und so ist es in diesem Fall gewesen – eine echte Waffe mit echt aussehenden Platzpatronen, die von uns für genau diese Zwecke hergestellt werden.«

»Nur«, sagte Cat, »dass echte Patronen im Gewehr steckten und deswegen ein Mensch getötet wurde.«

Sie sah, wie Pascale Flechet zusammenzuckte. Louise Martin nickte mit ernster Miene und fuhr sich über das Kinn.

»Wir können uns nicht erklären, wie das geschehen sein kann. Die Waffe war einige Male am Set, und Pascale war stets dabei. Auch der Munitionskarton war einige Male dort – es ist eine Replik des Originalkartons, die Patronen ebenfalls. Wir haben alles Ihrer Spurensicherung übergeben.«

Flechet setzte sich in Bewegung und gab Castel einige Ausdrucke.

Er sagte mit matter Stimme: »Das ist die Dokumentation der Entnahme zu der Munition und der Waffe. Ich habe alles bereits an Ihre Kollegen gegeben. Ich kann nur wiederholen, dass ich mir keiner Schuld bewusst bin. Es hatte alles seine Ordnung. Am betreffenden Tag habe ich das Gewehr selbst geladen, und mir ist nichts aufgefallen.«

Theroux fragte: »Weil die Schreckschussmunition und der Karton so echt aussahen wie die scharfe Munition?«

Flechet überlegte. Er wollte nichts Falsches antworten, denn natürlich war ihm klar, worum es ging.

Er antwortete: »Die scharfe und die Requisitenmunition sehen täuschend echt aus. Man hätte schon sehr genau hinschauen müssen, aber ich habe dazu keinen Anlass gesehen. Ich bin davon ausgegangen, dass ich

Platzpatronen bei mir habe. Es ist mir absolut nichts aufgefallen, das auf das Gegenteil hingedeutet hätte.«

Theroux fuhr fort. »Das Gewehr lag auf einem Requisitentisch. Die Patronen ebenfalls. Sie hatten uns bereits gesagt, dass Sie es nicht die ganze Zeit über im Blick hatten.«

»Das stimmt.«

»Hätten Sie es nicht die ganze Zeit über im Blick haben müssen?«

»Monsieur le Capitaine«, sagte Louise Martin, »was ist denn, wenn er mal zur Toilette muss? Er kann ja nicht alles mitschleppen. Und wie stellen Sie sich das bei einem Kriegsfilm vor? Wir haben gesetzliche Vorgaben und Sicherheitsvorschriften, die wir einhalten und die wir auch hier eingehalten haben. Ich kann kein Fehlverhalten meines Mitarbeiters erkennen.«

»Dennoch ist Brad Stone tot«, sagte Theroux. »Und Sie müssen unser Vorgehen bitte verstehen. Es gibt drei Möglichkeiten, wie die scharfen Patronen ans Set gekommen sind. Erstens: Sie wurden hier in der Requisite vertauscht. Zweitens: Monsieur Flechet hat Platzpatronen hier entnommen, aber stattdessen scharfe Patronen mit ans Set gebracht. Oder: Eine dritte Person hat die Patronen am Set ausgetauscht.«

»Ich habe die Patronen nicht vertauscht!« Flechet zitterte. »Warum sollte ich das tun? Ich habe alles richtig gemacht, ich …«

Cat machte eine beruhigende Geste. »Niemand sagt, dass Sie das getan haben, Monsieur Flechet. Aber wir müssen alle Varianten ins Kalkül ziehen und sie nacheinander ausschließen.«

»Ich sollte mir einen Anwalt nehmen.«

»Wenn Sie meinen«, erwiderte Theroux.

Cat sagte: »In der Tat würde ich es Ihnen empfehlen. Und Ihnen und Ihrer Firma ebenfalls, Louise. Mal abgesehen von der Polizei: Es gibt Versicherungen, die sich melden werden, die Anwälte der Produktion selbst oder vonseiten des Opfers – da könnte einiges auf Sie zukommen.«

Flechet schüttelte wieder mit dem Kopf. Kraftlos. »Ich habe nichts damit zu tun, ich schwöre.«

Theroux fragte: »Können Sie das beweisen?«

»Ich habe Ihnen doch alles erklärt! Mehrfach! Wir haben Ihnen alle Unterlagen zur Verfügung gestellt, die Waffe, die anderen Requisiten und …«

Theroux nickte. »Das ist alles richtig. Aber wir haben Ihre Fingerabdrücke an den scharfen Patronen sowie auf dem scharfen Munitionskarton.« Da waren auch noch andere, die bislang nicht zuzuordnen waren, wusste Cat. Doch sie ließ Theroux reden, der ergänzte: »Sie versichern uns, dass Sie den Karton nicht ausgetauscht haben. Aber können Sie das auch beweisen?«

Flechet suchte nach Worten und zuckte mit den Schultern.

»Wie soll er das beweisen?«, fragte Louise Martin, die nun verärgert wirkte. »Wir können Ihnen belegen, dass Requisitenmunition entnommen worden ist. Basta.«

Cat fragte: »Monsieur Flechet, haben Sie das Gewehr und den Tisch mit den Requisiten aus den Augen gelassen?«

Louise Martin fuhr dazwischen: »Ich habe doch gesagt, dass …«

Cat machte eine abschneidende Geste, und Flechet sagte: »Ich habe der Polizei bereits mehrfach erklärt, dass ...«

»Erklären Sie es erneut. Wäre es möglich gewesen, dass eine dritte Person die Munition ausgetauscht hat, ohne dass Sie es bemerkten? Wir müssen das wissen.«

»Natürlich«, erklärte Flechet. »Ich war zweimal auf der Toilette, weil ich viel Kaffee getrunken hatte. Ich habe eine Zigarette am Rande des Sets geraucht. Ich habe einige Male mit Personen der Crew gesprochen und dem Tisch mit der Waffe den Rücken zugewendet.«

Cat lächelte. »Danke«, sagte sie. »Ich glaube, wir sind dann hier zunächst fertig, herzlichen Dank.«

Damit verabschiedeten sich Castel und Theroux, setzten sich wieder ins Auto und fuhren zurück in Richtung Carpentras.

»Er hat nichts damit zu tun«, sagte Cat. »Ich glaube ihm.«

»Er könnte mit jemandem unter einer Decke stecken«, sagte Theroux. »Aber ehrlich gesagt ...«

»Wo ist das Motiv?«

Theroux nickte. »Sehe ich auch so. Aber falls eine dritte Person die Munition ausgetauscht hat, gehört schon eine gehörige Portion Risikobereitschaft dazu, oder?«

Unbedingt, dachte Cat. Jede Menge kriminelle Energie. Mal abwarten, was Herbault und Griffon abliefern würden. Sie kümmerten sich um die Frage, wo und wann zuletzt ein Karton Stahlschrotpatronen im Kaliber 12/76 von Sellier & Bellot gekauft worden war.

»Burger?«, fragte Theroux, als auf der Avenue Fontcouverte ein goldenes »M« in ihr Sichtfeld geriet. »Ich habe einen Mordshunger.«

»Warum nicht«, erwiderte Cat.

14

Das »Le Cheval« war ein Mittelklasserestaurant außerhalb von Carpentras in einer Nebenstraße, das man nur fand, wenn man wusste, wonach man suchte. Es hatte eine große mit Lampions geschmückte und überdachte Außenterrasse, auf der um die hundert Menschen einen Platz finden konnten, weswegen es häufig für Familien- und Betriebsfeiern oder Hochzeiten gebucht wurde.

Heute war es zu drei Vierteln gefüllt, weil die Crew von *Die Mörderischen* hier gemeinsam zu Abend aß, und Albin hatte eine Einladung erhalten, um Yves Serrault zu treffen. Er saß neben Claire Lambert, und Albin war zunächst aufgefallen, dass der Schauspieler relativ klein war.

Olivia Connor hielt ein großes Messer in der Hand, betrachtete es, legte es dann aber wieder auf dem Tisch ab und blickte hinüber zu Wilson Fairchild. Er war der Einzige an der langen Tafel, der stand, weil er zwischen den Gängen eine kleine Ansprache hielt.

Die wichtigsten Crewmitglieder, auch die Schauspieler, saßen an seinem Tisch. Albin hatte an einem anderen Platz genommen und nach einem Salat ein Roastbeef erhalten, das vom Stück mit solchen Messern, wie Olivia Connor es eben betrachtet hatte, vor den Augen der Gäste auf einem Holzbrett geschnitten wurde. Eric

Chabrol, der Regieassistent, saß neben Albin, und Albin fragte sich, ob er sich am Nebentisch wohl in die zweite Reihe versetzt fühlte.

»Es ist fürchterlich«, sagte Wilson Fairchild gerade, blickte nachdenklich auf seine Fingerspitzen und sah nach einer Pause wieder auf. »Uns allen fehlen die Worte, denn Brad war jedem ein guter Freund, ein exzellenter Schauspieler und ein herausragender Mensch. Das gilt ebenso für Olivier Besson, den wir in unsere Gebete einschließen und für den wir hoffen, dass er bald wieder wohlauf sein wird.«

Albin hörte ein leises Schnauben neben sich. Eric Chabrol massierte sich die Nasenwurzel und schüttelte kaum vernehmlich mit dem Kopf.

Fairchild fuhr fort: »Es hat etwas Anstrengung gekostet, aber ihr alle wisst es bereits: Wir werden zwei drehfreie Tage einlegen, um trauern zu können. Und trotz unserer Fassungs- und Sprachlosigkeit gilt doch das alte Wort im Showbiz, und Brad und Olivier würden es nicht anders wollen: *The show must go on.*«

Allgemeines Nicken und Murmeln. Dann folgte ein Toast auf Brad Stone und Olivier Besson, der nach wie vor auf der Intensivstation lag – es war noch unklar, ob er durchkommen würde. Gläser wurden erhoben, Tränen wurden getrocknet.

»Pff«, machte Chabrol neben Albin.

Albin lehnte sich zu ihm und fragte mit gesenkter Stimme: »Irgendwas nicht in Ordnung?«

Chabrol lehnte sich zu Albin und murmelte: »Wie sagt man? Über die Toten nichts Schlechtes reden?«

»Kommt drauf an«, erwiderte Albin.

»Brad war *everybody's darling* – nach außen hin. Wer ihn persönlich kannte, der wusste, dass er ein schrecklicher Pedant und empathieloser Despot sein konnte.«

»Oh? Ich dachte ...«

»Denken die meisten. Er hat sich mit seinen Frauen den Hintern abgewischt und sich daran ergötzt, wie Claire ihm hinterherhechelte. Wenn ihm irgendwer nicht passte, wurde die Person sofort gefeuert. Glauben Sie mir: Die Rolle des Henri Delasalle ist ganz treffend mit ihm besetzt worden. Und Besson: ein egomaner Ignorant. Wilson hat sich kein Bein wegen der drehfreien Tage ausgerissen, die er hier als Trauertage für Brad verkauft.«

»Inwiefern?«, fragte Albin.

Chabrol erklärte: »Übermorgen und am Folgetag wären ohnehin nur Nebenszenen aufgenommen worden, weil Olivia und Claire nach Cannes zu den Filmfestspielen fahren – einige andere haben dort ebenfalls Termine.« Chabrol betrachtete seine Fingernägel. »Das stand schon vorher fest. Sie fahren nach Cannes, um dort die aktuellen Filme zu promoten und sich außerdem der Presse zu stellen, wobei das Thema wohl eher ein anderes sein wird, kann man sich denken. Sie werden nur über Brad und *Die Mörderischen* reden, was doch, bei allem Übel, eine phantastische PR für den Film bedeutet, oder? Und: *The show must go on* – aber auch nur deswegen, weil der finanzielle Druck auf dieser Produktion immens hoch ist. Besson hat alles hineingesteckt, was er hat, statt in wirklich interessante und qualitativ hochwertige Produktionen zu investieren, aber ...« Chabrol winkte ab. »Vergessen Sie's. Ich habe nichts gesagt.«

»Mhm«, machte Albin und lehnte sich zurück, als zur Nachspeise eine Crème brulée serviert wurde. Nicht die beste, die Albin je gegessen hatte, aber in Ordnung und dem Standard des Restaurants angemessen.

Er verfolgte, wie Olivia Connor aufstand und in Richtung der Toiletten ging. Sie kam an ihm vorbei, worauf sich Albin nach einem Moment ebenfalls vom Platz erhob und dorthin begab. Ein Star wie sie, der wie jeder andere Mensch mal pinkeln musste, ohne Bodyguards, ohne Allüren, auf einem völlig normalen Klo in einem Restaurant, das von einem Stern so weit entfernt war wie der Mont Ventoux vom Mond: Das war schon ein Ding, dachte Albin.

Er stoppte vor den Türen für Herren und Damen, zog das Handy aus der Hosentasche und schickte Veronique eine WhatsApp. Sie war erst beleidigt gewesen, dass er sie heute nicht mitgenommen hatte. Aber sie hatte seine Erklärung geschluckt, dass es eher ein Arbeitsessen war und er nicht gleich mit der Tür ins Haus fallen und einen schlechten Eindruck hinterlassen wolle. Und dafür liebte er sie unter anderem: dass sie das sofort verstand, ohne eine Szene zu machen.

Er hörte die Spülung, wartete noch etwas ab, bis die Tür aufging und Olivia Connor erschien. Albin tat so, als wolle er selbst gerade zur Toilette, und lief mit dem Handy in der Hand beinahe in sie hinein, stoppte aber rechtzeitig und schenkte der Schauspielerin ein entschuldigendes Lächeln.

»Oops«, machte sie und wedelte mit den Fingern. »Sie haben da drinnen keine Papiertücher, nur diese Gebläse. Die kann ich aber nicht ertragen, viel zu laut.«

»Schreckliche Geräte. Wie Laubsauger.«

Olivia Connor lachte und nickte, legte dann den Kopf schief und musterte Albin. »Und Sie habe ich gestern gesehen. Sie sind noch gleich …«, begann sie.

»Albin Leclerc«, erwiderte Albin. »Ex-Commissaire und polizeilicher Berater. Ich bin wegen dieser schrecklichen Sache mit Bradley Stone am Set. Und als Berater für Yves Serrault. Ihr Regisseur hatte diese Idee – von wegen echter Kommissar im Ruhestand und die Rolle von Serrault als Clouzot …«

Die Schauspielerin formte ein erstauntes »O« mit den Lippen. »Ich verstehe«, sagte sie. »Aber das ist ja ganz wunderbar, was für eine herrliche Idee. Ich bin stets für die größtmögliche Authentizität. Haben Sie sich schon getroffen?«

»Noch nicht. Wird sicherlich gleich geschehen. Darf ich Ihnen eine Frage stellen?«

»Aber natürlich, Monsieur Leclerc, fragen Sie nur.« Ihr Französisch war ausgezeichnet – und so prätentiös, wie sie ihm beschrieben worden war, wirkte sie gar nicht. Aber das musste nichts heißen.

»Ich hoffe, Sie nehmen es mir nicht übel, weil ich jeden danach frage, es ist Routine. Haben Sie eine Ahnung, wie die scharfen Patronen ans Set gekommen sein könnten?«

»Ich?«, fragte sie zurück und legte die Hand aufs Herz. »Überhaupt nicht. Wissen Sie, Monsieur, mit solchen Dingen habe ich keine Berührung. Das macht die Requisite.«

»Aber Sie haben vielleicht eine Idee, wie das passiert sein könnte.«

»Es muss eine fürchterliche Verwechslung gegeben haben, nicht? Wie soll das sonst geschehen sein? Dieses arme Mädchen, das schießen musste …«

»Danielle Besnier.«

»Richtig. Normalerweise hätte Claire das Gewehr halten müssen – aber sie musste ja unbedingt noch mal in die Maske, bloß weil ich noch mal in die Maske wollte.« Sie zuckte mit den Schultern und verdrehte die Augen leicht. »Na ja. Wie dem auch sei. Aber das wäre am Ende ja auch nicht besser gewesen, oder, dann wäre Bradley jetzt trotzdem tot?«

»Nicht wirklich besser, nein, und wahrscheinlich trotzdem tot, ja.«

Albin wollte eine weitere Frage stellen, aber da blickte Olivia Connor bereits über seine Schulter hinweg, berührte ihn dann am Oberarm und sagte: »Oh, ich sehe, Yves ist gerade mit dem Essen fertig. Kommen Sie, ich stelle Sie rasch vor.«

Und damit ging sie los und schnappte sich Albins Handgelenk. Albin hatte keine andere Möglichkeit, als ihr zu folgen.

Yves Serrault hatte gerade seinen Nachtisch verspeist und sich von der neben ihm sitzenden Claire Lambert Rotwein nachschenken lassen. Er trug ein lässiges blaues Sakko, darunter ein weißes Polohemd und blickte auf, als Olivia mit Albin im Schlepptau hinter ihn trat, ihm die freie Hand auf die Schulter legte und fragte: »Yves?«

»Meine Liebe?«, erwiderte Serrault und legte seine mit Altersflecken besprenkelte Hand auf ihre.

»Kennst du schon Monsieur Albin Leclerc?«

Serrault war locker einen Kopf kleiner als Claire Lambert, die sich ebenfalls interessiert zu Albin wendete. Sie erschien übernächtigt, angeschlagen, aber ihr Maskenbildner, vielleicht dieser Serge, hatte es mit Make-up einigermaßen überpinselt. Genau wie Olivia Connor wirkte sie auf Albin wie eine völlig normale Frau, die vielleicht ein gewisses Etwas hatte, das seine wahre Magie allerdings erst durch das Objektiv einer Kamera entfaltete.

Das galt auch für Yves Serrault, der eher die Ausstrahlung eines normalen gepflegten älteren Herrn mit ebenso weißen Haaren wie Albin hatte, jedoch eine befremdlich tiefe Gesichtsbräune, die von deutlich zu vielen Sonnenbädern ohne UV-Schutz sprach.

»Leclerc«, wiederholte Yves Serrault und schien im Oberstübchen nach dem Namen zu suchen.

»Dein Berater, Yves?«, fragte Olivia Connor.

»Leclerc!«, sagte Serrault dann. Offenbar hatte man ihm schon von Albin erzählt. Serrault lächelte und offenbarte eine perfekte schneeweiße Zahnreihe, die etwas opak und porzellanhaft wirkte. Er glitt vom Stuhl, wobei sich seine Körpergröße kaum veränderte. Er war kleiner als Olivia Connor und sehr viel kleiner als Albin, dem er nun die Hand schüttelte.

»Es ist mir eine Ehre«, sagte Albin und überlegte für einen Moment: Ich inmitten von Yves Serrault, Olivia Connor und Claire Lambert, und die kennen mich sogar – was für eine verrückte Welt.

»Ebenso«, erwiderte Serrault, lächelte immer noch und schüttelte Albins Hand nach wie vor – beinahe so, als sei er für einen Moment im Stehen eingeschlafen.

»Leclerc?«, fragte Claire Lambert. »Den Namen habe ich bereits gehört, aber habe ich Sie schon einmal gesehen?«

Bevor Albin antworten konnte, erklärte Olivia Connor: »Er ist Ex-Polizist, Claire, und bestimmt hast du ihn am Set schon gesehen, aber es wieder vergessen – wir alle sind zurzeit ja nicht ganz bei uns wegen Brad, insbesondere du.«

»Danke für die Erklärung über meinen Zustand«, erwiderte Claire und drehte sich wieder zum Tisch, während Olivia Connor zum Regisseur Wilson Fairchild schwebte und ihm darlegte, wen sie gerade mit wem bekanntgemacht hatte, worauf Fairchild Albin zufrieden zulächelte und sagte: »*Leclerc and my Clouzot – beautiful.*«

Yves Serrault hielt nach wie vor Albins Hand und blickte ihn immer noch an. »Monsieur Leclerc. Mein lieber Albin«, sagte er dann, »darf ich Sie fragen: Rauchen Sie?«

»Allerdings.«

»Hätten Sie eine Zigarette für mich? Ich habe meine im Auto vergessen, und es raucht hier niemand sonst.«

»Dann gehen wir doch vor die Tür und genehmigen uns eine, Monsieur Serrault«, schlug Albin vor.

»Guter Mann!« Jetzt ließ Serrault Albins Hand los, um ihn am Oberarm zu knuffen. »Und nennen Sie mich Yves, Albin.« Er knuffte ihn erneut. »Wir sind ja Kollegen jetzt, was?« Noch ein Knuff. »Kollegen, oder?« Serrault lachte jovial auf. Ein weiterer Knuff. »Wir beide. Commissaire und Commissaire. Fabelhaft.«

Kurz fragte sich Albin, ob Serrault noch alle Tassen

im Schrank hatte. Er lächelte dennoch und sagte: »Dann nichts wie los, Kollege.«

Worauf er sich in Bewegung setzte, um vor die Tür auf den Parkplatz zu gehen. Serrault schnappte sich sein Weinglas, folgte ihm auf den Schritt, ließ sich draußen eine Gitanes anbieten und Feuer geben, inhalierte dann tief und pustete den Qualm in einem feinen Strahl in den sternenklaren Nachthimmel.

»Was auch immer die Nacht in unseren Seelen verursacht«, sagte er, blickte versonnen nach oben und dann zu Albin, »sie kann Sterne hinterlassen, ist es nicht so, mein Freund? Victor Hugo hatte nicht unrecht.«

Und da war der Yves-Serrault-Moment, dachte Albin und traute sich zunächst gar nicht, seine Gitanes anzuzünden. Die Betonung, diese Gesten, sein Blick und auf einmal der Ausdruck in seinen Augen …

Eben hatte der Mann noch wie ein halbdementer Senior gewirkt. Jetzt war er Yves Serrault, der große Charakterdarsteller, der die Frauenherzen mit einem Zwinkern zum Schmelzen bringen und mit einem tollkühnen Degenstreich die Männer in die Fechtclubs treiben konnte, weil sie auch d'Artagnan sein wollten.

»Bei manchen«, erwiderte Albin und inhalierte nun ebenfalls, »bleiben leider nur schwarze Löcher.«

Serrault lachte auf, sah Albin wieder mit diesem Blick an, als wäre er mit den Gedanken ganz woanders, habe nur die Hälfte verstanden, wolle aber dennoch so tun, als ob alles angekommen sei.

»Albin«, fragte er dann, »was treiben Sie denn so den ganzen Tag lang?«

Gute Frage, dachte Albin. »Ich gehe mit meinem

Hund spazieren. Ich helfe im Haushalt, mache den Garten, sitze im Café oder unterstütze manchmal die Kollegen von der Polizei bei laufenden Ermittlungen. Es ist das Einzige, was ich gelernt habe und wirklich gut kann. Aber ich kann den Beruf nicht mehr ausüben. Das ist anders als bei Ihnen. Sie können noch mit achtzig vor der Kamera stehen oder Ihre Memoiren schreiben.«

»Sie sind wie ein Auto, bei dem man im Leerlauf Vollgas gibt.«

»So in der Art.«

»Welche Fälle sind das? Einbrüche? Mordfälle?«

»Häufig Mordfälle. So wie im Fall von Bradley Stone.«

»Fürchterliche Sache. Wie konnte das nur geschehen?«

»Wissen wir noch nicht. Fahrlässigkeit vermutlich, nur von wem?«

»Mhm«, machte Serrault und rauchte.

»Kannten Sie ihn?«

Serrault schüttelte den Kopf. »Nein. Aber er war den Frauen sehr zugetan. Wie wir zwei, oder?« Er lachte. »Dennoch komisch«, fuhr Serrault fort. »Als wir *Bonaparte* gedreht haben, wurde nur mit Platzpatronen geschossen. Selbst die Kanonen hatten keine Kugeln. Sie hätten Filmmunition nehmen sollen.«

»Natürlich. Das ist ja das Problem.«

»Welches Problem?«

»Dass echte Munition im Gewehr war, mit dem auf Brad Stone geschossen wurde.«

»Ah, genau.« Serrault nickte und paffte. »Platzpatronen wären besser gewesen. Da wäre das nicht passiert, und Brad wäre heute bei uns. Hätte ihn gern getroffen.

Großer Freund der Frauen, was?« Serrault lachte erneut verschwörerisch.

Albin fragte sich ein weiteres Mal, ob Serrault ihm überhaupt zuhörte oder ob er Medikamente nahm beziehungsweise sich sein jahrzehntelanger Alkoholkonsum rächte. Dabei wirkte er stets so souverän und wortgewandt, wenn man ihn in Interviews sah. Vermutlich weil er in seine Rolle als Yves Serrault, der Schauspieler, schlüpfte und professionell ablieferte, was von ihm erwartet wurde.

»Wie man so hört«, erwiderte Albin, »war er das wohl, in der Tat.«

»Und Ihre Frau?«

»Ist die beste aller Frauen. Sie ist ein großer Fan von Ihnen, Yves.«

Serrault schmunzelte. »Richten Sie der Madame bitte meine Grüße aus. Falls sie einmal ein Autogramm oder Selfie möchte – jederzeit.«

Bingo, dachte Albin. Veronique würde umfallen.

»Das ist sehr großzügig, Yves.«

»Wir drehen morgen auf dem Weingut – sind Sie dort?«

»Vermutlich ja, denke schon.«

»Bringen Sie Madame doch mit?«

»Ja, vielleicht, mal sehen, wir …«

»Machen wir ihr doch ein Selfie? Commissaire Leclerc und Commissaire Clouzot?« Serrault lachte und wirkte begeistert von seiner Idee.

Albin grinste. »Wenn es Ihnen nichts ausmacht?«

»Ich bestehe darauf. Ihr Handy, Monsieur. Sofort!«

Er klemmte sich die Gitanes in den Mundwinkel, ergriff dann das Telefon, schaltete den Kameramodus ein und richtete das Smartphone aus. Die Außenbeleuchtung war hell genug. Dann sah er auf dem Display, dass sich die Tür hinter ihnen öffnete und Wilson Fairchild mit seinem Assistenten Eric Chabrol herauskam.

»*Mes commissaires!*«, rief Fairchild. »*Beautiful!*« Er kam zwischen Albin und Serrault zum Stehen. »Ihr tauscht euch bereits aus. Wundervoll. Weiter so. Ich muss leider bereits los und noch etwas am Drehbuch arbeiten. Wir sehen uns, *Leclerc and my dear Yves.*« Und damit dampfte der Regisseur ab in Richtung eines SUVs. Eric Chabrol setzte sich ans Steuer, er musste offenbar den Chef chauffieren.

»Vergessen wir nicht unser Foto«, sagte Serrault.

Albin nickte, nahm das Telefon wieder hoch und richtete es erneut aus. Er musste aber unauffällig in die Knie gehen, um Serrault und sich aufs Bild zu bekommen. Serrault simulierte bei Albin einen kumpelhaften Kinnhaken und strahlte. Und wieder dachte Albin: Ein völlig anderer Mensch, sobald ein Objektiv ihn einfängt und er in eine Kamera blickt. Er ließ den Auslöser dreimal klicken.

Veronique würde ausflippen.

15

Olivia trank einen weiteren Espresso und drehte sich zu Claire, die ihren Kopf an Olivias Schulter lehnte – aber nur sehr kurz, um sie dann anzusehen.

»Kannst du schlafen?«, fragte sie.

Olivia schüttelte knapp mit dem Kopf, blickte beiläufig in dem inzwischen fast leeren Restaurant umher.

Claire lehnte sich im Stuhl zurück, blickte auf die Uhr und sagte, dass sie es mit dem Schlafen dennoch versuchen wolle – am besten mit etwas »Unterstützung«.

»Sei vorsichtig damit«, sagte Olivia und checkte ihr Handy. »Du gewöhnst dich viel zu schnell daran, und das kannst du im Moment nicht brauchen.«

»Du klingst wie meine Mutter«, erwiderte Claire und pustete sich eine Strähne aus der Stirn.

»Vielleicht muss irgendjemand das tun. Hat dieser Leclerc mit dir gesprochen?«

Claire nickte und gähnte.

»Ich bin mir nicht sicher, was dem Mann einfällt.« Olivia machte eine Geste mit der Hand, als wollte sie eine Fliege verscheuchen. »Steht vor dem WC herum und fängt mich dort ab, um mir Fragen zu stellen. Was ist denn das für eine Art?«

»Auf mich wirkt er ganz freundlich und gutmütig.«

»Masche«, erwiderte Olivia. »Wäre er der freundliche

gutmütige ältere Herr, der er vorgibt zu sein, dann hätte die Polizei ihn nicht abgestellt. Der Mann hat es faustdick hinter den Ohren.«

»Er hat einen niedlichen Hund.«

»Mein Ex-Mann Steve hatte ebenfalls einen niedlichen Hund und wirkte auf jeden gutmütig und freundlich. Und hat hinter meinem Rücken alles gevögelt, was er vor die Linse bekam. Hinterher sagte jeder: Was? Steve? Niemals.«

»Genau wie Brad.«

»Du hättest dich nie auf Brad einlassen sollen. Du hast ganz genau gewusst, wie er tickt. Dann wirfst du auch noch alles in die Waagschale, damit er den Henri spielt.«

»Du weißt, warum.«

»Natürlich.«

Olivia musterte Claire, die sich ebenfalls mit dem Handy befasste und den letzten Schluck Wein aus ihrem Glas trank. Ein wenig erinnerte sie Olivia an sich selbst in früheren Jahren – attraktiv, gleichzeitig etwas naiv und zutiefst emotional. Olivia wirkte nach außen hin zwar oft beherrscht, schnippisch und unterkühlt. Aber das war nur Fassade wie die Masche von diesem ehemaligen Kommissar, der überall herumschnüffelte und offenbar diesen debilen Yves Serrault beraten sollte, der sich einen großen Teil seines Gehirns weggetrunken hatte. Nein, es war bei Olivia sogar etwas mehr als nur Fassade, nämlich eine Art Panzer zum Selbstschutz. Sie wusste sehr genau, dass sie den brauchte – auch beruflich. Es war immer schon ihre Art gewesen, sich extrem in ihre Rollen zu vertiefen, und manchmal dauerte es Wochen, bis sie wieder herausfand. Steve hatte sie deswegen stets als ein manisch-depressives Chamäleon bezeichnet, was natürlich Unsinn war, aber nicht völlig. Olivia inhalierte ihre Rollen. Sie stieg tief hinab in die Gedanken und Gefühle der Figuren, die sie verkörperte, was oft sehr intensiv war, manchmal zu intensiv. Dann hatte Steve sie gefragt, wo denn eigentlich Olivia war, und gesagt, dass er keine Lust hätte, jeden Tag mit Lady Macbeth am Tisch zu sitzen, wenn sie die gerade in London spielte. Ebenso hatte sie sich in die Rolle der Nicole Delassalle vertieft, in ihre Persönlichkeit, ihre Beweggründe, und sie hatte gelernt, Henri Delassalle zu hassen, worauf Brad manchmal gesagt hatte: »Hey, ich bin's!« Im Gegensatz zu anderen Schauspielern hatte Olivia allerdings keinen An-/Aus-Schalter, den sie betätigen konnte, wenn »Action!« und anschließend »Danke!« gerufen wurde. Und genauso war es mit Claire: Manchmal war sie eifersüchtig auf sie, dann wieder ihr Partner in Crime – denn am Ende waren sie das ja in *Die Mörderischen*.

Okay, natürlich kam hinzu: Olivia wurde älter. Claire glänzte neben ihr wie ein Kristall, und in fünf Jahren spätestens hätte Olivia das Dilemma vieler Schauspielerinnen. Sie wäre zu alt für manche Rollen und zu jung für andere. Und auf dem Weg dahin würde sie sich anpassen müssen, Termine beim Chirurgen machen, um einige kleine Eingriffe vorzunehmen. Es würde dezent sein und über einen längeren Zeitraum gestreckt, damit es niemandem auffiel, sondern der Eindruck entstand, dass Olivia – im Gegensatz zu anderen Frauen – mit jedem Jahr nur noch attraktiver wurde. In zehn Jahren wäre Claire ebenfalls so weit, was ihr natürlich noch nicht klar war. Sie war ein aufgehender Stern und *Die*

Mörderischen ihre erste Hauptrolle in einer internationalen Produktion. Das Tor nach Hollywood stand offen. Für Olivia war die Rolle nicht minder wichtig. Der Wechsel ins sogenannte Charakterfach war für ihre Karriere essenziell, da sie bald keine jungen Liebhaberinnen mehr spielen konnte – und diese Mischung aus Fantasy- und Superheldenfilm, den sie in Cannes vorstellen würde, war nicht mehr als Popcornkino. Sie hatte das nur des Geldes wegen getan und um in einer anderen Zielgruppe sichtbar zu werden.

Wie auch immer: Sie war im Begriff, sich zu wandeln. Und auf diesem Weg hatte Steve sie gegen eine Jüngere eingetauscht. Verfluchter Dreckskerl. Brad war nicht viel besser, oder? Nichts Schlechtes über die Toten reden, sagt man, aber: Claire, die in der Blüte ihres Lebens und ihrer Karriere stand, hatte er abserviert – ebenfalls für eine, die etwas jünger war als Claire.

Bastard.

Ein ebensolcher Bastard wie Olivier Besson, der Produzent von *Die Mörderischen*. Olivier war einer dieser Männer voll intensiver Leidenschaft, die schnell außer Kontrolle geraten konnten. Mit *Die Mörderischen* wollte er sich selbst ein Denkmal setzen – auch wenn er ständig davon sprach, dass es um seinen Vater ging. Völliger Blödsinn. Ihm war schlicht und ergreifend nichts Besseres eingefallen, um sich als Produzent auf das internationale Parkett zu begeben und dort auf sich aufmerksam zu machen. Dafür hatte er alles Geld zusammengekratzt. Außerdem wusste jeder, dass er eine Vorliebe für jüngere Frauen hatte. Olivia wollte gar nicht wissen, wie die arme Danielle Besnier an ihre Rolle gekommen war, die für sie der Durchbruch sein sollte. Tja, und dann hatte sie auch noch Brad erschossen. Ob das der Karriere zuträglich war? Man würde sehen. Vielleicht war sie bereits beendet, bevor sie begonnen hatte. Oder das Gegenteil geschah, wenn sie die Publicity, die *Die Mörderischen* nun bekam, geschickt für sich nutzen konnte.

Was im Übrigen für alle galt. Die Welt blickte nun auf diesen Film und die Dreharbeiten. Und vermutlich würde Olivia in Cannes über kaum etwas anderes reden.

Jetzt schaute sie auf, atmete noch einmal tief durch. Sie sah auf die Uhr und fand, dass es nun an der Zeit war, das Restaurant zu verlassen. Sie gab Claire zwei Küsse auf die Wangen, die am nächsten Tag noch einen Drehtag hatte und dann auch in Cannes sein würde, wo sie einige gemeinsame Termine hatten, und sagte: »Pass auf dich auf, ja?«

Schließlich stand sie auf und verließ das »Le Cheval«.

Die Nacht war voller Sterne. Man konnte sogar die Milchstraße erahnen.

16

Es war nach Mitternacht, und die Gesellschaft im »Le Cheval« hatte sich sicherlich bereits aufgelöst, nahm Wilson Fairchild an, denn es sollte früh morgens wieder gedreht werden, bevor die beiden freien Tage anstanden. Er hatte es sich bei einem Glas Wein auf dem Sofa gemütlich gemacht, die Stehlampe eingeschaltet und dachte, dass eigentlich nur noch ein Kaminfeuer fehlte. Aber natürlich würde er keines entfachen, dafür war die Jahreszeit nicht angemessen.

Deswegen ließ er es mit dem Feuer bleiben, denn das Wetter konnte er nicht beeinflussen – zumindest nicht real. Im Film war das anders, zum Teufel, da konnte er sogar Feuer vom Himmel regnen lassen, wenn er wollte. Aber das hier war die Realität, und er musste damit leben, dass der Produzent mit dem Tode rang und sein Hauptdarsteller am Set erschossen worden war. Was für eine verfluchte Situation.

Wilson war von alledem persönlich tief betroffen. Andererseits trug er die Verantwortung für einen großen Film mit einem riesigen Budget und musste einen klaren Kopf bewahren. Dabei half ihm eine britische Tugend, die ihm auch in anderen Situationen stets geholfen hatte: Ignoranz. Das hatte er von Orson Welles gelernt, der immer wieder erklärt hatte, dass nur seine Ignoranz gegenüber den Umständen und dem Machbaren Meisterwerke wie *Citizen Kane* ermöglicht habe.

Da war etwas dran. Als Regisseur folgte Wilson seiner Vision und durfte sich durch nichts erschüttern lassen. Denn ständig versuchte jemand, sich einzumischen, eigene Einflüsse und Ideen einzubringen beziehungsweise ihm zu erklären, warum dieses oder jenes unmöglich und andere Herangehensweisen an Dialoge oder die Inszenierung und die Bildgestaltung besser seien. Woran im Grunde nichts schlecht war. Wenn es gute Ideen waren, konnte man sich die besten wie aus einem Blumenstrauß herauspflücken. Dennoch führte es vom Weg ab, wenn Wilson sich davon zu sehr beeindrucken ließ. Deswegen ließ er alles wie an einem Lotusblatt an sich abperlen und hatte unter der Oberfläche längst mit Kevlar umwickelte fingerdicke Nervenstränge ausgebildet.

Wie gesagt: Der Ausfall von Brad und Olivier war zwar sehr tragisch. Aber niemand hätte 1944 die Operation Overlord abgebrochen, weil an den Stränden der Normandie jemand ums Leben gekommen war. Wenn die Maschine lief, dann lief sie – so einfach und brutal war das, und so verhielt es sich auch in der laufenden Produktion von *Die Mörderischen*.

Wilson war gerade dabei, einige Anpassungen im Drehbuch vorzunehmen, das inzwischen mehr als fünfzehnmal überarbeitet worden war und zwei Autoren verschlissen hatte. Zunächst war Olivier mit den ersten Fassungen nicht zufrieden gewesen und danach Wilson nicht. Daher hatte er einen Autor an Bord geholt, mit dem er bereits gute Erfahrungen gesammelt hatte – und abgesehen davon nahm er ohnehin fortlaufend persönlich Änderungen vor. Denn man durfte sich ein Drehbuch nicht wie einen in Stein gemeißelten gedruckten Roman vorstellen. Es war eher wie der Bauplan für ein Haus, der nichts über die Realitäten für die Handwerker oder den Teppich, die Wandfarbe und die Möbel aussagte. Was ein Autor lieferte, war nach Wilsons Ansicht als ein Vorschlag zu bewerten, als eine Basis, auf die man sich geeinigt hatte – und natürlich konnte er als Regisseur damit tun und lassen, was er wollte, und wie aus einem Marmorblock seinen *David* herausarbeiten. Im Verlauf stellte sich außerdem häufig heraus, dass Dialoge anders besser funktionierten als auf den beschriebenen Seiten. Auch hier musste man ignorant sein und seinem eigenen Weg folgen und nicht die Ideen eines Autors zur Vorgabe machen. Ein Film war seine Kreation – nicht die eines Handwerkers.

Wilson hatte einmal einen Roman verfilmt und war ziemlich von der Vorlage abgewichen, weil er eine Nebenhandlung interessanter fand als die Haupthandlung. Aus fünfhundert Seiten Roman ein neunzigseitiges Drehbuch zu machen und dies außerdem einem Budget anzupassen, brachte sowieso Verluste mit sich. Den Autor hatte das ziemlich aufgeregt, was Wilson völlig kaltließ. Denn es ging ja nicht darum, dass er dessen Visionen in Bilder fassen wollte, sondern seine eigenen. Dafür buchte man ihn. Dafür wurde er bezahlt.

Wilson blätterte durch die Seiten des Skripts, kritzelte hier herum, dann da, machte handschriftliche Notizen und schrieb zwei Dialoge um, als er ein befremdliches Geräusch wahrnahm. Das Haus, in dem er vorübergehend wohnte, lag etwas abseits des Hauptgebäudes auf dem Weingut, das als Set genutzt wurde, wo alles voller Technik und Trailer stand und deswegen von der Security bewacht wurde. Das Nebengebäude war etwa zweihundert Meter davon entfernt und fungierte für gewöhnlich als Gästehaus, weswegen Wilson hier bei früheren Besuchen bereits übernachtet hatte und die Gegebenheiten kannte. Er wusste daher, dass häufig Wildschweine herkamen und sich über Trauben hermachten oder herabgefallene Früchte in den Gärten.

Dafür war im Frühling noch nicht die Zeit – dennoch klang es durch die geöffnete Tür zur Terrasse doch sehr danach, als bewege sich etwas Schweres durch die Büsche. Das fehlte Wilson noch: dass eine Rotte Wildschweine sich über die Knospen und Wurzeln hermachte und den Garten ruinierte, wo doch schon die Dreharbeiten das Anwesen und die Böden ziemlich mitnahmen. Für die Wiederherrichtung war zwar ein Budget eingeplant – doch Wilson wusste genau, wie sehr sein Freund den Garten hier am Gästehaus liebte.

Wilson stand auf, schlurfte zur Terrassentür und schob sie auf. Er ging nach draußen, wo auch das Holz für den Kamin lagerte, starrte in die Dunkelheit – sah aber nichts. Doch da war erneut dieses Geräusch. Er klatschte einige Male in die Hände, worauf es wieder still wurde – und dann wiederum etwas zu hören war, ein Rascheln, nur dieses Mal näher und lauter.

Wilson sollte vielleicht eine Taschenlampe holen, denn hier draußen gab es kein Licht, und am besten einen Topf, gegen den er mit einem Löffel schlagen könnte, um die Biester zu verscheuchen. Gerade als er sich umdrehte, um wieder ins Haus zu gehen, raschelte es sehr heftig.

Dann schnelle Schritte.

Wilson drehte sich um – und konnte gerade noch ausweichen, als eine in Schwarz gekleidete schlanke Person auf ihn losging. Sie hielt eine Axt in der Hand, die niedersauste, sich aber in dem Holzstoß für den Kamin verkeilte.

Wilson schrie auf, stolperte rückwärts, fiel beinahe hin, als er mit dem Schuh an der in den Boden eingelassenen Laufschiene der Terrassentür hängen blieb.

»Hilfe!«, schrie er aus Leibeskräften. »Hilfe!«

Der Angreifer bewegte sich hektisch, stemmte einen Stiefel gegen das Holz, um die Axtschneide wieder herauszureißen, was schließlich gelang.

Wilson konnte das Gesicht nicht erkennen, nur eine Silhouette – einen Schatten, der ihm den Schädel spalten wollte.

Er sprang auf, fasste nach dem Griff der Terrassentür, zerrte sie zu. Im nächsten Moment schlug der Schatten mit der Axt gegen die Glasscheibe.

Wilson verriegelte die Tür, schrie erneut, bewegte sich rückwärts zum Wohnzimmertisch, wo sein Handy lag. Außerdem war dort der Kamin samt Kaminbesteck.

Wieder krachte die Axt gegen die Scheibe. Es war ohrenbetäubend. Ein Riss war im Glas zu sehen.

Fairchild griff nach einem Schürhaken, lief dann zum Tisch, suchte das Handy.

Ein erneuter Hieb gegen die Tür. Einige Glassplitter stoben ins Innere.

Wilson hatte die Notrufnummer von Frankreich nicht

im Kopf. Aber die Security war nicht weit. Sie mussten seine Rufe und das Krachen doch gehört haben? Hektisch suchte er nach der Nummer des Sicherheitsdienstes.

Dann blitzte draußen etwas auf. Taschenlampen?

Jetzt sah er die Person an der Scheibe deutlicher. Sie war komplett in Schwarz gekleidet und trug eine Skimaske sowie etwas über den Augen. Eine Sonnenbrille? Im nächsten Moment war sie verschwunden, und Wilson hörte Rufe von draußen.

»Hallo? Mr. Fairchild? Alles in Ordnung?«

Von wegen, dachte Wilson und spürte, wie er am ganzen Leib zitterte.

17

»Es war eine schlanke Person, ganz in Schwarz gekleidet, sie trug eine Skimaske und eine dunkle Brille«,
sagte Wilson Fairchild und leerte den Rotwein in einem
Zug.

Draußen dämmerte bereits der Morgen. Castel machte
sich Notizen, während Theroux und zwei Gendarmen
sich auf der Terrasse umsahen und mit zwei Mitarbeitern der Security-Firma sprachen, die das Set auf dem
Weingut mitsamt aller vor Ort aufgebauten Technik
bewachten. Sie hatten Wilson Fairchilds Hilferufe und
außerdem das Krachen gehört – die Schläge gegen die
Glasscheibe, die nach Angaben von Fairchild mit einer
Axt ausgeführt worden waren.

Die Spurensicherung würde sich das genauer ansehen
und erst eintreffen, wenn ihr Dienst begann. Die Gendarmen und Theroux hatten zunächst nur die nötigste
Tatortaufnahme abgewickelt, nachdem die Security die
Polizei verständigt und Fairchild Cat persönlich aus dem
Schaf geklingelt hatte: Sie hatte ihm bei ihrem ersten
Besuch am Set in der Toulourenc-Schlucht ihre Karte
gegeben. Cat hatte sich unmittelbar auf den Weg gemacht, Jeans Auto genommen und ihm eine Notiz hinterlassen – er hatte von der nächtlichen Störung nichts
mitbekommen. Jean schlief stets wie ein Stein, worum

Cat ihn beneidete. Von unterwegs aus hatte sie dann Theroux verständigt.

Cat hatte es sehr dringlich gemacht. Denn nach Fairchilds Darstellung klang es nicht danach, als habe jemand bei ihm einbrechen wollen. Es klang vielmehr so, als habe jemand Wilson Fairchild töten wollen.

Das Gästehaus lag knapp zweihundert Meter vom Set am Weingut entfernt und verfügte über zwei Überwachungskameras – eine nach vorne, eine nach hinten raus. Cat hatte die Aufnahmen gecheckt, und wenngleich es keinen Ton gab, bestätigten sie die Aussage von Fairchild. Er musste etwas gehört haben und war auf die Terrasse gegangen, um nachzusehen. Dann hatte der Angreifer ihn wie aus dem Nichts mit einer Axt attackiert, ihn verfehlt, aber weiter auf ihn einschlagen wollen. Fairchild hatte sich ins Innere des Hauses retten können. Daraufhin hatte der Angreifer versucht, die Scheibe einzuschlagen, dann aber aufgegeben, als die Security eintraf, und mitsamt der Axt das Weite gesucht.

Cat hatte den Monitor abfotografiert – ein Standbild, das die Person von der Überwachungskamera-Aufnahme einigermaßen scharf darstellte. Leider war die Kamera nicht die neueste und das Bild verpixelt und in Schwarz-Weiß. Dennoch ließ sich so viel sagen, dass die Person vermutlich schwarze Cargohosen getragen hatte, einen ebenfalls schwarzen Hoodie mit Kapuze sowie eine Skimaske oder Sturmhaube nebst Handschuhen, außerdem eine Sonnenbrille. Sie war von mittlerer Größe und wirkte schlank.

Fairchild hatte jedenfalls ziemliches Glück gehabt, der Attacke unverletzt entkommen zu können. Das

Vorgehen des Täters sprach nach Cats Einschätzung dafür, dass Fairchild durch die Geräusche gezielt nach draußen gelockt worden war, um ihn dort zu erschlagen. Damit handelte es sich um einen heimtückischen Mordanschlag. Und nach Cats Ansicht stand nun auch das mutmaßliche Unglück, der tödliche Schuss auf Brad Stone, auf einem anderen Blatt Papier. Der Verdacht auf Fahrlässigkeit als Ursache verblasste, da auf den Regisseur gerade ein missglückter Mordanschlag verübt worden war und außerdem der Produzent auf der Intensivstation lag. Gut, seine Herzattacke war ein Resultat der Umstände und seiner schlechten gesundheitlichen Konstitution gewesen.

Doch wenn man alles zusammenzählte ...

Cat fragte Fairchild: »Wer alles weiß, dass Sie hier wohnen? War schon einmal jemand mit Ihnen hier?«

»Im Grunde ist es allen bekannt«, erklärte Fairchild und massierte die Knöchel seiner Hand.

»Kennt jemand die Gegebenheiten vor Ort genauer?«

Der Angreifer, dachte Cat, musste ja gewusst haben, von wo aus sich ein Angriff lohnen würde, und außerdem, dass sich Fairchild gerade hier aufhielt. Er würde gewusst oder zumindest angenommen haben, dass es Kameras gab, weswegen er sich bis zur Unkenntlichkeit vermummt hatte.

»Mein Freund und Gastgeber kennt sich hier aus«, fuhr Fairchild fort, »mein Assistent Eric Chabrol hat mich hergefahren und war einige Male mit mir hier zum Arbeiten sowie der Produzent Olivier Besson. Die Fahrer vom Set kennen die Örtlichkeit ebenso – aber sonst ... «

Fairchild zuckte mit den Schultern.

Cat nickte, machte sich weitere Notizen. »Können Sie sich vorstellen«, fragte sie, »wer einen Mordanschlag auf Sie verüben sollte?«

»Sicher gibt es einige Filmkritiker und bestimmt einige Menschen aus der Branche, die mich gerne erschlagen würden.« Fairchild rang sich ein Grinsen ab. »Aber eher symbolisch und nicht tatsächlich. Mit anderen Worten, ich habe nicht die geringste Ahnung, Capitaine.«

»Okay«, erwiderte Castel. »Wir werden uns mit Ihrem Assistenten unterhalten müssen, denn …«

»Eric? Warum sollte Eric mich umbringen wollen, was für ein Unsinn.«

Cat machte eine beschwichtigende Geste und redete weiter. »Er war die letzte Person, mit der Sie Kontakt hatten. Er hat Sie hierhergefahren, und es könnte ihm etwas aufgefallen sein. Reine Routinemaßnahme. Wir müssen mit jedem sprechen, der das Gebäude kennt, denn jeder könnte wissentlich oder auch unwissentlich mit dem Angreifer Kontakt gehabt haben.«

»Meine Güte, wollen Sie etwa auch die Putzfrauen befragen?«

»Werden wir.«

»Dann können Sie auch gleich mit Claire sprechen.«

»Claire?«, fragte Cat. »Claire Lambert?«

»Ja, es fiel mir gerade ein, weil Sie sich danach erkundigten, wer das Gebäude kennt. Sie hatte vor zwei Jahren eine kurze Affäre mit meinem Freund, dem das Anwesen gehört«, erklärte Fairchild, »und hat bei ihren Besuchen hier im Gästehaus zwei- oder dreimal gewohnt. Olivia war auch einmal hier mit mir, um einen Text durchzugehen. Aber was soll das bringen?«

»Ich weiß nicht, was es bringen wird«, erwiderte Cat.
»Aber wir müssen jeder Spur nachgehen.«

Zwei Frauen, überlegte Cat, die im Film einen Mann umbringen. Olivia Connor, die mit Schrotgewehren posierte. Claire Lambert, die sich im Gästehaus auskannte. Der Hauptdarsteller erschossen. Der Regisseur beinahe erschlagen. Der Produzent rang mit dem Tod. Mein Gott, wohin würde dieser Fall noch führen?

18

»Mein Gott.«

Veronique saß mit Albin am Frühstückstisch, legte die Hand auf die Brust und betrachtete die Selfies, die Albin mit Yves Serrault geschossen hatte. In der anderen Hand hielt sie die Kaffeetasse.

»Mein Gott«, wiederholte sie. »Das ist Yves Serrault. Mit *dir*.«

Albin nickte und schmunzelte, schwenkte seinen Kaffeebecher in der Hand, als handelte es sich um ein Glas mit kostbarem Cognac. Er hätte ihr die Fotos schon eher gezeigt, aber sie hatte bereits geschlafen, als er nach Hause gekommen war. Sie ihr einfach zu schicken, wäre zu unpersönlich gewesen. Schließlich wollte er die Reaktion seiner Frau erleben.

»Nun ja«, sagte Albin beiläufig, »wir waren draußen eine Zigarette rauchen. Olivia hatte mich ihm vorgestellt. Er saß direkt neben Claire.«

Veronique hustete. »Olivia Connor und Claire Lambert? Sprichst du von denen?«

»Ja, ja, genau, die beiden«, erwiderte Albin, als sei es das Natürlichste der Welt.

»Albin!« Veronique sah ihn mit großen Augen an und hielt ihm das Handy vor die Nase. »Das ist Yves Serrault!«

»Klar.« Albin stellte die Kaffeetasse ab und blickte auf die Uhr. »Hm, ich glaube, wir sollten jetzt mal langsam los.«

»Wir? Wohin?«

»Kleiner spontaner Ausflug zu einer Einladung.«

»Was? Wie? Einladung?«

»Ja.«

»Was denn für eine Einladung? Und mein Laden?«

»Du könntest vielleicht später öffnen, oder Manon springt während unseres kurzen Ausflugs ein.«

»Wieso Ausflug? Wir? Wohin? Jetzt? Albin?«

»Na ja«, sagte Albin und betrachtete seine Fingernägel. »Ich hatte Yves erzählt, dass du ein großer Fan bist, und er meinte: Komm doch morgen beim Dreh vorbei und stell mir deine Frau vor, und …«

Veronique schoss aus dem Stuhl. »O mein Gott. Ernsthaft?«

Albin nickte und grinste.

»Was soll ich nur anziehen? Ich bin gar nicht fertig dafür, ich … Ist das dein Ernst?«

»Klar. Und wir sollten los.«

»O mein Gott. Ruf Manon an, oder … Nein. Ich mache einfach etwas später auf, ich … Wie viel Zeit haben wir noch?«

»Fünf Minuten.«

»Das reicht.«

Damit lief sie die Treppe hinauf, wo sich das Bad mit ihren Schminkutensilien und das Schlafzimmer mit ihrem Kleiderschrank befanden.

Albin grinste zu Tyson, der auf dem Sofa lag und ihn hechelnd anblickte.

Du Hund, schien Tyson zu sagen.

Albin grinste weiterhin. »Der Hund hier bist du, mein Freund.«

Du Schlitzohr, Chef. Du hättest es ihr schonender beibringen können.

Albin stand auf, grinste selbstzufrieden und winkte ab. »Dann wäre es doch nur halb so schön gewesen.«

Und wohin fahren wir genau?

»Zum Set auf dem Weingut wie gestern. Sobald Madame fertig ist.«

Albin griff sich bereits seine Sachen – Schlüssel, Zigaretten, Telefon, Geldbörse und Tysons Leine, worauf Tyson wie von der Tarantel gestochen vom Sofa aufsprang und in den Flur zu Albin rannte, der die Treppe hinaufrief: »Können wir los, Madame Leclerc?«

Eine Minute lang herrschte Schweigen. Dann hastete Veronique die Treppe hinunter, blieb auf der letzten Stufe stehen, stellte sich lässig in Pose und fragte: »Und?«

Albin stockte einen Moment lang der Atem. Sie trug das geblümte Kleid, in dem er sie erstmals ausgeführt hatte, eine Jeansjacke, hatte etwas Make-up aufgelegt und die große Audrey-Hepburn-Brille ins Haar gesteckt.

»Und?«, fragte sie etwas lauter und machte eine »Na was jetzt«-Geste.

Albin räusperte sich und sagte: »Wie die junge Sophia Loren, die sich als Gina Lollobrigida verkleidet hat.«

»Das will ich nicht wissen. Kann ich so gehen?«

Albin nickte bloß. »Du siehst atemberaubend aus. Aber ich wollte noch sagen: Yves Serrault. Er ist ein freundlicher Mann. Aber vielleicht ist er privat nicht so, wie man ihn sich vorstellt.«

Veronique sah Albin an, als habe er ihr gerade auf Chinesisch die Relativitätstheorie erklärt.

»Was?«, fragte sie.

»Ich meine nur: Als Fan kann man vielleicht enttäuscht sein, wenn Wirklichkeit und Vorstellung nicht übereinstimmen.«

»Albin?«

»Ja?«

»Bis du fertig?«

Albin nickte.

»Na, dann los jetzt. Wir haben keine Zeit für einen solchen Blödsinn. Yves Serrault wartet auf uns.«

Damit huschte sie an Albin vorbei nach draußen zum Auto und zog eine nach Blumen riechende Parfümwolke hinter sich her. Tyson folgte der Chefin bereits.

»Meine Güte, bin ich ein Glückspilz«, murmelte Albin zu sich selbst und verließ dann ebenfalls das Haus.

19

Kaum eine halbe Stunde später fuhr der SUV der Leclercs am Filmset auf dem Weingut vor. Noch bevor Albin den Motor abschalten konnte, war Veronique ausgestiegen, klappte die Sonnenbrille wie ein Visier herab und öffnete den Kofferraum. Dann hob sie Tyson heraus und klemmte ihn sich wie ein Accessoire unter den Arm. Sie sah sich um, scannte die Umgebung und bedeutete Albin, dass er endlich kommen solle.

Er schloss den Wagen mit der Fernbedienung ab, ging zu seiner Frau und hörte, wie sie scharf einatmete.

»O mein Gott«, sagte sie und deutete mit dem Kopf quer über den Hof, wo gerade Scheinwerfer hin und her getragen sowie technisches Equipment auf Rollwagen transportiert wurde. »Dort drüben.«

Albin blickte in die Richtung und erkannte Yves Serrault unter einem Gartenpavillon, wo ein Tisch mit Kaffee und Frühstückssnacks aufgebaut war. Serrault trug einen blauen Anzug und ein hellblaues Hemd und wirkte so, als sei er bereits für den Dreh hergerichtet worden. Die Frisur saß perfekt. Er hielt einen Becher in der Hand, eine Zigarette in der anderen und schien gerade mit einer der Catering-Mitarbeiterinnen zu flirten.

Veronique blickte zu ihrem Mann. »Dort ist er. Yves Serrault«, sagte sie.

»Wie er leibt und lebt«, erwiderte Albin, der wusste, was von ihm erwartet wurde, und sich in Bewegung setzte. Veronique folgte ihm.

Sie wichen zwei Technikern aus, die in Richtung des Haupthauses gingen – offenbar wurde dort gerade eine Szene eingerichtet. Außerdem sah Albin einen alten Citroën DS, das klassische Gangstermodell aus den Sechzigern und frühen Siebzigern, dessen schwarzer Lack auf Hochglanz poliert war. Vielleicht, dachte Albin, war das der Wagen, den Serrault in seiner Rolle als Commissaire Clouzot fahren sollte – nicht schlecht und ziemlich cool.

Serrault wendete sich um, zog an der Zigarette und erkannte Albin. Er hob die Hand mit dem Kaffeebecher in seine Richtung, als würde er ihm zuprosten.

»O mein Gott«, wiederholte Veronique neben Albin, »er grüßt uns. Er ist viel kleiner, als ich dachte. Wie kann er denn nur so klein sein? Er wirkt in den Filmen doch immer viel größer.«

Es gab noch weitere Unterschiede zwischen dem Yves Serrault in der Vorstellung eines Fans und in der Wirklichkeit, dachte Albin. Doch das würde Veronique schon noch merken. Hoffentlich wäre sie nicht zu enttäuscht. Immerhin hatte Albin es angedeutet, aber …

»Mein lieber Berater Albin«, rief Serrault und kam ihm entgegen.

Als sie auf Serrault trafen, dessen Gesicht mit einer matten Schicht aus Make-up bestrichen war, die Augen mit einem leichten Lidstrich umrandet, zog Veronique die Luft scharf ein. Er lächelte breit und offenbarte seine perfekte Zahnreihe.

Albin stellte sie vor. »Veronique, Yves Serrault. Yves, meine Frau Veronique.«

»*Enchanté*«, erwiderte Serrault, deutete bei Veronique einen Handkuss an und ergänzte: »Ihre Gattin geht ja glatt als Ihre Tochter durch.«

Veronique lachte geschmeichelt auf. »Ich bin seit vielen Jahren Ihr größter Fan, Monsieur«, sagte sie. »Ihr d'Artagnan hat mich bis in meine Träume verfolgt.«

»Ich hoffe, nur die angenehmsten Träume, Madame.«

Veronique kicherte wie ein Teenager und wurde sogar etwas rot.

»Für einen d'Artagnan reicht es heute wohl nicht mehr«, erwiderte Serrault und tätschelte sein Bäuchlein.

»Aber bitte, Monsieur …«, widersprach Veronique.

»Für Sie Yves, Madame …«

Sie wurde noch röter. »Yves, ein Mann wird doch erst mit Profil interessant für die Frauen, nicht?« Sie tätschelte Albins Bauch.

Serrault lachte geschmeichelt. »Wenn Sie das sagen, Gnädigste.«

Albin blickte zu Tyson, der wie eine Handtasche unter Veroniques Arm klemmte. Er sah Albin an, als wäre ihm schlecht. Albin fühlte sich genauso. Serrault war wirklich ein Charmeur der alten Schule und kam damit auch hervorragend an. Jedenfalls bei Veronique. Dass er eigentlich ein Holzkopf war, schimmerte kein bisschen durch. Er spulte sein Yves-Serrault-Programm routiniert ab.

»Es freut mich jedenfalls sehr«, sagte er und ließ endlich Veroniques Hand los, »dass Sie einen kurzen Besuch am Set ermöglichen konnten und ich die bezaubernde bessere Hälfte meines Beraters Albin kennenlernen darf. Ich werde gleich ans Set müssen, aber …« Er fasste in die Innentasche seines Sakkos und zog eine signierte Autogrammkarte hervor, »… ich habe mir erlaubt, Ihnen ein Autogramm zu schreiben. ›Für Veronique‹, da mir Albin Ihren wundervoll klingenden Namen bereits verraten hat.«

»Oh, vielen, vielen Dank«, sagte Veronique und machte einen kleinen Knicks. »Dürfte ich vielleicht auch – also: ein Selfie vielleicht und …«

»Aber ich bitte darum«, sagte Serrault, worauf Veronique Albin Tyson in die Hand drückte, »Halt mal« sagte und in ihrer Handtasche nach dem Handy suchte. Schließlich fand sie es und hielt es Albin hin, der Tyson auf dem Boden absetzte und das Smartphone ausrichtete, um den professionell lächelnden Serrault und die selig grinsende Veronique im Bild einzufangen, während Serrault Veronique den Arm um die Schulter legte. Albin entschied, sich nicht darüber aufzuregen.

Er machte einige Fotos – und dann kam hinter Serrault und Veronique plötzlich jemand ins Bild. Es war Claire Lambert, die ein Peace-Zeichen machte und grinste, ihren Maskenbildner Serge im Schlepptau. Sie lachte, Serrault ebenfalls, als er es bemerkte.

Veronique blickte sich um und sagte: »O mein Gott, sind Sie Claire Lambert?«

»Ja«, erwiderte sie. »Und Sie sind, lassen Sie mich raten, Madame Leclerc?«

Veronique nickte eifrig.

»Ich bin auf dem Weg zum Set«, sagte Claire, »aber ich wünsche Ihnen noch einen schönen Tag. Kommst du mit, Yves? Wir sind gleich dran.« Sie wackelte winkend mit den Fingern in Richtung Albin und sagte: »*Bye-bye, daddy*, bis bald.«

Damit dampfte sie ab, Serge ihr hinterher.

»*Daddy?*«, fragte Veronique.

Albin zuckte mit den Schultern und gab ihr das Handy zurück.

Serrault winkte ab. »Die jungen Frauen sagen zu uns allen Daddy. Nennen Sie mich doch auch Daddy, und Sie sind quitt mit dem Gatten.«

Er lachte, Veronique ebenfalls und sagte: »In Ordnung, Daddy.«

Albin überlegte, ob er sich nicht doch übergeben sollte, während Serrault sich nochmals Veroniques Hand schnappte, einen Handkuss andeutete und sagte: »Ich muss mich nun leider entschuldigen. Sie haben ja gehört: Die Pflicht ruft. Bezaubernd, Sie kennenzulernen. Und Sie, Albin, passen mir gut auf dieses Juwel von Frau auf, ich mache Sie persönlich dafür verantwortlich.«

Wieder kicherte Veronique. Albin nickte lediglich. Dann dampfte auch Serrault ab. Veronique sah ihm hinterher, atmete tief ein und aus und wendete sich zu Albin.

»Was für ein Charmeur. Yves Serrault. Ich fasse es nicht. Ich muss sofort das Foto verschicken.«

»Ja«, sagte Albin, »ein netter Kerl. Und sehr professionell. Er ist sonst etwas anders, aber – sehr freundlich.«

Veronique tippte auf dem Handy herum, um sich die Fotos anzusehen. »Wundervolle Bilder. Auch das mit Claire Lambert ist lustig. *Daddy*«, sagte sie betont beiläufig und ohne aufzublicken.

Albin blähte die Backen und sah sich um. Die Schauspieler waren verschwunden. Er sah ein Auto durch die Weinfelder fahren. Das war doch der Wagen von der Spurensicherung? Er kniff die Augen zusammen, um besser sehen zu können. Etwas abseits befand sich ein weiteres Gebäude, wo das Auto jetzt stoppte. Dort stand auch ein Wagen der Gendarmerie – und es parkte ... der Wagen von Theroux und noch ein weiterer?

Veronique verschickte die Bilder, ihr Handy pingte bereits wie verrückt. »O mein Gott, keiner kann es glauben«, murmelte sie lächelnd und ins Handy vertieft. »Das ist wirklich alles unglaublich, *Daddy*.«

Albin musterte das Nebengebäude. Dann zog er eine Gitanes aus der Schachtel, steckte sie an und sagte: »Nun ist es aber gut.«

»Womit denn, *Daddy*?«

»Also bitte – keine Ahnung, warum sie das gesagt hat. Das war doch nur Spaß.«

Veronique blickte auf. »Natürlich, was sollte es denn sonst gewesen sein? Albin?«

Albin hustete etwas Rauch aus. »Also ... Ich ...«

Veronique lachte und tätschelte Albin erneut den Bauch und küsste ihn auf die Wange. »Ich ziehe dich doch nur auf. Danke, dass du mich mitgenommen hast, aber ich muss wirklich zurück ins Geschäft. Können wir fahren?«

Albin blickte wieder zu dem Nebenhaus, und jetzt erkannte er in der Ferne die schimmernde Glatze von Bruno Grinamy, der etwas aus dem Kofferraum nahm, sowie Castel und Theroux an der Haustür.

Albin paffte: »Ich muss noch eine Sache überprüfen. Dahinten sind Castel und Theroux.«

»Oh?«

»Vielleicht fährst du alleine, und ich lasse mich dann von denen mitnehmen?«

Albin hielt Veronique den Autoschlüssel hin. Sie schnappte ihn sich. »In Ordnung. Und Yves Serrault – er ist aber doch sehr klein, nicht?«

»Unter anderem«, erwiderte Albin.

Veronique gab ihm noch einen Kuss auf die Wange. »*Bye-bye, daddy*«, sagte sie, wackelte mit den Fingern, kicherte und verschwand Richtung SUV.

Albin blickte nach unten, wo Tyson saß und ihn anzugrinsen schien.

»Ist was?«, murmelte Albin.

Nein, gar nichts, erwiderte Tyson, *alles bestens, Daddy.*

20

Albin nahm Tyson an die Leine, schlenderte rauchend über den Hof und bog auf einen Feldweg ein, der zwischen Weinreben hindurchführte. Sandiger Kies knirschte unter seinen Schuhsohlen. Er ließ den Ameisenhaufen des Filmsets hinter sich, bog um eine Kurve und erreichte schließlich das Nebengebäude, vor dem die Fahrzeuge von Theroux und der Spurensicherung sowie ein weiteres Auto parkten, das er als den Wagen von Castels Lebensgefährten Jean Villeneuve identifizierte.

Was ist denn hier nur los?, schien Tyson zu fragen, der neben Albin hertrottete.

»Keine Ahnung«, murmelte Albin und zog ein letztes Mal an der Gitanes, bevor er sie an der Hauswand aus Bruchstein ausdrückte und in der Hand behielt. »In jedem Fall *ist* hier etwas los, und niemand hat mir Bescheid gesagt.«

Die Tür stand offen. Also ging Albin einfach hinein, wo ihm einer der Gendarmen bereits den Weg versperren wollte. Allerdings nahm der Polizist die Reaktionen von Castel, Theroux und Bruno Grinamy wahr, die beinahe gleichzeitig aufstöhnten.

Sie gaben eine Mischung aus »Albin!« und »O nein!« sowie »Es ist nicht zu fassen, Albin!« von sich, woraus der

Polizist schloss, dass Albin zwar nicht wirklich erwünscht war, aber irgendwie doch dazuzugehören schien, weswegen er ihn durchließ. Grinamy und zwei seiner Kollegen von der Spurensicherung standen an einer Glastür zur Terrasse, die recht ramponiert aussah. Theroux unterhielt sich mit zwei Männern des Fahrdienstes – sie trugen identische Poloshirts mit dem Logo ihrer Firma. Castel wiederum stand mit dem Regieassistenten Eric Chabrol in der offenen Küche, trank Kaffee und hielt einen Notizblock in der Hand. Chabrol wirkte genervt und hektisch.

Albin ließ Grinamy seine Arbeit machen und ignorierte eine weitere Bemerkung von Theroux über Albins überraschendes Erscheinen, bevor der Polizist mit seiner Befragung fortfuhr.

Er ging in die Küche zu Castel und Chabrol, sah sich beiläufig um, hielt die Kippe hoch und fragte: »Gibt es hier einen Mülleimer? Ich werfe die Kippen nicht in die Natur. Meine Enkeltochter hat mir erklärt, dass es Tausende von Jahren dauert, bis ein solcher Filter ... «

»Albin?«, fragte Castel und bückte sich kurz, um Tyson zu begrüßen. »Was machen Sie hier?«

Albin fand einen Mülleimer unter der Spüle, warf die Kippe hinein und erklärte: »Einen Mülleimer suchen. Wie gesagt, ich ... «

»Albin. Bitte.« Castel presste die Lippen zu einem schmalen Band zusammen und sah Albin mit einem strengen Blick an.

Er streckte sich und erwiderte: »Ich war am Set, wie es meine Aufgabe ist. Habe meine Ehefrau mit Yves Serrault auf dessen Einladung hin bekanntgemacht. Aber die eigentliche Frage ist doch eher, was *Sie* hier machen und was hier vorgefallen ist, ohne dass ich als polizeilicher Berater darüber Bescheid weiß, sondern zufällig mit ansehen muss, wie …«

»Weil es Sie nichts angeht, Albin. Falls es Sie etwas angehen würde, dann hätte ich …«

Eric Chabrol fuhr dazwischen und tippte auf seine Armbanduhr. »Sind Sie mit Ihrem Kompetenzgerangel fertig? Ich muss ans Set! Ich habe keine Zeit für so etwas!«

Cat gab ein genervtes Geräusch von sich und wendete sich wieder Chabrol zu. »Wir sind hier fertig. Danke, Monsieur Chabrol. Möglicherweise werde ich mich morgen noch mal melden.«

»Da bin ich nicht verfügbar. Wir fahren nach Cannes.«

»Oh, besuchen Sie Ihren Produzenten in der Klinik? Wie geht es ihm denn?«

Chabrol lachte auf. »Ich weiß nichts über seinen Gesundheitszustand. Es ist mir persönlich auch egal, muss ich sagen. Nicht dass ich ihm etwas Schlechtes wünsche, aber ich habe Besson zigmal eigene Projekte vorgeschlagen, und er hat sie stets abgewiesen. Das hinterlässt Spuren.«

»Also eher kein Besuch bei Besson?«

»Habe ich das nicht gerade gesagt? Ich fahre nach Cannes, weil dort meine eigene Independent-Produktion in der Kurzfilmsparte läuft. Es geht um van Gogh – einen verkannten Künstler, der am eigenen Anspruch scheitert und vom Markt zerbrochen wird. Ich bin mir sicher, dass es dafür viel Kritikerlob und vielleicht einen Preis geben wird. Ich trage meinen Nachnamen nicht umsonst.«

»Wie meinen Sie das?«, fragte Castel.

Bevor sich Chabrol aufregen konnte, erklärte Albin: »Claude Chabrol, ein sehr bekannter Regisseur. Sind Sie mit dem eigentlich verwandt?«

»Eine Namensgleichheit bedeutet nicht automatisch eine Blutsverwandtschaft, Monsieur, aber wenn Sie von der Seele sprechen, dann ja. Kann ich jetzt gehen?«

»Ja«, sagte Castel. »Bitte. Sie dürfen.«

Damit dampfte Chabrol ab.

Castel blähte die Backen. »Was für ein Ekelpaket.«

»Ein unverstandener Künstler«, sagte Albin.

»Passt zu einem Ex-Polizisten, der sich ebenfalls verkannt fühlt.«

Albin lachte auf. »Also«, fragte er, »was ist hier los, Castel?«

Castel gab Albin eine Zusammenfassung der Geschehnisse während der Nacht. Sie zeigte ihm außerdem die Aufnahmen der Überwachungskamera. Er hörte zu, sah sich alles an, machte sich seine Gedanken.

Er sagte: »Jemand attackiert den Regisseur und will ihn umbringen. Kurz zuvor wird der Hauptdarsteller erschossen. Vor dem Hintergrund des Angriffs auf Fairchild würde ich den Tod von Brad Stone nicht mehr als Unfall oder Fahrlässigkeit betrachten.«

»Ich auch nicht«, erwiderte Castel.

»Zudem ringt der Produzent mit dem Tod.«

»Mhm.«

»Warum will jemand Fairchild töten?«

»Ich habe keine Antwort, Albin. Chabrol war der Letzte, der mit Fairchild Kontakt hatte. Er hat ihn gestern Nacht vom Restaurant hierhergefahren. Danach fuhr er in sein Hotel. Er konnte dafür keine Zeugen angeben, aber wir können uns mit dem Hotelpersonal unterhalten. Die Lobby war um diese Zeit zwar nicht mehr besetzt. Es wird aber sicherlich Kameraaufnahmen geben. Theroux hat mit der Security gesprochen und redet gerade mit den Fahrern der Produktion, die Fairchild mehrfach hergebracht haben. Aber bislang haben wir nichts Greifbares, Albin – außer jeder Menge Arbeit, einer Menge Mutmaßungen sowie keiner verlässlichen Spur.«

Albin nickte. »Und Claire Lambert ...«

»War einige Male in diesem Gebäude, ja. Was nichts heißen muss. Es waren sicherlich schon viele Menschen hier. Es sagt so viel aus wie das Foto von Olivia Connor mit dem Jagdgewehr, die dieses Haus im Übrigen ebenfalls kennt, weil sie hier Besprechungen mit ihrem Regisseur hatte. Albin, ich muss jetzt kurz mit Theroux und Grinamy sprechen, dann zurück ins Hôtel de Police in Carpentras, meinen Bericht schreiben und ...«

»Könnten Sie mich mitnehmen? Veronique ist mit meinem Wagen zurückgefahren.«

Castel seufzte und nickte. »Gleich«, sagte sie.

»Schon gut«, erwiderte Albin. »Ich gehe eben zurück ans Set. Sie finden mich dort unten.«

Damit zupfte er an Tysons Leine und ließ Cat, Theroux und Grinamy ihre Arbeit machen.

Das ist sehr freundlich von dir, sie nicht weiter zu stören, schien Tyson zu sagen.

»Ich kann ja nicht dauernd deren Arbeit machen«, erwiderte Albin in Gedanken. »Man muss den jungen Leuten das Feld überlassen. Sonst bekommen sie noch den Eindruck, ich würde mich aufdrängen.«

Tyson lachte.

»Ist was?«

Nein, nichts, alles in Ordnung, Chef. Keinen schlechten Eindruck hinterlassen, recht so.

Albin nickte, trat wieder auf den Feldweg zwischen den Reben. Die Sonne glühte. Es roch nach frischen Kräutern.

»Castel mag dem nichts beimessen«, murmelte Albin in Gedanken, »das Foto mit dem Jagdgewehr, dass Claire Lambert im Haus zu Gast war, Olivia Connor ebenso … die schlanke Gestalt auf dem Video, und solche Schauspielerinnen sind doch sicherlich auch im Nahkampf trainiert?«

Wenn sie in Actionfilmen mitgespielt haben, dann sicherlich, sagte Tyson.

»Und dieser Chabrol – könnte von der Körpergröße ebenfalls passen.« Albin zog die Gitanespackung aus der Hosentasche und steckte sich im Gehen eine an. »Hält sich für ein verkanntes Genie. Wer übernimmt die Regie, wenn der Regisseur tot ist?«

Weiß ich nicht, Chef, jemand anders?

»Natürlich jemand anders, ich bin ja nicht blöd, Tyson. Man würde einen neuen Regisseur finden, der einspringt, und den Assistenten die Zeit überbrücken oder das Werk sogar vollenden lassen, wenn er seine Sache gut macht. In diesem Fall also unser Genie Chabrol, der sich von dem Produzenten dieses Films verkannt fühlt. Aber wenn ebendieser Produzent auf der Intensivstation liegt, dann …«

… würde er nicht widersprechen können.

Albin paffte und nickte.

Willst du damit sagen, Chabrol könnte hinter dem An-

griff stecken, um sich selbst in den Regiestuhl zu katapul-
tieren?

Albin zuckte mit den Schultern und kickte ein Steinchen vor sich her.

Dann müsste er doch auch hinter dem Tod von Brad
Stone stecken. Warum sollte er den umbringen wollen?

»Erinnere dich, was ich schon einmal erwähnt habe:
über Bande spielen. Nach Brad Stones Tod bekam Besson einen Herzinfarkt und stirbt vielleicht ebenfalls, ist
aber in jedem Fall aus dem Weg. Ich weiß, ich habe bereits gesagt, dass ich das nicht für wahrscheinlich halte –
aber wer weiß.«

Das wäre ein sehr vages Spiel über Bande, oder? Man
konnte doch nicht damit rechnen, dass das Ergebnis ein
Infarkt bei Besson sein würde.

»Mhm«, machte Albin und rauchte. »Ich denke nur
laut, Tyson. In jedem Fall muss ich mich noch einmal
mit Olivia Connor und Claire Lambert unterhalten.«

Sie hätten aber gar keine Möglichkeit gehabt, Fairchild
anzugreifen, oder? Sie waren im Restaurant, als Fairchild
nach Hause gebracht wurde. Du warst doch auch noch
dort, als er fuhr.

»Als Fairchild überfallen wurde, war das Restaurant
bereits geschlossen.«

Wonach willst du die Frauen fragen?

»Sehen wir dann«, erwiderte Albin. »Ein Stochern im
Heuhaufen. Manchmal ist es gut, die Leute einfach re-
den zu lassen und dann zu sehen, in welche Richtung es
führt und was einem dabei auffällt. Je sicherer sich die
Menschen fühlen, umso eher begehen sie unbedachte
Fehler. Und wenn sie sich darauf konzentrieren, eben

keine unbedachten Fehler zu machen, dann spürt man das im Gespräch.«

Verstehe, antwortete Tyson.

Inzwischen hatte Albin wieder den Hof erreicht und verhielt sich so still wie möglich, denn er hörte gerade Rufe: »Wir drehen!«, und: »Ruhe bitte!«, und: »Achtung, Aufnahme!« Er blieb stehen, sah zum Haupthaus und der vorgelagerten Scheune, wo der alte Citroën DS stand. Er war von Technik und Menschen eingerahmt. Yves Serrault stieg aus dem Auto, warf die Fahrertür wieder zu und steckte sich eine Zigarette an, sah sich um. Claire Lambert ging an ihm vorbei, nickte ihm knapp zu und verschwand hinter einer Tür. Serrault blickte ihr hinterher, sah zurück zum Hauptgebäude und setzte sich in Bewegung, kickte ein Steinchen vor sich her und verschwand ebenfalls.

»Danke!«, hörte Albin jemanden rufen.

Dann geriet erneut Bewegung in die Menschen, die eben noch wie erstarrt gewirkt hatten, als hätten sie kollektiv die Luft angehalten und atmeten nun wieder durch.

Er steckt die Zigarette genau an wie du, sagte Tyson, *hast du das gesehen?*

»Es wirkte ein wenig so, ja.«

Du siehst dich genau so um, wenn du irgendwohin kommst. Und die Art, wie er die Autotür zugeworfen hat – so ein wenig lässig …

»Stimmt.«

Und das mit dem Steinchen machst du auch, kickst es vor dir her, klemmst dir die Gitanes in den Mundwinkel, genau wie Serrault eben.

Albin blickte zu Tyson. »Meinst du, der macht mich nach?«

Vielleicht hast du ihn inspiriert.

»Aber … ich habe doch nur zweimal mit ihm geredet, gestern Abend und vorhin. Und er wirkt doch so, als bekäme er gar nichts mit?«

Aber er ist schon ein begnadeter Schauspieler und sieht offenbar sehr genau hin, ohne dass du *es mitbekommst.*

»Hmm«, machte Albin, blies eine Wolke in den Himmel und setzte sich wieder in Bewegung.

Meine Güte, dachte er, Yves Serrault spielt Albin Leclerc – die Welt wird jeden Tag verrückter.

21

Wie Albin am Set erfuhr, war es kaum möglich, mit Olivia Connor zu sprechen. Sie hatte heute keine Szene zu spielen und war daher bereits in Cannes bei den Festspielen. Sie war noch letzte Nacht, im Anschluss an das Essen im »Le Cheval«, dorthin gefahren, da sie bereits morgens Pressetermine an der Croisette wahrnehmen musste. Claire Lambert wiederum war zwar noch hier, aber gerade mit dem Dreh beschäftigt und würde gegen Mittag nach Cannes fahren. Mithin war sie ebenfalls nicht zu sprechen. Schlecht, aber nicht zu ändern.

Zeit für einen Schwatz hatte Yves Serrault, der gerade neben Albin und Tyson stand, den Dreh einer weiteren Szene mit Claire verfolgte und mit derselben Handbewegung wie Albin eine Zigarettenschachtel hervornahm, die er wie Albin in der vorderen Hosentasche stecken hatte. Er stieß sogar beim ersten Zug an der Gitanes – ja, er rauchte ebenfalls diese Marke – den Rauch durch die Nasenlöcher aus, wie Albin es manchmal tat.

»Habe ich das gut so gemacht? Wie ein waschechter Ex-Commissaire?«, fragte Yves Serrault, rauchte und zwinkerte Albin zu.

Albin zwinkerte zurück und rauchte ebenfalls. »Sie sind ein Schlitzohr«, sagte er. »Sie haben mich genau beobachtet, oder?«

Serrault blickte hoch zu Albin, als habe er ihm gerade die Lösung zu einer komplizierten mathematischen Gleichung genannt, nach der Serrault schon seit Jahren suchte.

»Aber ja«, erwiderte er begeistert. »Sie haben es bemerkt!«

»Habe ich. Und ich muss sagen, Sie machen das gut. Sie haben mich nur einmal kurz getroffen und dabei genau beobachtet – das habe ich weder gemerkt, noch habe ich es erwartet.«

Serrault lachte auf und gab Albin einen kumpelhaften Knuff. »Sie nehmen mir das nicht übel, oder? Kleine Schelmerei. Wir sind beide Schelme – jüngere Frauen, was, wie Ihre Veronique? Donnerwetter. Ein echter Don Juan sind Sie, Leclerc!«

Albin rang sich ein Lächeln ab und entgegnete lieber nichts. »Fahren Sie ebenfalls zu den Filmfestspielen in Cannes?«, fragte er.

Serrault musterte Albin, als habe er die Frage nicht verstanden. Er zog an der Zigarette und fragte: »Cannes? Was soll ich denn dort?«

Albin zuckte mit den Schultern. »Einen Film vorstellen? Wie ich höre, ist Olivia Connor bereits dort, und Claire Lambert wird sehr bald ebenfalls dorthin aufbrechen. Beide stellen ihre aktuellen Filme vor oder haben Pressetermine und werden sicherlich zum Tod von Brad Stone befragt. Ich dachte, die Filmfestspiele in Cannes – da ist doch jemand wie Sie in jedem Fall dabei.«

»Oh, nein, nein, ich nicht.« Serrault schüttelte den Kopf. »Nein, ich nicht, ich bin nicht in Cannes, ich bin ja hier.«

Er sah Albin erwartungsvoll an, der sich erneut fragte, ob Serrault noch alle Tassen im Schrank hatte.

»Wissen Sie«, fuhr Serrault fort, »nächstes Jahr werde ich sicher dort sein, um den neuen Film zu promoten – also den, den wir gerade drehen. Aktuell tut sich bei mir aber sonst nichts. Waren Sie schon einmal in Cannes bei den Festspielen? Ich sage Ihnen, mein Lieber …« Serrault grinste süffisant. »Party, Party, Party – wäre genau das Richtige für Sie!«

Albin sparte sich erneut einen Kommentar. »Ich wollte noch einmal mit Olivia Connor sprechen und mit Claire Lambert. Aber das muss ich wohl aufschieben.«

»Claire ist doch hier?«

»Ich will mich nicht aufdrängen. Sie ist mit dem Dreh beschäftigt und bricht nach ihren Szenen unmittelbar nach Cannes auf, wie ich von der Produktionsassistenz gehört habe.«

»Dann fahren Sie doch ebenfalls nach Cannes, greifen die beiden irgendwo ab und sprechen mit ihnen? Kleines Rendezvous, bekommt Madame Leclerc ja nicht mit, was? Claire ist ein kleiner Schmetterling, fliegt von Blüte zu Blüte. Olivia ist eine große Künstlerin und ebenfalls keine Kostverächterin, wenn Sie wissen, was ich meine, ich sehe so was.« Serrault lachte, tippte sich zwischen die Augen und gab Albin erneut einen Knuff.

»Es geht mehr um den laufenden Fall und um den Tod von Brad Stone, denn ich habe da …«

Im nächsten Moment krachte ein riesiger Scheinwerfer direkt vor Albin und Yves Serrault zu Boden. Er hatte die Größe und sicher auch das Gewicht von einem Bierfass und verfehlte sie nur um Haaresbreite. Das

Frontglas zersplitterte auf dem gepflasterten Hof und stob in einem Scherbenregen durch die Luft.

Albin spürte einen Stich an der Wange und kniff die Augen zu. Tyson kläffte und sprang hinter Albin in Deckung.

Im ersten Moment wusste er nicht, was gerade passiert war. Auch Yves Serrault stand wie paralysiert neben Albin. Die Asche fiel von der Spitze seiner Zigarette ab, ohne dass er sich nur einen Deut rührte.

Albin fuhr sich mit der Hand durchs Gesicht und sah etwas Blut an den Fingern. Er blickte nach oben, wo in etwa drei Meter Höhe mehrere Scheinwerfer an einer Traverse aus Metall hingen, was Albin zuvor gar nicht wahrgenommen hatte. Kein Wunder, denn es stand überall irgendetwas herum. Von dem Gerüst aus wurde offenbar die Fassade des Hauptgebäudes angestrahlt, wenngleich im Moment alle Lichter ausgeschaltet waren. Der Scheinwerfer hatte sich offensichtlich gelöst, weil er nicht richtig befestigt worden war – und hätte beinahe Albin oder Serrault oder beide getroffen.

»Oh«, machte Serrault. »Na so was?«

»Kann man wohl sagen«, erwiderte Albin, der nun etwas fröstelte.

Wenige Sekunden später herrschte Trubel um sie herum. Alle möglichen Teammitglieder kamen vom Set her angelaufen, auch Chabrol und Wilson Fairchild, um sich anzusehen, was hier passiert war, und um sich zu versichern, dass mit Serrault und Albin alles in Ordnung war. Albin nahm die Geschehnisse wie in Trance wahr.

»Wie kann denn das passieren?«, blaffte Fairchild und redete auf zwei Männer ein, die immer wieder mit den

Schultern zuckten. Es schien sich um die Beleuchtungstechniker zu handeln. Einer hielt ein Tablet in der Hand und gestikulierte zwischen dem Gerüst und dem Display hin und her – offenbar konnte man damit die Lampen steuern. »Keine Ahnung! Das kann sich nicht lösen! Die Steuerung lag die ganze Zeit auf dem Wagen, die hatte ich gar nicht in der Hand!«, rief der Mann aufgeregt zurück.

Albin blinzelte, als zwei Personen vor ihm und Serrault auftauchten. Eine Frau vom Cateringzelt, die Serrault fragte, ob alles okay sei, sie sei Ersthelferin. Und vor Albin stand Serge Vallet, der Maskenbildner, der ein Erste-Hilfe-Set in der Hand hielt. Er sagte, dass Albin einen Splitter abbekommen und einen kleinen Schnitt an der Wange habe.

Albin nickte lediglich. »Ja. Ja. Ein Splitter, nicht schlimm«, sagte er, während Serge Vallet ihm etwas auf die Wange tupfte und dann ein Pflaster auf die Wunde klebte – indes Fairchild und Chabrol sowie einige andere lautstark aufeinander einredeten und sich fürchterlich aufregten.

»Es ist unglaublich«, murmelte Vallet. »Sie haben ein solches Glück gehabt. Einen Schritt weiter nach vorne …«

»Serrault ebenfalls«, erwiderte Albin und verfolgte, wie die Frau vom Catering mit Serrault in Richtung eines Trailers ging, wobei sich Fairchild und Chabrol anschlossen, um sich zu vergewissern, dass ihr Star nichts abbekommen hatte. Fairchild sah sich kurz zu Albin um. Albin machte eine »Alles okay«-Geste. Fairchild nickte und wendete sich dann wieder zu Serrault. Auf der anderen Seite kam Claire Lambert vom Set und ging in Begleitung zweier Produktionsassistentinnen mit Headsets in Richtung ihres Trailers.

»Ja, dann fahren wir jetzt nach Cannes? Hier passiert heute ja wohl nichts mehr«, schnappte Albin auf.

Und zwischen allem sah Albin, wie Castel über den Hof gejoggt kam und sich ihm näherte.

»Meine Güte«, murmelte Serge Vallet, nickte Albin dann zu und sagte: »Fertig. Verarztet. Ist wirklich nicht schlimm.«

»Mhm«, machte Albin und klemmte sich die Gitanes zwischen die Lippen. Aber sie war längst verglommen. Er hielt nur noch den Filter in den Fingern.

»Albin?« Castel kam außer Atem an. Ihre Schritte knirschten in den Glassplittern. »Was ist denn hier passiert? Alles in Ordnung mit Ihnen?«

»Ein Scheinwerfer kam herunter«, erklärte Albin. »Sauste knapp an mir und Yves Serrault von da oben zu Boden. Nichts passiert. Serrault hat nichts abbekommen. Ich habe einen kleinen Schnitt an der Wange. Tyson ist auch in Ordnung.«

Castel blickte zwischen dem Scheinwerfer, der Traverse, Albin und Serge Vallet hin und her, blieb dann an Serge Vallet mit dem Blick hängen, der sein Erste-Hilfe-Kästchen wieder verschloss.

»Serge Vallet«, erklärte Albin, »Maskenbildner von Claire Lambert, Ersthelfer am Set.«

»Mein Gott«, sagte Castel, »der Scheinwerfer hätte Sie und Yves Serrault erschlagen können, Sie hatten …«

»... **enormes Glück**, großes, großes Glück«, wiederholte Castel, hielt das Lenkrad mit beiden Händen fest und fuhr in eine scharfe Linkskurve.

Die Fliehkraft drückte Albin gegen die Beifahrertür. Tyson würde auf dem Rücksitz seine liebe Mühe haben. Andererseits ging es ihm dort nicht schlecht: Er lag im Körbchen, das der schwarzen Mila gehörte, der Möpsin von Castel und ihrem Lebensgefährten Jean Villeneuve. Mila war nicht nur Tysons große Flamme, sondern auch die Mutter seiner zahlreichen Welpen. Der Nachwuchs war in einem unachtsamen Moment entstanden.

»Castel«, sagte Albin und hielt sich fest. »Das ist mir klar. Sie müssen es nicht fortlaufend wiederholen.«

»Wie kann dieser Scheinwerfer herunterfallen?«

»Ich weiß es nicht«, erwiderte Albin angestrengt, »man wird es herausfinden. Eine lockere Schraube, weiß der Geier ...«

»Ein Scheinwerfer fällt einfach so herab, nach alledem, was bislang geschehen ist? Und erschlägt beinahe Sie als Ermittler beziehungsweise Yves Serrault, einen weiteren wichtigen Darsteller?«

»Castel. Sehen Sie keine Gespenster. Niemand hätte wissen können, dass Yves Serrault und ich ...«

»Trotzdem, Albin, bitte!«

»Sie haben mich übrigens eben Ermittler genannt.«

»Was?«

»Sie haben ›Ermittler‹ zu mir gesagt. Weder Berater noch ein Ärgernis oder ein Unverbesserlicher – Ermittler haben Sie gesagt.«

Castel gab ein genervtes Geräusch von sich und setzte auf einer geraden Passage der Straße an, einen Traktor zu überholen. »Sie sind unmöglich, Albin.«

»Ich meine ja nur«, erwiderte er, klappte die Sonnenblende herab und zog das Pflaster von der Wange, um die Wunde zu begutachten. Es war nur ein sehr kleiner Schnitt.

Doch natürlich hatte Castel recht: Es hätte viel schlimmer kommen können – für ihn, für Serrault oder für sie beide. Zudem hatte sie recht damit, dass es ein weiterer bemerkenswerter Unfall am Set des Films *Die Mörderischen* war, dessen Regisseur in der Nacht zuvor tätlich angegriffen worden war. Wie Albin aufgeschnappt hatte, ließen sich diese Scheinwerfer über eine App steuern. Nichtsdestotrotz musste einer davon locker gesessen haben, sonst hätte er sich nicht aus der Verankerung lösen können. Die Frage blieb, ob das aus Unachtsamkeit, durch Materialermüdung oder mit Absicht geschehen war.

Castel scherte wieder ein und sagte: »Sicherlich werden Fachleute oder Gutachter feststellen, was da los gewesen ist. Doch ich wiederhole: Wenn wir das alles zusammenzählen, dann kommt mir das nicht wie ein Zufall vor. Die Kernfrage aber ist: Was soll das alles – der Mord, der Mordversuch, der Scheinwerfer? Wer profitiert von all diesen Vorfällen? Warum wird Brad Stone erschossen? Warum sollte Wilson Fairchild erschlagen werden? Die Herzattacke von Olivier Besson schiebe ich mal beiseite – und die Sache mit dem Scheinwerfer bewerte ich so lange als Unfall, bis wir das Gegenteil wissen. Setzen wir in den anderen Fällen aber jeweils eine böse Absicht voraus, dann frage ich mich: Warum hat jemand, der Brad Stone töten wollte, ihn nicht in seinem Hotel überfallen oder auf andere Art und Weise umgebracht und ihn zum Beispiel überfallen wie Wilson Fairchild? Das wäre doch viel einfacher gewesen.«

»Eben«, sagte Albin. »Warum das alles?«

»Ja. Warum?«

»Castel! Schießen Sie los und machen Vorschläge.«

Cat lachte empört auf. »Machen Sie doch selbst welche, Albin!«

»Nicht mein Job. Ihr Job. Sie befassen sich sehr intensiv mit den Pflichtaufgaben in den Ermittlungen, Befragungen, alles Mögliche. Aber als Malerin müssen sie gelegentlich von Ihrem Bild zurücktreten und vom Detail auf das Ganze schauen. Ich tue das sowieso, weil ich am Rande stehe.«

Castel gab erneut ein genervtes Geräusch von sich und rollte mit den Augen. Dann sagte sie: »Okay. Brad Stone wird durch eine vertauschte Patrone in einem Schrotgewehr getötet. Das bedeutet sehr viel Aufwand. Die Schuld für den tödlichen Schuss wird auf Personen gelenkt, bei denen es sich allem Anschein nicht um den Täter handelt. Im Fall von Fairchild ist es anders. Fairchild wird von einer Person heimtückisch aus dem Haus gelockt und direkt angegriffen. Der Täter wird persönlich aktiv. Der Modus ist anders, die Handschrift.«

»Weil es unterschiedliche Personen sind?«

»Darüber habe ich noch gar nicht nachgedacht.«

»Im Film geht es um zwei Frauen, die eine Tat gemeinsam ausführen.«

»Kommen Sie nun wieder auf Ihre Idee mit Olivia Connor und Claire Lambert?«, fragte Castel.

Albin machte eine abschätzende Geste. »Ich bin mir nicht sicher, was den Modus angeht, ob er tatsächlich so anders ist.«

»Aber Sie haben doch gerade gesagt …«

»Ich habe nichts gesagt. Ich habe Ihnen eine Frage gestellt, über die Sie noch nicht nachgedacht haben, aber es tun sollten.«

»Können Sie bitte mit diesem Oberlehrergetue aufhören, Albin? Sonst halte ich hier an, und Sie gehen zu Fuß nach Hause.«

Albin lachte. »Ich weiß. Manchmal schieße ich übers Ziel hinaus.«

»Manchmal? Dauernd!«

Albin ging darüber hinweg und sagte: »Die Sache mit den Patronen erfordert ebenso viel Sachkenntnis wie der Angriff auf Fairchild Ortskenntnis und Planung – und beides einen festen Willen, Heimtücke und Risikobereitschaft. Die Patronen wurden nach meiner Meinung direkt am Set ausgetauscht. Das war ebenso riskant wie der Angriff auf Fairchild mit der nahen Security im Auge von Überwachungskameras. Dennoch hat die Sache mit den Patronen mehr Aufwand und Zeit in der Vorbereitung erfordert.«

»Ja«, sagte Castel. »Der Mord an Brad Stone ist schlimm und hat große Dimensionen erreicht – hätte eine bekannte Schauspielerin wie Claire Lambert den Abzug betätigt, wäre das Medienecho noch größer gewesen. Zudem wäre ihre Karriere sicherlich beendet worden. Außerdem hat es Besson ausgeknockt, sozusagen als Kollateralschaden. Ein paar Tage später erfolgte dann der Angriff auf Wilson Fairchild.«

Albin ergänzte: »Und dieser Angriff war ein direkter, kein indirekter. Er war zwar ebenfalls geplant, aber nicht so sorgfältig wie die erste Tat. Hätte er von Anfang an vorgehabt, Wilson Fairchild anzugreifen, würde ich unterstellen, dass er sich mit ebensolcher Akribie vorbereitet hätte. Das ist nicht passiert und kann bedeuten, dass der Täter weniger Zeit für die Vorbereitung hatte. Warum?«

»Weil Tat zwei eine Folge von Tat eins ist? Eine Weiterentwicklung?«

»Wäre möglich«, sagte Albin. »Tat eins hat dem Mörder noch nicht gereicht, Lust auf mehr gemacht oder nicht den gewünschten Effekt erzielt. Daraus folgte Tat Nummer zwei.«

»Vielleicht sogar Tat Nummer drei«, sagte Castel. »Der Scheinwerfer.«

»Wer weiß«, antwortete Albin.

»Und was sagt uns das?«

»Weiß ich noch nicht«, erwiderte Albin. »Und genau deswegen muss ich dringend mit Olivia Connor und Claire Lambert sprechen.«

Es ging ihm nicht aus dem Kopf, dass sich in gewisser Weise die Filmhandlung in die Realität verwandelt hatte. Da war irgendetwas, das ihn nicht losließ, ohne dass er es in Worte fassen konnte ... Falls es bei den Taten nicht um etwas Persönliches wie Rache ging – um was dann? Profitgier? Neid? Hass? Oder alles zusammen? Was war das verfluchte Motiv?

Castel fragte: »Warum müssen Sie die Frauen denn so dringend sprechen? Für mich und Theroux steht erst mal im Vordergrund, eine Ordnung und System in dieses große Chaos zu bringen und dem Staatsanwalt Bericht zu erstatten.«

»Ich weiß nicht«, sagte Albin. »Ich habe das Gefühl, dass wir irgendetwas sehr Naheliegendes übersehen. Mir geht das Szenario nicht aus dem Kopf, dass sich Filmhandlung und Wirklichkeit überschneiden. Zudem sind Claire Lambert und Olivia Connor für mich die Einzigen, die bislang Motive haben könnten. Claire könnte aus Rache die Patronen vertauscht haben. Aus Neid und Wahn wiederum könnte Olivia Connor die Patronen in den Lauf gesteckt haben, um Claire zu schaden, die ja eigentlich hätte schießen sollen. Doch dann tat es Danielle Besnier. Der Plan ging schief. Daraufhin folgte eine weitere Tat.«

»Aber wo wäre das Motiv? Gemäß Ihrer Theorie hätte Claire doch Erfolg gehabt. Und wenn nach Ihrem Ansatz Olivia Connor mit dem Ergebnis nicht zufrieden war – warum dann der Angriff auf Wilson Fairchild? Wie wollte sie den Claire Lambert in die Schuhe schieben? Und welches Motiv sollte es für einen Mord an Wilson Fairchild geben?«

»Weiß ich nicht. Deswegen will ich mit den Frauen reden. Vielleicht ergibt sich etwas.«

»Wie Sie meinen. Aber hatten Sie nicht gesagt, dass die beiden für einige Tage nicht greifbar sein werden?«

»Sie sind bei den Filmfestspielen in Cannes.«

»Dann müssen Sie warten, bis sie wieder zurück sind. Besser noch: Sie überlassen das bitte Theroux und mir.«

»Mhm.«

Albin spürte Castels Seitenblick. »Ich kenne dieses ›Mhm‹ von Ihnen, Albin.«

»Mhm.«

»Sie kommen bitte nicht auf die Idee, die beiden Schauspielerinnen zu stalken, Albin, und in Cannes herumzuschnüffeln und uns vor aller Welt lächerlich zu machen?«

»Dummes Zeug.«

»Ich warne Sie.«

Albin lachte und schüttelte den Kopf. »Jetzt nehmen Sie den Fuß vom Gas, Castel, hier ist nur Tempo dreißig. Und ich werde niemanden stalken und nirgends herumschnüffeln, schon gar nicht in Cannes.«

23

Die Côte d'Azur.

Gold an der Küste. Tiefblauer Himmel, tiefblaues Mittelmeer. Das Licht und die Farben von Picasso und Matisse.

Cannes.

Glitzernder Strass im Sand an der Croisette. Altes und neues Geld zwischen Hollywood, Modenschauen und Karneval an der Riviera. Motor der europäischen Film- und TV-Industrie – und außerhalb des Festivals nicht mehr und nicht weniger als ein sehr schöner und sehr mondäner, sehr touristischer und sehr teurer Ort.

Wenn man sich im Zentrum aufhielt, glich die Stadt vielen anderen in Südfrankreich. Es gab zahlreiche Geschäfte, kleine Restaurants und Bistros in engen Gassen. Auf einem Hügel thronten die Überreste einer alten Burg und die Kirche Notre-Dame-d'Espérance, in deren Umfeld der Schriftzug »Cannes« ein beliebtes Selfie-Motiv war – ebenso der rote Teppich am Palais des Festivals et des Congrès, wo jedes Jahr die Filmfestspiele stattfanden. Für die Touristen war er auf den Treppen des Kongresszentrums auch außerhalb der Festspielsaison ausgerollt, damit sie sich dort wie die Stars ablichten lassen konnten. Ansonsten wirkte das Gebäude nebst dem Casino mit seiner modernen Architektur, dem vielen Glas, riesigen Werbetafeln und Videodisplays im Umfeld der ehrwürdigen Hotels wie dem Carlton wie ein Fremdkörper. Wie ein Stück Las Vegas, das aus dem drei Kilometer langen Boulevard Croisette hervorstach und die Stadtansicht dominierte.

Cannes hatte nicht einmal achtzigtausend Einwohner und war jahrhundertelang nicht mehr als ein Fischerdorf gewesen, bis französische Adelige sich hier im 19. Jahrhundert ihre Ferienhäuser bauten und plötzlich Exklusivität in den Ort einzog. In der Folge entstanden der Hafen und die von Palmen gesäumte Croisette sowie wenig später die ersten Luxushotels mit Meerblick.

Je weiter man sich von der Ortsmitte in Richtung Meer und Croisette bewegte, desto exklusiver wurde Cannes. An den Straßen parkten Autos im Wert von ganzen Einfamilienhäusern. Zwischen den noblen Hotels reihten sich Geschäfte von Cartier, Hermès, Yves Saint Laurent, Chanel und vielen anderen Luxusmarken aneinander. Jedes Jahr zog es drei Millionen Touristen hierher, und Cannes verfügte über drei Casinos, fünfhundert Restaurants, dreißig Clubs und Diskotheken, ebenso viele Privatstrände und hundertdreißig Hotels mit achttausend Zimmern.

Kein Wunder, denn nach Paris stand Cannes als Ziel für Geschäftsreisen an zweiter Stelle. Das lag nicht ausschließlich an den Filmfestspielen. In der Stadt gab es noch viele andere große Messen wie das Werbefilmfestival, die Boots- und Spielemesse, die weltgrößten Immobilienmessen sowie die Musikmesse Midem. Und eigentlich waren die Filmfestspiele nichts anderes als eine weitere Messe, die sich um das Kino drehte – bloß dass in ihrem Rahmen ein internationaler jurierter Wettbewerb stattfand. Wegen der vielen Prominenten verfügten die Filmfestspiele im Jahreskalender von Cannes über den größten Glamourfaktor und die höchste Aufmerksamkeit. Aber die Stars und Sternchen flirrten lediglich an der Oberfläche. Das Substanzielle geschah hinter den Kulissen. Es wurde mit Rechten gehandelt, mit neuen Projekten, es wurden Deals gemacht, Millionen über die Tische geschoben, gemakelt und gefeiert. Weswegen die Stadt während der Festspiele vor allem mit den Menschen vollgestopft war, die die Traumwelt am Laufen hielten, und mit Journalisten, die den Sterblichen Einblicke in sie ermöglichten.

Und während Albin über die Promenade de la Pantiero entlang des Vieux Port fuhr, ärgerte er sich beinahe, dass er nicht mit einer Luxusyacht angereist war, mit der man sozusagen mitten im Zentrum hätte halten und auf das Palais des Festival blicken können. Vermutlich wäre es leichter gewesen, mit einem solchen Schiff einen Parkplatz zu ergattern als mit seinem SUV. Auf Yachten wurden häufig Stars interviewt, ebenso auf den Hotelbalkonen mit Blick aufs Meer oder in den Beachclubs. Veronique hatte schon ein paar davon im Fernsehen gesehen und die Eröffnungszeremonie im Blumenladen auf dem Handy gestreamt. Sie wurde regelmäßig live übertragen und glich nach Albins Meinung eher einer Modenschau, weswegen Magazine wie die *Vogue* und andere ein Auge auf die Festspiele hatten.

Die Straßen waren abgesperrt, der Platz vor dem Kongresszentrum ebenfalls. Links und rechts des roten Teppichs standen Trauben von Reportern, die Smokings oder schicke Kleider trugen und den Stars permanent zuriefen, dass sie mal herschauen sollten, während diese ihre Garderobe und sich selbst beim Einzug in das Festivalpalais zur Schau stellten. Dazwischen donnerte Laufstegmusik.

Albin kannte meist nicht einmal einen Bruchteil der Menschen, die hier für die Fotografen posierten. Sie hätten auch seine Zahnarzthelferin in eine Garderobe von Dior stecken und ihm erklären können, sie sei der neue Shootingstar – er hätte es sofort geglaubt. Entweder verfügten diese Journalisten über ein großartiges Gedächtnis in Bezug auf das »Who's who«. Oder sie hatten Assistenten, die ihnen zuflüsterten, wer ein Foto wert war – beziehungsweise hielten einfach drauf, sobald es den Anschein hatte, dass jemand wichtig war, und prüften hinterher, um wen es sich dabei handelte.

Und jetzt fluchte Albin, denn im Augenblick war der Bereich um das Palais ebenfalls abgesperrt, weswegen er den mit Menschen vollgestopften Boulevard de la Croisette auf einer Umleitung umfahren musste. Am Hotel Majestic gelangte er an der Gucci-Boutique wieder auf die Straße – und konnte sein Glück kaum fassen, als ein Bentley direkt vor ihm aus einer Parklücke scherte, worauf Albin sofort den Blinker setzte und sich die frei gewordene Haltebucht schnappte.

An diesem Wochenende gingen die Festspiele zu Ende, und beim Aussteigen wurde Albin einmal mehr deutlich, dass seine Idee mit Cannes kompletter Unfug gewesen war.

Er legte sein altes »Police«-Schild sichtbar auf das Armaturenbrett, um sich die Gebühren für den Parkplatz zu sparen, hob anschließend Tyson aus dem Kofferraum, leinte ihn an und hörte ihn sagen: *Chef, das ist so ein Blödsinn, du glaubst doch nicht im Ernst, dass …*

»Ja, ich weiß schon«, erwiderte Albin genervt, steckte sich eine Gitanes an und schlenderte in Richtung Palais, weil er nicht wusste, wohin er sonst gehen sollte.

In der Tat: In diesem Trubel erschien es völlig unmöglich, Olivia Connor und Claire Lambert zu finden. Und außerdem war es sowieso eine dumme Idee, denn natürlich wären ihre Terminkalender vollgestopft. Wo er am Set direkten Zugang zu ihnen hätte, wären sie hier in Cannes durch eine Armada aus Sicherheitspersonal, Presseagenten und Assistenten abgeschirmt wie der Präsident der Vereinigten Staaten.

Er hatte sich von der Produktionsleitung die Telefonnummern von Connors und Lamberts persönlichen Managern geben lassen, um in Cannes am Rande des Geschehens einen Termin mit den Schauspielerinnen zu vereinbaren. Von unterwegs aus hatte er während der knapp zweieinhalb Stunden langen Fahrt diverse Male versucht, sie zu erreichen, aber nur die Managerin von Olivia Connor für einige Sekunden gesprochen und eine Absage bekommen. Sicherlich saßen sie gerade in irgendwelchen Hotelzimmern, auf Yachten oder in Beachclubs, würden über die Vorfälle am Set von *Die Mörderischen* reden und wegen des Todes von Brad Stone literweise Tränen vergießen. Vermutlich, dachte Albin und rauchte, wäre das Interesse der Medien an Olivia Connor und Claire Lambert deswegen größer als an allen anderen Stars an der Croisette und die PR für den Film unvergleichlich.

Nein, das glaube ich aber nicht, schien Tyson zu sagen, der neben Albin hertrippelte, bis sie an einer Absperrung zum Stehen kamen.

»Was glaubst du nicht?«

Dass es darum geht, dass jemand als Motiv für die Tat eine irrwitzige PR für den Film betreibt und deswegen Menschen umbringt.

»Mhm«, machte Albin und blickte zum roten Teppich, auf dem gerade einiges los war. Wegen seiner Größe konnte er die Menschen vor sich gut überblicken und sah zwei dunkle deutsche Luxuslimousinen vorfahren. Aus jeder stieg eine Frau aus – es waren Olivia Connor und Claire Lambert. Beide trugen Schwarz, Olivia einen Hosenanzug und Claire ein Cocktailkleid, und Sonnenbrillen. Mit einigen anderen elegant gekleideten Personen im Gefolge huschten sie mit ernsten Mienen über den roten Teppich ins Palais des Festivals, ignorierten das Rufen der Fotografen, Kameraleute und Fans, posierten und lächelten nicht. Alles andere wäre der Situation auch nicht angemessen gewesen, dachte Albin, und darauf waren sie von ihren Presseleuten sicherlich gebrieft worden. Wenige Augenblicke später verschwanden sie im Gebäude – Albin erinnerte sich, dass die beiden hier ihre aktuellen Filme vorstellten. Vielleicht liefen sie gerade im Wettbewerb.

24

Claire straffte ihr Kleid, nachdem sie mit Olivia die mit dem roten Teppich belegten Treppenstufen erklommen hatte und etwas außer Atem war. Am Eingang zum Palais des Festivals bekam sie einen Champagner gereicht, Olivia ebenfalls. Dann betraten sie das klimatisierte und ganz in Weiß gehaltene Foyer mit seinem Marmorboden und den verschnörkelten Treppen. Sie hatte nach wie vor schwarze Flecken auf der Netzhaut – bedingt durch die Scheinwerfer draußen und die Blitzlichter.

Olivia wendete sich zu ihr. Sie konnte ihren Atem am Hals spüren, als sie sprach.

»Hast du ihn gesehen?«, fragte sie.

Claire nickte. Hatte sie. Olivia hatte sie schon draußen angestupst, als sie sich auf der Treppe noch einmal umgedreht hatten. Commissaire Albin Leclerc hatte wie ein Leuchtturm mit einem weißen Dach aus der Menge hervorgeragt. Er hatte abseits gestanden und zu ihnen geblickt. Dann hatte er scheinbar etwas auf der anderen Straßenseite gesehen und sich umgedreht.

»Meine Managerin hat gesagt, er habe angerufen«, flüsterte Olivia. »Und jetzt taucht er hier auf, Claire.«

»Er verfolgt uns regelrecht.«

Olivia grüßte jemanden im Smoking mit einem Winken und setzte ein professionelles Lächeln auf.

»Er wollte im Restaurant mit mir reden«, sagte Olivia beiläufig. »Aber ich konnte ihn abwimmeln.«

»Er war gestern am Set, war mit den anderen Polizisten bei Wilson und hat mit Yves gesprochen«, murmelte Claire. »Dann fiel der Scheinwerfer herab und hätte ihn beinahe getroffen.«

»Meine Assistentin hat mir davon erzählt, dass es ihn fast erwischt hätte. Ich wusste nicht, dass er auch bei Wilson war.«

»Was ja kein Wunder ist«, sagte Claire, die jemandem zuwinkte, nachdem er ihr zugewinkt hatte – wer war das noch gleich? Ein weiterer Mann im Smoking.

»Nein, natürlich nicht«, erwiderte Olivia, hakte Claire unter und setzte sich mit ihr in Bewegung.

Im Gehen leerte Claire die Champagnerflöte und stellte sie auf dem Tablett einer Servicekraft ab. Sie gingen in Richtung der nächsten Treppe, wo bereits ihre jeweiligen persönlichen Assistentinnen warteten. In den Sälen liefen gleich einige Filme an – noch nicht die Filme, die Claire und Olivia präsentierten. Aber es war eine Pressekonferenz angesetzt. Im Anschluss gab es Interviewtermine im Palais. Danach würde Claire dann ihren Film präsentieren und Olivia den, in dem sie mitspielte.

Claire hatte Olivia von allem berichtet – dem Angriff auf Wilson, die Reaktionen. Und Wilson hatte gestern selbstverständlich am Set davon erzählt, wie er in der Nacht angegriffen worden war und dass deswegen die Polizei alles untersuchte. Wie schrecklich, hatte Claire gesagt, wie grauenhaft. Davon abgesehen fragte sich natürlich jeder, was es damit auf sich hatte. Wer würde

Wilson angreifen? Was hatte das alles mit dem tödlichen Schuss auf Brad zu tun? Gab es überhaupt einen Zusammenhang, oder war der nächtliche Angriff nicht doch nur ein versuchter Raub?

Claire wurde der Stress langsam zu viel. Viel zu viel. Dafür war sie nicht gemacht. Aber es half nichts: Sie würde durchhalten müssen. Zum Glück hatte sie ihre Pillen, von denen sie nach dem Frühstück noch rasch eine genommen hatte, und im Hotel ihre Tropfen – ein hübsches Hotel in der Nähe von Gordes.

»Er folgt uns bis hierher, dieser Leclerc«, flüsterte Olivia. »Er kommt bis nach Cannes, stellt uns persönlich nach … Wir haben doch schon mit der Polizei gesprochen. Der Mann wird mir langsam unheimlich.«

»Ein Stalker ist er sicher nicht.«

Olivia lachte leise auf. »Natürlich nicht. Aber er macht mich nervös. Dass er hier Präsenz zeigt – das ist doch kein Zufall, Claire. Kommt her und steht hier in genau dem Moment, wenn wir über den roten Teppich gehen. Das ist kein Zufall, sage ich dir.«

»Nein, es wirkt nicht so.«

»Das ist pure Einschüchterung. Vor der Toilette hat er mir im Restaurant aufgelauert und so getan, als sei das ein Zufall. Fragt mich danach, ob ich eine Ahnung hätte, wie die scharfen Patronen ans Set gekommen sind. Fragt mich nach dieser Frau, die geschossen hat …«

»Danielle«, erwiderte Claire.

»Wie auch immer.«

»Sie ist nett. Sie tut mir sehr leid.«

»Ja«, antwortete Olivia und streckte sich, als sie bei ihren Assistenten angekommen waren. »Armes Kind.

Aber wir können uns unser Schicksal nicht aussuchen, oder?«

Und da war sie wieder, diese eiskalte Olivia, die tief in ihr schlummerte. Sie gab Claire einen angedeuteten Kuss auf die linke, dann auf die rechte Wange. Claire ließ es geschehen.

»Du bist morgen wieder in der Provence?«

Claire nickte.

»Ich übermorgen. Pass auf dich auf, Liebes«, sagte Olivia. »Wir sehen uns.«

»Ja«, erwiderte Claire. »Das werden wir.«

25

Albin sah sich um – und erkannte eine weitere ihm
bekannte Person, die gerade das Palais verließ und sich
durch die Trauben von Menschen drängelte – unbeach-
tet von allen Medien.

Es war Eric Chabrol, der Regieassistent.

Er trug einen dunklen Anzug mit Krawatte, die er im
Gehen löste, und setzte sich außerdem gegen die grelle
Sonne eine Sonnenbrille auf. Albin erinnerte sich da-
ran, dass Chabrol etwas davon erzählt hatte, dass er in
Cannes seinen eigenen Kurzfilm vorstellte.

Albin paffte, zog dann an Tysons Leine und über-
querte die Straße, um Chabrol zu folgen. Wenn er schon
nicht mit den Schauspielerinnen sprechen konnte, dann
vielleicht wenigstens mit Chabrol, mal sehen, was sich
daraus ergab.

Chabrol ging schnell, blickte einige Male auf die Uhr
und bog zwischen Dior und Prada in eine schmale Sei-
tenstraße ein. Albin blieb dran, bis sie in der überfüllten
Fußgängerzone an der Rue d'Antibes ein Bistro erreichten. Chabrol ging hinein, Albin folgte ihm und sah,
wie der Mann im Innenhof eine schattige und ruhige
Terrasse unter Platanen mit Stühlen aus geflochtenem
Korb erreichte, wo er sich an den Tisch einer rauchen-
den Dame setzte und sofort begann, lautstark auf sie

einzureden. Albin blieb drinnen, bestellte an der Bar etwas Wasser für Tyson und einen Espresso für sich.

Er hatte die Tasse gerade an die Lippen gesetzt, als Chabrol die Terrasse wutentbrannt wieder verließ und Albin nicht einmal wahrnahm.

Albin trank den Espresso, blickte durch die offen stehende Tür zur Terrasse und musterte die Frau, an deren Tisch Chabrol Platz genommen hatte. Sie mochte Ende fünfzig sein, hatte graue Strähnen in den zum Pagenkopf geschnittenen Haaren, in denen eine Sonnenbrille steckte. Sie trug ein schwarzes Poloshirt, eine weite schwarze Leinenhose und hatte die Beine übereinandergeschlagen. Ihre Fingernägel waren so knallrot wie ihr Lippenstift. Auf dem Tisch vor ihr standen eine große Kaffeetasse, ein Aschenbecher und ein Laptop, neben dem zwei Handys lagen, ein Notizblock sowie eine Schachtel Gauloises Blondes.

Albin stellte die Tasse ab und betrat mit Tyson die Terrasse. Er ging auf den Tisch der Dame zu, die aufblickte und ihn aus klaren blauen Augen fragend ansah.

»Entschuldigen Sie die Störung«, sagte er, zupfte seine Geldbörse aus der Hosentasche, entnahm eines der Kärtchen, die ihn als Polizeilichen Berater auswiesen, und reichte es der Frau.

»Oh?«, erwiderte sie, als sie das Kärtchen las und eine Augenbraue lupfte.

»Albin Leclerc«, stellte er sich vor. »Ich sah eben, wie Monsieur Eric Chabrol offensichtlich einen Streit mit Ihnen hatte. Ich wollte mit ihm sprechen, denn ich habe ihn eben durch Zufall auf der Straße gesehen und bin ihm dann hierher gefolgt.«

194

»Eric hat Ärger mit der Polizei?« Die Frau legte Albins Kärtchen ab und verzog den roten Mund zu einem amüsierten Lächeln.

»Nicht er persönlich«, sagte Albin. »Eher die gesamte laufende Produktion von *Die Mörderischen*, und ich würde es nicht als Ärger bezeichnen, Madame ...«

»... Marie Jourdain«, sagte die Frau und reichte Albin die Hand. Mit einem Mal wirkte sie hochinteressiert und bedeutete Albin mit einem Kopfnicken in Richtung des freien Stuhls, Platz zu nehmen. »Und das«, sagte sie, »klingt nun wiederum sehr aufregend. Sie wissen mehr darüber?«

Albin kommentierte vorläufig nichts, nahm Platz und steckte sich eine Gitanes an, nachdem er Marie Jourdain eine angeboten hatte. Aber sie griff lieber auf ihre eigenen Zigaretten zurück und ließ sich von Albin Feuer geben.

Albin fragte: »Es hatte den Anschein, dass Eric Chabrol sehr wütend auf Sie ist?«

»Vermutlich«, erwiderte Marie Jourdain und blies einen feinen weißen Strahl in die Luft. Eines ihrer Handys klingelte. Sie checkte das Display, nahm das Gespräch aber nicht an und schaltete das Gerät stumm. »Ich nehme an, Sie kennen mich nicht? Also: meinen Namen?«, fragte sie.

»Fehlanzeige«, sagte Albin, »tut mir leid.«

Marie Jourdain winkte ab. »Unwesentlich. Ich schreibe für verschiedene Zeitungen und Magazine über Filme – Rezensionen, Hintergründe – und im Wesentlichen über Independentproduktionen oder Historisches. Man muss sich Nischen suchen. Im Mainstream ist alles abgedeckt, und wozu soll ich mich mit einem Hollywoodstar in ein Zimmer setzen und dieselben Fragen stellen wie alle anderen Journalisten auch, weil es die einzigen sind, die von den PR-Teams zugelassen werden?«

»Das machen die?«

Marie Jourdain lachte auf. »Aber ja, Monsieur. Da wird nichts dem Zufall überlassen. Man gibt die Themen vor, schließt andere aus – und wenn Sie Pech haben, bricht man Ihr Gespräch ab und wirft Sie raus. Es ist von vorne bis hinten durchkommerzialisiert. Nicht meine Baustelle.«

»Verstehe«, sagte Albin.

»Was befasst Sie nun mit Eric Chabrol?«

»Nun, Sie haben vielleicht von den Vorfällen am Set von *Die Mörderischen* gehört, Brad Stone …«

»Wer hat das nicht?«

»… und natürlich gibt es Ermittlungen, in die ich involviert bin.«

»Steht Chabrol etwa unter Verdacht?«

»Wir ermitteln in alle Richtungen, Madame«, erklärte Albin, »und gerade gibt es zwei drehfreie Tage, weil Olivia Connor und Claire Lambert hier in Cannes ihre aktuellen Filme promoten und natürlich über *Die Mörderischen* vor der Presse sprechen werden.«

»Das tun die beiden in der Tat«, sagte Jourdain. »Wobei ich annehme, dass das, was sie berichten, mit der Produktion abgestimmt ist. Was gibt es denn Neues?«

»Daran arbeiten wir täglich.«

»War es tatsächlich ein Unfall oder Fahrlässigkeit? Ich kann mir vorstellen, dass es zu immensen Klagen kommen wird. Hört man etwas darüber?«

»Ich nicht.«

»Also ein Unfall – zumindest offiziell. Doch wenn Sie extra nach Cannes kommen, um mit den Hauptdarstellerinnen zu sprechen, und sich für Eric Chabrol interessieren, dann steckt mehr dahinter. War es doch kein Unfall?«

»Wir müssen alles ausschließen.«

»Zum Beispiel?«

»Ich bin nicht im Detail in die Ermittlungen involviert. Ich agiere eher frei.«

Jourdain schmunzelte. Sie war Profi genug, um zu verstehen, dass Albin ebenfalls ein Profi war und sie aus ihm nicht mehr herausbekommen würde als das, was er bislang gesagt hatte.

»Eric Chabrol«, sagte sie dann, »stellt in Cannes seinen Independentfilm vor. Er läuft im Kurzfilmwettbewerb. Haben Sie die Produktion gesehen?«

Albin verneinte. Er erinnerte sich aber, dass Chabrol etwas darüber erzählt hatte.

Jourdain erklärte: »Der Film heißt *Sternennacht*. Der Titel bezieht sich auf ein Gemälde von Vincent van Gogh, dieses blaue mit den wilden Kringeln im Himmel.«

Albin kannte das Bild.

Die Journalistin redete weiter: »In dem Film geht es um einen Maler, dessen Figur an van Goghs Lebensgeschichte angelehnt ist. Der Protagonist zerbricht an seiner eigenen Leidenschaft und seinem Anspruch sowie daran, dass er von allen Seiten verkannt wird, worauf er sich in Phantasiewelten flüchtet, die Welt seiner Bilder. Es geht um den Griff nach den Sternen, die aber in unerreichbarer Ferne bleiben, weil einem immer wieder die Leiter unter den Füßen weggezogen wird. Eric hat bereits einige schöne Filme gemacht und Achtungserfolge erzielt, die ihn schließlich auf den Assistenzstuhl einer internationalen Großproduktion gebracht haben. Aber *Sternennacht* ist ein unerträglich artifizielles Machwerk und eine fürchterliche öffentliche Masturbation der Seelenqual des Autorenfilmers, der sich für ein verkanntes Genie hält. Rundherum grauenvoll.«

Albin hustete. »Klingt nicht so großartig.«

»Nicht jeder, der den Namen Chabrol trägt, ist auch einer, Monsieur le Commissaire.«

»Ex-Commissaire«, korrigierte Albin. »Chabrol wollte mit Ihnen über den Film sprechen?«

»Vielmehr über meine Rezension, die ihm nicht passte. Zudem empfand er es als beleidigend, ihm eine eitle Masturbation zuzuschreiben.«

»Stand das in Ihrem Artikel?«

»Natürlich.« Marie Jourdain aschte ab. »Die jungen Künstler benötigen einen Mix aus Zuckerbrot und Peitsche. Eric ist vielversprechend. Aber er muss sich selbst überwinden, sein Ego. Im Moment steht er zwischen zwei Stühlen: sein eigener Weg oder der des Mainstreams? Das hat ihm auch Olivier einige Male erklärt, wobei Eric ihm Ignoranz vorwarf und sich über ihn aufregte, weil er *Sternennacht* nicht produzieren wollte und das Konzept des Films für albern hielt. Er hat Olivier verflucht. Dennoch lässt er sich jetzt von ihm bezahlen, was wiederum recht bigott ist, finden Sie nicht?«

»Olivier Besson, meinen Sie? Den Produzenten von *Die Mörderischen*, richtig?«

»Genau den. Hört man etwas Neues über seine Gesundheit?«

»Er liegt nach wie vor auf der Intensivstation.«

»Meine Quellen sagen, dass er im künstlichen Koma liegt und daraus vielleicht nicht wieder erwacht. Oder er könnte Schäden davontragen. Ein Drama. Andererseits nachvollziehbar, dass man eine Herzattacke bekommt, wenn einem in einer Großproduktion der Hauptdarsteller erschossen wird, zudem ein Star wie Brad. Olivier war ... Er ist ein sehr aufbrausender Mensch und hatte vielleicht eine gesundheitliche Vorbelastung, was mich nicht wundern würde. Der Film ist eine persönlich sehr wichtige Angelegenheit für ihn. Sein Vater war der Originalproduzent, und es ist eine Aufarbeitung der eigenen Beziehung zum Vater, aber auch das Bewahren seines Andenkens und ein sehr, sehr großes Wagnis. *Die Mörderischen* ist ein Klassiker. Man kann ihn weder übertreffen, noch darf man ihn völlig verändern und komplett neu interpretieren. Man kann eigentlich nur scheitern, es sei denn, man trifft sehr genau und sehr respektvoll den richtigen Ton, aber mit einer neuen Stimme – wie bei der Neuvertonung eines Songklassikers.«

»Verstehe«, sagte Albin.

»Nun können Sie natürlich fragen: Betreibt Besson nicht selbst öffentliche Masturbation wie Eric Chabrol, wenn er sich am Erbe seines Vaters abarbeitet? Doch natürlich steht dieses Erbe auf einem anderen Blatt Papier. Es hat eine gänzlich andere Dimension. Kennen Sie den Originalfilm?«

»Natürlich, einer meiner Lieblingsfilme.«

»Wissen Sie, dass damals am Set ebenfalls seltsame Verhältnisse geherrscht haben?«

Albin paffte und lehnte sich etwas vor. »Nein. Inwiefern?«

»Natürlich starb dabei kein Brad Stone. Aber der Vater von Olivier galt als Tyrann. Es gibt den Satz von Alfred Hitchcock, dass man Schauspieler wie Vieh behandeln solle. Nun war Hitchcock ein Despot, und in dem Zitat schwingt auch etwas Ironie, aber eben auch etwas Wahrheit mit. Besson senior galt hingegen als ein kaltherziger Diktator, der die Schauspieler in der Tat wie Vieh behandelte, wie Schachfiguren, und keinerlei Widerspruch duldete. Er tauschte drei Kameramänner aus, bis er am Ende bei Paul Peyrot blieb.«

Albin nickte, dachte kurz nach und erinnerte sich an den Mann mit Strohhut am Set in der Toulourenc-Schlucht, der zu Besuch vor Ort gewesen war.

Marie Jourdain fuhr fort. »Eine der Hauptdarstellerinnen war später in psychologischer Behandlung, weil Besson sie permanent erniedrigt hat. Eine Nebendarstellerin beging wegen des auf ihr lastenden Drucks während der Dreharbeiten Selbstmord – sie galt als labil, und der alte Besson hat in ebendiese Kerbe geschlagen. Er betonte stets, dass Druck Diamanten hervorbringe, und hat rücksichtslos alles und jeden seiner Vision unterworfen. Es müssen schreckliche Verhältnisse geherrscht haben, und man nimmt an, dass der Drehbuchautor der Rolle des despotischen Henri Delassalle deutliche Züge vom alten Besson verliehen hat.«

»Hm«, machte Albin. »Bemerkenswert. Und das ließ er sich einfach so gefallen?«

»Es hat ihn wohl nicht weiter gekümmert. Olivier junior hat sich als guter Sohn später jedenfalls stets bemüht, die Verhältnisse am Set herabzuspielen, und immer wieder herausgestellt, dass sein Vater ein liebender Familienmensch war und in Sachen Film ein Genie mit einer sehr klaren Vorstellung. Der alte Besson hat sich jedoch auch bei anderen Dreharbeiten ähnlich verhalten. Wahrscheinlich war er einfach ein Machtmensch, der seinen Einfluss auf andere genossen hat. Aber andererseits muss man ihm zugutehalten, dass seine Filme Meisterwerke wurden, und *Die Mörderischen* war der Gipfel seines Schaffens – wie *Psycho* im Werk von Hitchcock. Tja, und wenn man sich nun vorstellt, dass an Oliviers eigenem Set plötzlich schlimme Dinge geschehen und es sogar einen Toten gibt und man sich andererseits den Erfolgsdruck vorstellt, wenn man einen Klassiker von diesem Format neu verfilmen will ... «

»Verständlich«, sagte Albin und löschte die Gitanes. »Die Fachwelt wird in Aufruhr sein. Ich stelle mir das ebenfalls schwierig vor.«

Marie Jourdain zog ein letztes Mal an ihrer Zigarette, bevor sie sie ebenfalls ausdrückte und nickte. »Abgesehen von dem aktuellen Trubel um den Film wegen Brad Stone ist genau das der Fall, Monsieur Leclerc. Olivier wurde auf der einen Seite Respekt gezollt, als sein Projekt bekanntwurde. Auf der anderen Seite wurde er verlacht und verspottet und von Cineasten sogar beschimpft – nach dem Motto: Man malt ja auch nicht die *Mona Lisa* neu. Wissen Sie – es gibt für alles Fanatiker, für jeden Film, nicht nur für *Star Wars* oder ähnliche Blockbuster. Diese Leute können jeden Dialog mitsprechen und kaufen alles auf Auktionen zusammen, was sie sich leisten können.«

»Meine Güte.«

»Oh, was glauben Sie – manche Fans nehmen derlei Dinge persönlich. Ich habe anlässlich des Jubiläums von *Lawrence von Arabien* einmal eine Reportage über einen Sammler gemacht, der den Film nicht nur hundertmal gesehen hat, sondern restlos alles an Devotionalien besitzt, was es in Bezug auf den Film und die reale Figur gibt. Er hat das original Shooting Script von Regisseur David Lean und sogar ein paar Sandalen, die der echte Thomas Edward Lawrence getragen hat.«

»Akaba«, sagte Albin, »von der Wüste aus.«

Marie Jourdain schmunzelte. Ihr Handy summte erneut. Sie blickte auf das Display, dann auf die Uhr. »Ich habe einen Termin«, erklärte sie und packte ihre Sachen zusammen, stopfte sie in eine große Tasche und gab Albin ein Kärtchen mit ihrer Nummer.

»Falls es etwas Neues gibt – hier erreichen Sie mich, Monsieur le Commissaire.«

»Ex-Commissaire.«

Marie Jourdain nickte und stand auf. »Ich weiß, dass Sie vermutlich nicht anrufen werden. Aber vielleicht sind Sie irgendwann für ein Interview bereit? Ich finde Sie interessant. Ein Blick hinter die Filmkulissen? Ein Ermittler in Cannes? Spannend.«

Sie stand auf. Albin stand ebenfalls auf, um sie zu verabschieden. Er steckte das Kärtchen ein. »Wir werden sehen«, sagte er.

Wieder klingelte Jourdains Telefon. »*Mon dieu*«, murmelte sie. »Einen schönen Tag noch Ihnen und Ihrem süßen Hund«, sagte sie, lachte entschuldigend und rauschte davon.

Albin nahm Tysons Leine. Die Sandalen des Lawrence von Arabien, dachte er.

Die hättest du wohl auch gerne, Chef, schien Tyson zu sagen.

Albin grinste. »Was soll ich denn damit?«

Ins Regal stellen? Du hast dir doch sogar für die Flitterwochen die gleiche Badehose gekauft, die Daniel Craig in James Bond trägt und die wiederum eine Hommage an die von Sean Connery in Dr. No *ist.*

»Es gibt einen Unterschied zwischen einer solchen Badehose und alten Latschen. Auch wenn sie vom echten Lawrence von Arabien stammen.«

Ich weiß, dass du von diesem Film fasziniert bist. Vielleicht nicht so sehr wie dieser verrückte Sammler, aber immerhin.

»Mhm«, machte Albin. »Ich mag die Figur des Lawrence und wie Peter O'Toole ihn spielt. Lawrence ist ein Einzelgänger. Er ist unkonventionell und hat eine klare Vision. Außerdem mag ich die Bilder.«

Was reizt dich eigentlich so an der Wüste?

Albin schmunzelte und konnte nicht anders, als mit einem Filmzitat zu antworten: »Sie ist sauber.«

26

Zum Abendessen gab es heute nur etwas Aufgewärmtes von gestern – was den Geschmack nicht minderte, sondern eher verbesserte. Denn nun war der Gemüseauflauf, eine Art überbackenes Ratatouille, richtig durchgezogen.

Man nahm dazu Auberginen, Zucchini, Paprika, Oliven, Zwiebeln, Knoblauch, geschälte Tomaten aus der Dose, Tomatenmark und Kräuter sowie Champignons oder wahlweise Hackfleisch. Das Gemüse wurde gestückelt, in der Pfanne mit dem gehackten Knoblauch und den Zwiebeln mit Thymian, Salbei und Rosmarin und dem Tomatenmark angebraten. Dann gab man eine Dose Tomaten hinzu und die Champignons und ließ es kochen – eventuell mischte man es mit zuvor in der Pfanne gebratenem Hackfleisch. Schließlich kam alles in eine Auflaufform und wurde im Ofen mit Käse überbacken. Dazu gab es Baguette – so wie heute.

Albin dippte eine Scheibe in den verbleibenden Sud, trank nebenbei einen Rosé und hörte seiner Frau dabei zu, wie sie über die Filmfestspiele von Cannes räsonierte und außerdem über das Unglück am Filmset von *Die Mörderischen*, wo um ein Haar der Grandseigneur des französischen Kinos Yves Serrault von einem Scheinwerfer erschlagen worden wäre. Was Veronique natürlich von Albin wusste – also alles: das mit dem Unglück, auch von dem nächtlichen Angriff auf Wilson Fairchild und wie es so war, wenn man bei den Filmfestspielen in Cannes herumlief.

»Überleg nur«, sagte sie ein weiteres Mal, »was da alles hätte passieren können: ein Scheinwerfer, der Yves Serrault auf den Kopf fällt.«

»Ja«, erwiderte Albin, »und ich wurde verletzt.« Er deutete auf die kleine Schnittwunde an der Wange. »Yves nicht. Der hat gar nichts abbekommen. Höchstens einen Schreck – falls er es überhaupt wahrgenommen hat.«

»Nun stell dich wegen deinem Kratzer nicht so an, Albin. Das ist keine Verletzung. Das ist gar nichts.«

»Aber der Scheinwerfer hätte auch mir auf den Kopf fallen können.«

»Ja«, sagte Veronique und steckte sich noch etwas Brot in den Mund. »Ist er aber nicht. Deswegen mach nicht so ein Drama daraus. Da bist du doch schon in bedrohlicheren Situationen gewesen, oder? Ich meine: Nicht dass mir das gefällt, aber das schockiert dich doch auch nicht, oder?«

»Na ja. Ich meine ja nur. Du sorgst dich mehr um Yves Serrault als um mich.«

Veronique kaute ihr Brot, ignorierte Albins Anmerkung und blickte nach draußen. »Da wird nicht nur Bradley Stone erschossen, sondern dann werden auch noch fast der Regisseur Wilson Fairchild von einem Einbrecher und Yves Serrault von einem herabfallenden Scheinwerfer erschlagen. Er ist so ein freundlicher Herr und kann sich immer noch sehenlassen. Er hatte früher starke Alkoholprobleme. Aber seit Jahren trinkt er nur noch Wasser. Das sieht man natürlich an der guten Haut. Aber ich hätte doch gedacht, dass er größer wäre. Meine Töchter und Freundinnen meinten das ebenfalls, nachdem ich das Selfie geschickt hatte.«

Albin verschluckte sich kurz. »Gute Haut? Sein Gesicht sieht aus, als ob jemand drei Wochen darauf gesessen hat.«

»Ich meine ja angesichts des gesamten Lebenswandels und was er schon alles erlebt hat. Und seine Haut ist bestimmt besser als deine. Sie sah makellos aus.«

»Er war ja auch geschminkt.«

Veronique ging darüber hinweg. Es hatte keinen Zweck. Selbst wenn Albin ihr erläutern würde, dass Serrault womöglich die Hälfte seiner Gehirnzellen weggetrunken hatte oder zeit seines Lebens zwar freundlich, aber auch ein merkwürdiger Mensch und wohl nicht die hellste Kerze auf der Torte gewesen sein musste – Veronique würde es nicht wahrnehmen, weil es ihr Bild von Serrault zerstören würde. Also ließ Albin es einfach bleiben.

»Und Cannes zu den Filmfestspielen«, sagte sie und stand dann auf, um abzuräumen, »das ist ein wahrer Zirkus. Da kannst du dir abschminken, dort mit einer berühmten Schauspielerin wie Olivia Connor oder deinem Babygirl zu sprechen.«

»Babygirl?« Albin wollte gerade beim Abräumen helfen, stockte aber in der Bewegung.

»Ich meine Claire Lambert, *Daddy*.«

»Kannst du das mal sein lassen? Ich meine … Also wirklich, Madame Leclerc!«

Veronique kicherte. »Ich ziehe dich doch bloß auf«, erwiderte sie und ging in die Küche. Albin folgte ihr mit der leeren Auflaufform.

Er sagte: »Ich weiß sehr wohl, dass es ein Zirkus ist und man dort mit niemandem reden kann, wenn man keinen Termin hat. Ich war heute nämlich selbst dort und habe gesehen, was los ist, und keine Möglichkeit gehabt ... «

»Ich weiß sowieso nicht, was du mit denen besprechen willst.«

»Na ja, da gibt es schon noch einige offene Fragen, und ... «

»Wie du meinst. Du bist der Fachmann.«

Albin stellte die Schüssel auf der Arbeitsplatte ab.

»Und was würde die Fachfrau sagen?«

Veronique räumte den Geschirrspüler ein und sagte nebenbei: »Wenn du mich fragst, sieht es doch fast so aus, als seien diese Dreharbeiten regelrecht verflucht. Der Hauptdarsteller wird getötet. Der Produzent liegt im Koma. Der Regisseur wird beinahe ermordet und ein weiterer Hauptdarsteller fast erschlagen. Wenn das alles geglückt wäre, hätte man den Film doch vergessen können. Und was sollte denn den Hauptdarstellerinnen daran liegen? Sie würden sich doch ins eigene Fleisch schneiden, wenn dieser Film nicht gedreht werden würde. Das wäre ziemlich dumm. Ich meine ja nur.«

Albin wollte etwas erwidern, klappte aber nur den Mund auf und zu. Einige Zahnräder im Gehirn rasteten ein. Er räusperte sich, blickte auf die Uhr und sagte: »Ich drehe dann mal die Abendrunde mit Tyson.«

»Aber nur, wenn deine Verletzung es zulässt, mein

Lieber«, sagte Veronique und sah Albin an. »Oder soll ich dich im Rollstuhl schieben?«

Albin schnappte nach Luft. Veronique kicherte erneut, stellte sich auf die Zehenspitzen, gab ihm dann einen Kuss auf den Kratzer und zwickte seine Hüfte, was ihn zusammenzucken ließ.

27

Castel schreckte zusammen, als die kleine schwarze Möpsin Mila kläffte, was in den großen hohen Räumen des Altbaus mit den stuckverzierten Decken laut widerhallte. Cat war auf dem Sofa eingenickt und musste sich kurz orientieren.

Im Fernsehen lief nach wie vor die Netflix-Serie in Schwarz-Weiß – eine Neuauflage des Thrillerklassikers *Der talentierte Mister Ripley* von Patricia Highsmith, die Jean wegen der artifiziellen Aufnahmen stilistisch in den italienischen Neorealismus und ins Cinéma vérité verortet hatte. Immer wieder wurde von dem Maler Caravaggio und seinem Licht gesprochen. Genau deswegen hatte Jean die Serie auch empfohlen, denn er arbeitete gerade am Begleittext für den Katalog zu einer Ausstellung, die sich mit Caravaggio und dem Licht befasste und wie er zeitgenössische Künstler inspirierte. Sie sollte kommendes Jahr im Centre d'art Château La Coste zu sehen sein. Das war eine futuristische Kunst- und Architekturgalerie mit Skulpturenpark auf einem Weingut nahe Aix-en-Provence, zu dem auch ein Luxushotel und ein Nobelrestaurant gehörten.

Tatsächlich wirkte in der Serie alles wie in einem alten italienischen Film: die Bilder, die Schauspieler – wenngleich Cat mit Begriffen wie Cinéma vérité und Neorealismus so wenig anfangen konnte wie mit Caravaggio. Das alles war Jeans Baustelle als Kunsthistoriker, und manchmal dachte Cat, dass Jean viel zu gebildet für sie war und es ihn doch stören müsste, dass sie so wenig von solchen Dingen verstand.

Das war aber nicht der Fall, es machte ihm überhaupt nichts aus. Er sagte oft, dass er sich ja den ganzen Tag lang mit Kunstgeschichte befasse und dann nicht auch noch in der Freizeit darüber reden müsse – das sei bei ihm ebenso wie bei Cat mit ihrem Job. Dazu hatte Jean am Anfang eine andere Einstellung und oft Angst um Cat gehabt. Die hatte er zwar immer noch, sprach es aber nicht mehr so offen aus und hatte sich mittlerweile damit abgefunden, wie das Leben einer Polizistin tickte. Für Cat hatten sich durch Jean wiederum neue Türen geöffnet, denn solche Maler wie Caravaggio waren wirklich großartig. Wenn man sich für Kultur öffnete und jemand einen dabei etwas an die Hand nahm, entdeckte man eine völlig neue Welt. Trotzdem war sie in den Halbschlaf gedriftet, während der Betrüger und Mörder Tom Ripley ein ums andere Mal Treppen hinauf- und herunterlief und der römische Inspektor eine Zigarette nach der nächsten rauchte – Neorealismus hin oder her.

»Telefon, Cat.«

Sie blickte verwirrt und schlaftrunken nach rechts, wo Jean mit Cats summendem Handy in der Hand in der Tür erschien.

Deswegen hatte Mila also gebellt.

Jean war in seinem Arbeitszimmer noch mit den Texten befasst. Cats Handy lag auf dem Tisch im Flur direkt gegenüber, was in der großen Wohnung mehr als zehn Meter entfernt von Cat war. Sie hatte sich an die Dimensionen erst gewöhnen müssen, nachdem sie ihre kleine Ferienwohnung aufgegeben hatte und mit Jean zusammengezogen war. Die Renovierung der hundertfünfzig Quadratmeter hatte einige Zeit und Kraft beansprucht, allein das Streichen und das Parkettschleifen. Oft dachte Cat noch, ob eine solche Wohnung nicht viel zu groß für sie beide wäre. Aber mittlerweile hatte sie sich daran gewöhnt. Es hatte Stil und Klasse, so zu leben, und in diesen hohen Räumen konnte man sich ganz anders bewegen und viel besser durchatmen als in Cats alter möblierten Bude.

Cat wollte vom Sofa aufstehen. Aber Jean kam ihr bereits entgegen und gab ihr das nach wie vor summende Smartphone, bevor er zurück ins Arbeitszimmer ging.

Cat blickte auf das Display und verdrehte die Augen. Schließlich beugte sie sich vor zum Wohnzimmertisch, um den Fernseher mit der neben ihrem Rotweinglas liegenden Fernbedienung in den Lautlos-Modus zu versetzen. Dann nahm sie das Gespräch entgegen.

»Castel«, sagte die Stimme von Albin Leclerc. »Ich habe es zehnmal klingeln lassen. Liegen Sie schon im Bett?«

»Nein.«

»Badewanne?«

»Albin, ich … «

»Wenn Sie im Bad waren, sollten Sie sich schnellstens etwas anziehen, denn ich beabsichtige, eine Videokonferenz mit Ihnen und Theroux in die Wege zu leiten. Mein Telefon ist dazu in der Lage.«

»Ich bin angezogen, meine Güte!«

»Gut. Moment. Ich hole Sie in die Konferenz.«

»Albin, ich …«

Das Gespräch brach ab. Eine knappe Minute später klingelte ihr Telefon erneut – dieses Mal mit einem anderen Ton. Es war die Einladung zu einem FaceTime-Gruppenanruf. Sie kam allerdings nicht von Albin, sondern von Theroux. Als Castel sich zuschaltete, sah sie Albins Gesicht im Licht einer Straßenlaterne. Er war also draußen unterwegs. Theroux wiederum schien gerade durch seine Wohnung zu laufen. Im Hintergrund war Kindergeschrei zu hören und die Stimme seiner Frau und seines Sohnes, die lautstark miteinander debattierten.

»… ich habe einfach auf den Namen gedrückt«, sagte Albin gerade.

»Aber das geht so nicht«, erwiderte Theroux laut, »du kannst nicht von Telefon auf Video umschalten.«

»Du hast mich doch auch angerufen?«

»Ich habe dich … Meine Güte!« Eine Tür knallte. Dann war Theroux offenbar im Badezimmer und setzte sich irgendwohin. »So. Hier ist es ruhiger. Jedenfalls kann man das nicht so machen, man muss …«

»Castel? Sind Sie das?«

»Ja, ich bin hier.«

»Ich habe etwas falsch gemacht mit dem Videoanruf. Theroux hat es korrigiert.«

»Das merke ich«, erwiderte Cat, die wusste, dass Albin nicht gut im Umgang mit moderner Technologie war.

Er sagte: »Wenn diese Leute schon Dinge wie Videotelefonate erfinden, dann sollten sie es anständig machen, so dass man einfach von Sprache auf Bild umschalten kann.«

»Das geht aber nicht, Albin.«

»Natürlich nicht, denn wo sie es einem leicht machen könnten, machen sie es einem extra schwer, damit man zweimal anrufen und doppelt bezahlen muss. Sie wollen einem nur das Geld aus der Tasche ziehen, darum geht es.«

»Albin, du hast doch eine Flatrate«, sagte Theroux.

»Habe ich? Was ist das?«

Theroux gab ein genervtes Geräusch von sich.

»Albin«, sagte Cat und schlug auf dem Sofa die Füße unter, »was ist denn nun los? Was soll dieses abendliche Spektakel? Es ist außerdem Wochenende, und …«

»Das Böse hat niemals Feierabend, Castel. Das sollten Sie sich merken. Es schläft nie.«

»Ach. Das wusste ich noch gar nicht. Danke für die Belehrung.«

»Sie sollten nicht herumzicken …«

»… ich zicke nicht!«

»… und ältere Menschen aus dem Konzept bringen, Capitaine. Also. Worum es geht. Mir ist etwas eingefallen.«

»Na, wunderbar«, murmelte Theroux. »Und deswegen machst du einen solchen Alarm, dass meine Kleine aufwacht und schreit und mein Sohn ausflippt, weil er mit seinem Computergame-Flugzeug abstürzt, und meine Frau rastet darüber aus, dass er überhaupt noch am Zocken ist …« Im Hintergrund war ein Spülkasten zu sehen. Theroux musste es sich auf dem Toilettensitz gemütlich gemacht haben, um in Ruhe sprechen zu können, während um ihn herum das Familienchaos herrschte.

»Ja«, erwiderte Albin und zog mit den Lippen eine Zigarette aus der Verpackung. »Ich drehe gerade mit Tyson meine Abendrunde, denke in Ruhe über ein paar Dinge nach, und dann kommen mir diese Gedanken, die ihr bei den Ermittlungen berücksichtigen solltet.«

»Aha«, machte Cat.

»Es sind nur Ratschläge. Ich bin bloß Berater. Die Arbeit müsst ihr machen.« Er nebelte sich in einer dicken Rauchwolke ein, während er seine Zigarette ansteckte.

»Mach es nicht so spannend, Albin«, sagte Theroux, »wir haben eigentlich Feierabend, okay?«

»Folgendes«, fragte Albin. »Wie ist der Stand eurer Ermittlungen in Bezug auf die Munition?«

Cat erklärte: »Wir können nahezu ausschließen, dass der Waffenmeister einen Fehler gemacht und falsche Munition mit ans Set genommen hat. Es gibt keinerlei Hinweise oder Verdachtsmomente, dass er das getan haben könnte. Die für die Waffen zuständige Requisitenfirma ist spezialisiert, der Waffenmeister ausgebildet, es wurde alles dokumentiert. In den Räumen des Unternehmens wird vereinzelt scharfe Munition in Originalkartons aufbewahrt, sie ist allerdings nach Vorschrift in Safes verschlossen. Sie wird dazu vorgehalten, um Requisitenkartons und Platzpatronen authentisch nachzuempfinden. Wir gehen jedenfalls davon aus, dass die Filmmunition am Set von einer anderen Person gegen echte ausgetauscht worden ist, die der Waffenmeister dann ins Gewehr lud – ohne dass es ihm bewusst war oder er es erkennen konnte.«

»Gibt es zu der Munition an sich etwas Neues? Woher sie stammt?«

Cat seufzte. »Leider noch nicht sehr viel. Herbault und Griffon arbeiten daran und recherchieren sich die Finger wund. Aber es ist nicht so einfach und geht schon gar nicht schnell. Und es gibt ja nun noch sehr viel mehr Verkaufsstellen als reine Waffengeschäfte, was es nicht leichter macht.«

»Ich weiß«, sagte Albin. »Matteo hat es sich auch schon überlegt.«

Denn seit dem 1. Januar 2024 gab es die Möglichkeit, Munition für Jagdgewehre gegen Vorlage eines Jagdscheins in einer Bar Tabac zu erwerben. Die Regierung hatte sich zu der Erlaubnis entschlossen und verlangte dafür nur eine zweitägige Schulung von den Tabakhändlern.

Die Idee dahinter: Bar Tabacs gab es in jedem noch so kleinen Dorf, Waffengeschäfte aber nicht, und zudem wurden solche Fachgeschäfte von Jahr zu Jahr weniger. Frankreich war jedoch ein Land der Jäger, und damit diese nicht kilometerweit fahren mussten, war man auf die Bar Tabacs gekommen. Tja, auf der einen Seite belegte die Regierung das Rauchen mit immer höheren Steuern. Gleichzeitig verbreitete sie aber Munition im Land und förderte damit den Gebrauch von Schusswaffen – auch wenn es für die Aufbewahrung strenge Vorschriften gab, war der Zugang zu Munition nun leichter. In Frankreich gab es rund dreiundzwanzigtausend Bar Tabacs. Nicht alle hatten eine Zulassung für den Verkauf von Patronen. Dennoch war es eine Menge, und die kamen ebenfalls für Stahlschrot im Kaliber 12/76 in Frage.

Cat erklärte: »Auch in einer Bar Tabac muss man sich

beim Kauf von Munition ausweisen. Aber ich kann mir vorstellen, dass manches eher locker gehandhabt wird und ohne Registrierung. Man kennt sich seit Jahren, gib doch mal die Munition. Oder es wird in eine Bar eingebrochen ...«

»Castel«, fuhr Albin dazwischen. »Das ist mir bekannt – auch die Risiken. Aber wie weit sind Griffon und Herbault? Kann doch nicht so schwer sein.«

»Sie arbeiten dran«, sagte nun Theroux. »Der Hersteller liefert an Großhändler oder direkt an Geschäfte in ganz Frankreich. Da gibt es Listen. In den Geschäften wird der Verkauf der Munition registriert, teilweise auch nicht. Jedenfalls kann man herausfinden, wer sich wann einen Karton Sellier & Bellot im relevanten Kaliber gekauft hat. Aber du weißt doch selbst, wie es ist, Albin. Die Unternehmen und Geschäfte rücken diese Kundendaten nicht einfach so heraus. Manche machen keine Probleme, andere wollen gerichtliche Beschlüsse haben und berufen sich auf den Datenschutz. Und dann kommen noch die ganzen Bar Tabacs hinzu, und die Munition könnte ja überall in Frankreich gekauft worden sein. Das dauert.«

»Ja«, brummte Albin, »ich weiß. Grauenvoll.«

Castel kam wieder zurück auf Pascale Flechet. »So oder so«, sagte sie, »wird natürlich weiter gegen den Waffenmeister ermittelt werden, wegen Fahrlässigkeit – aber wie gesagt: Wir nehmen nicht an, dass er Brad Stone töten wollte. Es gibt kein erkennbares Motiv, und ein irrationaler Psychopath ist Flechet ebenfalls nicht. Außerdem haben wir sein Alibi für die Nacht des Angriffs auf Wilson Fairchild gecheckt, und es ist wasserdicht. Wir können ihn hier also ausschließen. Er war auch nicht am Set, als der Scheinwerfer herabstürzte.«

»Was wisst ihr inzwischen über den Scheinwerfer?«

Theroux sagte: »Ich habe mit Bruno Grinamy darüber gesprochen. Wegen dem Scheinwerfer erfolgte zwar keine polizeiliche Ermittlung, weil es keine Anzeige gab, aber es gibt eine Untersuchung in Bezug auf die Arbeitssicherheit. Bruno und Kevin sagen, es hätten sich Schrauben gelockert, die sich normalerweise nicht von selbst lösen. Es ist also vermutlich manipuliert worden. Die Steuerung der Scheinwerfer erfolgt digital. Jemand könnte versehentlich oder absichtlich einen Knopf gedrückt haben – dann stürzte der Scheinwerfer herab. Jedenfalls gab es eine Einwirkung durch eine andere Person. Die Beleuchter, sagte Grinamy, haben die Scheinwerfer vor ihrem Einsatz gecheckt und das Gerüst auch aufgebaut. Aber der Aufbau geschah einen Tag zuvor, und sie kontrollieren es nicht jeden Tag.«

»Das heißt«, sagte Cat, »dass jemand zum Beispiel nachts einen Scheinwerfer gelockert haben könnte. Wenngleich niemandem von der Security eine verdächtige Person am Set aufgefallen ist.«

Albin fragte: »Wir reden von der Nacht, in der auch Fairchild angegriffen wurde?«

»Ja«, erwiderte Cat. »Vielleicht hatte der Täter erst die Scheinwerfer manipuliert – damit sie am anderen Tag wie zufällig herabstürzen und jemanden treffen. Nach dem Manipulieren an dem Gerüst ist die Person dann aufgebrochen, um Wilson Fairchild anzugreifen.«

»Verstehe«, sagte Albin. »Und es passt durchaus alles zusammen.«

»Inwiefern?«, fragte Cat.

»Es ist das, was mir eingefallen ist. Lösen wir uns mal kurz von dem Gedanken, dass es bei dem Mord und dem Angriff auf Fairchild um die Personen geht. Schauen wir uns die Funktionen an. Hauptdarsteller, Regisseur, Nebendarsteller, Produzent. Ohne die kann ein Film nicht funktionieren. Alles basiert auf ihnen. Man kann sie kaum austauschen – vielleicht einen, aber sicher nicht alle. Wenn ich einen Motor zum Stillstand bringen will, muss ich den Schlüssel benutzen oder die Motorhaube aufbrechen und die wichtigsten Kabel herausziehen.«

»Das heißt«, fragte Cat, »Sie nehmen an, dass jemand gezielt die gesamte Produktion sabotiert und sie verhindern will?«

»Das ist mein Gedanke, ja«, erklärte Albin. »Ich war heute in Cannes, und …«

Theroux stöhnte genervt auf, Castel ebenfalls. War er also doch dorthin gefahren, obwohl er gesagt hatte, er würde es nicht tun!

»Kriegt euch wieder ein«, brummte Albin und rauchte. »Ich konnte sowieso nicht mit Olivia Connor oder Claire Lambert sprechen, sie waren viel zu beschäftigt. Allerdings habe ich etwas über die Bedingungen der Dreharbeiten beim Originalfilm erfahren.« Albin berichtete von einem Treffen mit der Journalistin Marie Jourdain und was er von ihr gehört hatte: der despotische Regisseur Besson, Nervenzusammenbrüche, ein Selbstmord …

»Suizid?«, fragte Theroux.

Cat sah Albin tief an der Zigarette ziehen. Im Ausatmen sagte er: »Genau. Ein Selbstmord. Und das ist der

Punkt. Vielleicht führt das, was wir heute erleben, zu den damaligen Dreharbeiten zurück.«

Cat nickte und knibbelte nachdenklich an der Unterlippe. »Ich verstehe, worauf Sie hinauswollen«, sagte sie. »Wir sollten herausfinden, was damals mit diesem Selbstmord los war und ob noch etwas in der Art geschehen ist.«

Theroux ergänzte: »Sicherlich gibt es noch Zeitzeugen, die das miterlebt haben.«

Cat sah Albin lächeln. »Gute Polizisten«, sagte er. »Nichts anderes habe ich erwartet. Und es gibt sicherlich Zeitzeugen.«

»Da war doch dieser …«, murmelte Theroux.

»… Kameramann«, ergänzte Cat – und sie sah den älteren Herrn wieder vor sich: Shorts, Strohhut, um die achtzig Jahre alt. »Sein Name war …«

28

Paul Peyrot lebte in einem kleinen Häuschen am Stadtrand von Avignon. Es bestand aus hellem Bruchstein und hatte Fensterläden in beinahe dem gleichen Blauton wie die neben der Haustür blühenden Rosmarinbüsche. Seine Frau namens Sara war gerade vom morgendlichen Einkauf zurückgekehrt, als Castel und Theroux eintrafen.

Theroux war Gentleman genug, um der älteren Dame die Papiertüten abzunehmen und hineinzutragen, während Castel ihr erklärte, dass es keinen Grund zur Sorge gebe, weil die Polizei bei den Peyrots vorstellig wurde. Sie hätten lediglich einige Fragen wegen einer laufenden Ermittlung und hofften, von Paul Peyrot weiterführende Informationen zu erhalten. Dennoch wirkte sie etwas verschreckt und rief im Hausflur sofort nach ihrem Mann.

Der Hausflur mündete unmittelbar in ein Wohnzimmer, das rustikal im Landhausstil eingerichtet war. Eine Terrasse führte nach draußen, und im Garten konnte Cat einen älteren Herrn in Shorts sehen, der einen Strohhut trug und gerade damit beschäftigt war, einige Blumen und Büsche zu wässern. Er stellte das Wasser ab und kam ins Wohnzimmer, wo Cat neben Sara Peyrot stand und Theroux die Einkäufe auf den Tresen legte, der die

Küche vom Wohnbereich abgrenzte. An den Wänden hingen gerahmte Fotos und Filmplakate. Im Buchregal standen Familienbilder, die die Peyrots mit ihren Kindern und Enkeln zeigten, sowie einige Trophäen in Form von Kameras – vermutlich waren es Auszeichnungen, die Peyrot für seine Arbeit erhalten hatte.

»Paul«, sagte Sara Peyrot, »die Polizei möchte mit dir sprechen.«

Peyrot nahm den Hut ab, nickte Castel und Theroux grüßend zu und legte die Stirn in Falten.

»Die Polizei?«, fragte er.

Castel und Theroux zeigten ihre Ausweise vor. Castel erklärte: »Die Capitaines Caterine Castel und Alain Theroux aus Carpentras. Entschuldigen Sie bitte die Störung, Monsieur Peyrot – und keine Sorge. Wir haben lediglich einige Fragen, die uns bei einer laufenden Ermittlung weiterhelfen könnten.«

»Welche Fragen? Welche Ermittlungen?«, fragte Peyrot und drehte den Sonnenhut in seinen faltigen Händen.

»Es geht um den Vorfall am Set von *Die Mörderischen* in der Toulourenc-Schlucht, bei dem Bradley Stone zu Tode kam. Wir haben Sie am Set gesehen.«

»Ja«, sagte Peyrot, »ich war auf Einladung der Produktion zu Gast. Die Polizei hat mich als Augenzeugen dazu bereits befragt. Ein schlimmer Vorfall, entsetzlich. Weiß man inzwischen mehr?«

»Wir arbeiten daran«, sagte Theroux.

»Möchten Sie ein Wasser? Oder eine Limonade?«, fragte Sara Peyrot.

»Gern«, erwiderte Theroux.

Paul Peyrot deutete auf die Sofas. »Nehmen Sie doch bitte Platz«, sagte er und setzte sich mit einem Ächzen. »Wie kann ich Ihnen weiterhelfen? Haben Ihre Kollegen denn meine Aussage nicht aufgezeichnet?«

»Doch«, erwiderte Cat und setzte sich mit Theroux auf das eine Sofa, wo sie tief einsank.

Sara Peyrot räumte in der Zwischenzeit die Einkaufstüten vom Tresen und kehrte aus der Küche mit zwei Gläsern Limonade zurück, die sie Castel und Theroux gab, bevor sie wieder in die Küche ging, um die Einkaufstüten zu leeren. »Bitte entschuldigen Sie«, sagte Sara Peyrot, »ich hoffe, das stört nicht, aber es muss einiges sofort in den Kühlschrank und ins Eisfach.«

»Alles gut«, sagte Theroux und schlürfte an der Limonade.

Castel stellte ihr Glas auf dem gefliesten Eichentisch neben einer TV-Zeitschrift ab. Sie fragte: »Monsieur Peyrot – ist es richtig, dass Sie der Kameramann des Originalfilms von *Die Mörderischen* sind?«

Peyrot nickte, schränkte aber ein: »Ich war einer von drei Directors of Photography, wie man so sagt – also keiner der Operateure. Das sind die eigentlichen Kameramänner oder -frauen, wenn Sie so wollen, die die Geräte bedienen. Ein Director of Photography wiederum ist für die gesamte Bild- und Lichtgestaltung zuständig. Ich habe etwa drei Viertel des Films gemacht, wofür ich eine Auszeichnung erhielt.«

Cat blickte zu den Goldenen und Silbernen Kameras im Regal.

Peyrot fuhr fort: »Ich fand es immer etwas unfair, da ich mich an den Stil meines Vorgängers Jacques Du-

222

buffet angelehnt hatte, damit die Kohärenz des Werkes erhalten bleibt und es keine großen Brüche gibt. Eigentlich hätte er also auch eine Auszeichnung erhalten müssen. Jacques ist leider verstorben – ebenso Louis Blanc, der ursprünglich die Kameraarbeit machen sollte. Wir sind alle nicht mehr die Jüngsten.«

»Warum sind Sie so spät hinzugestoßen?«, fragte Cat.

»Olivier Besson senior, der Produzent und Regisseur des Films, hatte sich sehr früh mit Louis überworfen und dann Jacques engagiert, mit dem er bereits zwei andere Filme gemacht hatte. Im Verlauf der Dreharbeiten stellten sie allerdings künstlerische Differenzen fest, weswegen Jacques das Set verließ und ich angerufen und gefragt wurde, ob ich den Film beenden könnte. Ich konnte.«

Cat nickte und blickte auf die Fotos an den Wänden, auf die Filmplakate. Zwei der Filme kannte sie sogar aus dem Fernsehen. Die Bilder waren meistens Aufnahmen vom Set – und eines davon schien von den Dreharbeiten zu *Die Mörderischen* zu stammen.

Theroux fragte: »Wir haben vernommen, dass die Dreharbeiten schwierig gewesen sind und …«

Peyrot lachte auf und winkte ab. Seine Frau rief aus der Küche: »Schwierig ist gar kein Ausdruck.« Sie warf die Kühlschranktür zu.

Peyrot erklärte: »Meine Frau war ebenfalls beim Film. Wir haben uns bei *Die Mörderischen* kennengelernt. Sie war die Assistentin des damaligen Herstellungsleiters.«

»Was war so schwierig?«, fragte Theroux.

Sara Peyrot wusch sich die Hände über der Spüle und

trocknete sie an einem Küchenhandtuch ab. Über den Tresen hinweg sagte sie: »Olivier Besson war ein Psychopath. Und wie man hört, ist sein Sohn zwar etwas, aber nicht viel besser. Sein Vater hat allen am Set die Hölle heißgemacht. Ein Wunder, dass jemand überhaupt bereit war, mit ihm zu arbeiten – sowohl vor als auch nach *Die Mörderischen*, denn er galt immer schon als ein unmöglicher Mensch.«

»Es gibt angenehmere Regisseure«, erklärte Peyrot. »Dennoch war er ein Genie, und wir haben zusammen Geschichte geschrieben. Ich war sehr überrascht, dass sich ausgerechnet sein Sohn an eine Neuverfilmung gewagt hat – aber gleichzeitig auch sehr gespannt. Der Director of Photography hatte zu mir Kontakt aufgenommen, um mit mir über mein damaliges Bildkonzept zu sprechen. Natürlich hat er sein eigenes, aber er wollte sich gern austauschen. So erfuhr ich von der Neuverfilmung und wurde ans Set eingeladen. Nach dem, was dort dann geschah, wünschte ich, ich hätte einen anderen Tag zum Besuch gewählt.«

Sara Peyrot kam aus der Küche. »Der alte Besson hat mich wahnsinnig gemacht. Er war ein unfassbarer Pedant und hat die Schauspieler Szenen zum Teil sechzigmal wiederholen lassen. Kleinste Szenen mit nur einem Satz! Und bei jeder Szene hat er ihnen verdeutlicht, wie unfähig sie sind, dass sie nicht einmal den Satz ›Gern geschehen‹ so herausbringen konnten, wie er es verlangte. Das ist nur ein Beispiel.«

»Wir hörten«, sagte Castel, »dass es zum Selbstmord einer Nebendarstellerin gekommen ist.«

Paul Peyrot nickte. Seine Frau setzte sich neben ihn

auf die Armlehne seines Sessels und nickte ebenfalls. Sie sagte: »Er hat viele regelrecht in den Wahnsinn getrieben und auch mich und Paul schlaflose Nächte gekostet. Aber es stimmt, ja. Es gab einen sehr tragischen Selbstmord. Wie hieß sie noch?«

»Élodie«, sagte Paul Peyrot.

Seine Frau nickte. »Richtig, die Ärmste. Das Beispiel, das ich eben nannte – das war Élodie. Er hatte sie regelrecht im Visier und hat sie malträtiert. Er war ein Sadist. Zwar hat er behauptet, dass er großes Potenzial in Élodie sehe und man sie deswegen nicht schonen, sondern schleifen müsse – aber ich glaube, er war insgeheim scharf auf sie, konnte bei ihr aber nicht landen und ließ sie dafür leiden. Sie war sehr labil, eine zarte Person. Sie war dem Druck nicht gewachsen und stürzte sich von einer Brücke. Zum Glück fand man sie noch rechtzeitig.«

»Also hat sie überlebt?«, fragte Cat.

»Ja und nein«, erklärte Paul Peyrot. »Sie überlebte den Sturz und konnte im Klinikum bis zur Geburt an einer Maschine am Leben gehalten werden.«

»Geburt?«, fragte Theroux.

»Sie war im fünften Monat schwanger«, erklärte Sara Peyrot.

29

Albin stand mit einer Zigarette auf der Terrasse, während Tyson im Gras lag und einer Biene hinterherblickte. Eigentlich rauchte er hier nicht – nur wenn Veronique aus dem Haus war wie im Augenblick, denn sie hatte eben ihr Geschäft geöffnet und wäre erst am Nachmittag zurück.

Die Gitanes klemmte in Albins Mundwinkel. In der rechten Hand hielt er sein Smartphone und in der linken die Karte mit der Telefonnummer von Marie Jourdain. Die Filmkritikerin hatte ihm von den Geschehnissen am Originalset berichtet. Vielleicht kannte sie noch mehr Details – zum Beispiel den Namen der Frau, die sich umgebracht hatte. Sie könnte einen Ehemann gehabt haben, und möglicherweise wirkte das Gestern ins Heute hinein – Rache war ein starkes Motiv und konnte über Jahrzehnte hinweg schwelen. Dennoch blieb die Frage, was Brad Stone damit zu tun hatte, außerdem Wilson Fairchild und Olivia Connor, Claire Lambert beziehungsweise die Schützin Danielle Besnier. Es half nichts. Er würde bei allen noch einmal intensiver nachforschen müssen. In Cannes war ihm das nicht gelungen, aber er erinnerte sich, dass Claire Lambert nur einen Tag hatte bleiben wollen. Vielleicht war sie bereits zurück und in ihrem Hotel anzutreffen?

Wie dem auch sei, dachte Albin, erst mal ein Telefonat führen. Er wählte die auf der Karte angegebene Nummer und ließ es sehr lange klingeln. Niemand ging dran. Pech gehabt. Er paffte, und als er gerade das Telefon wieder einstecken wollte, traf ein Rückruf ein. Es war Marie Jourdain.

»Hier ist Leclerc«, sagte Albin.

»Monsieur le Commissaire?«, erwiderte sie und klang überrascht.

»Ex-Commissaire«, korrigierte Albin. »Ich hoffe, ich störe nicht.«

»Tun Sie nicht. Ich war gerade in einem Gespräch mit einem Nachwuchsregisseur, aber das kann warten.«

»Madame – es dauert auch nicht lang. Es ist nur eine kurze Nachfrage, da Sie mir gestern etwas über die Geschichte des ursprünglichen Films erzählt haben.«

»Oh, gibt es etwas Neues?«

»Nichts, das nicht bereits öffentlich wäre. Aber Sie hatten mir davon berichtet, dass die Dreharbeiten seinerzeit unter einem schlechten Stern gestanden haben und es sogar zu einem Selbstmord kam. Wissen Sie, wie die Selbstmörderin hieß?«

Einige Momente Stille. »Pff«, machte Marie Jourdain dann. »Nein, das fällt mir gerade nicht ein. Ist das denn relevant für den Mord an Brad Stone?«

Jourdain war ganz Journalistin. Sie hatte bereits die richtige Fährte aufgenommen.

»Wie ich schon sagte«, erwiderte Albin, »ermitteln wir zurzeit in alle Richtungen. Ich könnte es sicherlich im Internet suchen, aber ich bin in dieser Hinsicht eher traditionell, und ich denke, dass mir vielleicht dieser

Sammler mit einer Information weiterhelfen könnte, von dem Sie mir berichtet haben. Dieser Filmhistoriker, über den Sie mal eine Reportage verfasst hatten?«

»Ach der – ja, das kann sein, dass der mehr weiß. Er weiß eigentlich alles über den Film und über Filme insgesamt. Sicherlich wird er Ihnen weiterhelfen können.«

Sie sagte Albin den Namen.

Albin dachte einen Moment nach, um den Namen in Einklang mit seiner Erinnerung zu bringen. Und es gab einen Hit. Er fühlte sich, als ob ihn ein Stromstoß durchzuckte.

Albin bedankte sich bei Marie Jourdain und beendete das Telefonat. Er öffnete den Internetbrowser auf dem Smartphone. Er gab den Namen ein und durchsuchte Google, um auszuschließen, dass es sich um eine Namensgleichheit mit einer anderen Person handeln könnte. Dann fand er einige Fotos, die zu dem Namen passten. Nicht alle zeigten die identische Person, aber Albin war sich dennoch sicher, dass er richtiglag. Er wollte schlucken, doch sein Hals war trocken wie die Wüste Gobi.

»Verdammt«, murmelte er. »Verflucht und verdammt.«

30

Castel trank einen großen Schluck Limonade. Ihr Hals fühlte sich trocken an. Sie stellte sich vor, unter welchem Druck die Schauspielerin namens Élodie damals gestanden haben musste, dass sie sich mit einem ungeborenen Kind im Leib von einer Brücke stürzte. Sara und Paul Peyrot hatten gerade erklärt, dass sie eine labile und sehr empfindsame Person gewesen war, und deswegen hatte ihr der Druck offenbar extrem zugesetzt.

Cat dachte auch an Danielle Besnier, die den Schuss auf Brad Stone abgefeuert hatte. Sie war ebenfalls eine Nebendarstellerin, die zudem die Rolle einer Sekretärin spielte. Brad Stone wiederum hatte die Rolle des despotischen Henri Delassalle übernommen, der als eine Inkarnation des Tyrannen Olivier Besson senior galt. Im übertragenen Sinne hatte sie damit symbolisch den sadistischen Regisseur getötet – getötet von einer Frau, die eine Rolle innehatte wie damals Élodie …

»Was geschah mit dem Kind?«, fragte Theroux.

»Das weiß ich nicht«, erwiderte Sara Peyrot. »Ich weiß nur, dass es zur Welt kam. Aber ob es ein Junge oder ein Mädchen war, weiß ich nicht. Oder waren es sogar Zwillinge?«

Sara Peyrot sah ihren Mann fragend an, der mit den Schultern zuckte und erklärte: »Weiß ich auch nicht.

Aber vielleicht bringst du das durcheinander. Carole hatte Zwillinge bekommen, meine Assistentin, Junge und Mädchen.«

»Ach ja, mag sein«, sagte Sara Peyrot. »Es war jedenfalls fürchterlich. Ich bin selbst Mutter. Man kann sich das nicht vorstellen.«

»Wer war der Vater?«

»Soweit ich mich erinnere, war der Vater ein One-Night-Stand auf Kuba und sollte nichts erfahren, hatte mir Élodie erzählt. Sie wusste nicht einmal den Namen. Jedenfalls konnte man sie nach dem Sturz von der Brücke im Krankenhaus am Leben erhalten. Sie hatte schwerste Kopfverletzungen davongetragen, dem Kind ging es aber wohl einigermaßen gut, so dass die Ärzte sich entschlossen, Élodie so lange am Leben zu halten, bis das Kind dann per Kaiserschnitt geholt werden konnte. Danach stellte man die Maschinen ab und ließ Élodie einschlafen. Sie starb kurz nach der Geburt. Ich nehme an, dass man das Kind dann in eine Pflegefamilie gab. Das Einzige, was der alte Besson damals zu dem Selbstmord zu sagen hatte, war, dass zum Glück all ihre Szenen abgedreht waren. Eine herzlose Bestie.«

Cat fragte: »Wie war der vollständige Name der Schauspielerin?«

»Einfach Élodie. Kein Nachname.« Sara Peyrot machte eine Geste mit der Hand. »Vielleicht haben Sie sie in dem Film gesehen – sie spielte in vier oder fünf Szenen mit und hatte die Rolle einer Sekretärin. Davor hatte sie ebenfalls kleinere Auftritte.«

»Nur Élodie?«, fragte Theroux. »Wie kann man denn nur Élodie heißen?«

Castel sagte: »Manche heißen ja auch nur Sting oder Bono.«

»Es war ihr Künstlername«, erklärte Paul Peyrot. »Eigentlich hieß sie ja anders.«

»Und wie?«

Sara Peyrot nannte den Namen. Er sagte Cat ebenfalls nichts. Sie bemerkte den Seitenblick von Theroux, der nachdachte. Dann klingelte irgendetwas. Cat nahm ihren Notizblock, blätterte darin nach ganz vorn, wo sie einige Namen notiert hatte.

Schlagartig wurde ihr eiskalt.

31

Das Hôtel Bories lag still und etwas außerhalb von Gordes, insgesamt jedoch recht zentral, da man von hier aus alle Ziele in der Gegend relativ schnell erreichen konnte. Die dezente, aber dennoch luxuriöse Fünf-Sterne-Anlage verfügte über einen Pool, diverse Suiten und ein erstklassiges Restaurant, in dem auch vegan gekocht und aufs Zimmer geliefert wurde, worauf Claire Lambert großen Wert legte.

Seit Beginn der Dreharbeiten an *Die Mörderischen* logierte sie hier, lag an freien Tagen in der Sonne und ließ sich an den anderen vom Fahrdienst zu den jeweiligen Sets bringen, was selten mehr als zwanzig Minuten dauerte. Man hatte ihr auch vorgeschlagen, im selben Hotel wie Olivia zu residieren. Aber das hatte Claire nicht gewollt. Es reichte völlig aus, wenn sie sich am Set begegneten und sich ansonsten stets nur dort über den Weg liefen, wo sie professionell miteinander umgehen konnten, ohne zu privat werden zu müssen.

Nach dem Wahnsinn in Cannes fühlte sich Claire ausgelaugt. Olivia würde noch einen weiteren Tag dort sein, aber Claire hätte nicht noch einen durchgehalten. Die vielen sich aneinanderreihenden Dreißig-Minuten-Termine – sie hatte keine Ahnung, mit wem sie alles gesprochen und was sie wem genau gesagt hatte. Ihre

PR-Frau und die Medienleute von der Produktion hatten sich miteinander abgestimmt und Claire gebrieft, was sie sagen und was sie nicht sagen solle. Natürlich hatten sie vorher auch die Journalisten instruiert, welche Fragen zu welchen Themen okay waren und bei welchen das Gespräch sofort abgebrochen werden würde.

Ihre persönliche Visagistin hatte Claire zwischendurch immer wieder hergerichtet und ihre Kostümbildnerin wechselnde Outfits vorbereitet, damit sie nicht bei jeder TV-Aufnahme und auf jedem Foto dasselbe tragen würde – und natürlich war alles der Situation angemessen ausgewählt worden: dunkle Kleidung für die Trauer, nichts tief Ausgeschnittenes, nur dezentes Make-up und davon nicht zu viel, um ein wenig Blässe und Augenringe durchblitzen zu lassen, damit man sagen würde: Schau, sie haben versucht, es zu überschminken, es aber nicht geschafft.

Die Visagistin wusste genau, was sie zu tun hatte – ebenso wie Claires Social-Media-Leute, die ihre Posts organisierten, die Likes verwalteten und sich auch um ihre Fotos kümmerten. Settings wurden mit Licht und Filtern für Claire so eingerichtet, dass die Ergebnisse perfekt aussahen, aber immer noch als selbstgemacht durchgingen.

Claire hatte funktioniert. Hatte sich ihre Beruhigungspillen eingeworfen, sich wie eine Puppe ausstaffieren lassen und so agiert, wie man es ihr eingeimpft hatte, und nur da leicht gelächelt, wo Lächeln angebracht war, und es ansonsten bei ihrer ernsten Miene belassen. Sie vertraute ihrer Crew vollkommen, ließ sich wie eine Ma-

233

rionette herumführen und sprach in die Kameras, wie schrecklich der Tod von Brad sei und wie schockierend, aber dass er gewollt hätte, dass die Show weitergeht. Sie hatte betont, dass sie zusammen mit allen anderen der Auffassung sei, dass Brad in *Die Mörderischen* die beste Performance seiner bisherigen Karriere zeige und sie mit seinen Angehörigen und allen, die ihn und seine Kunst liebten, trauere. Sie hatte von einem entsetzlichen Unfall gesprochen, dessen Hergang sich hoffentlich bald kläre, und mehr wisse sie nicht über die Ermittlungen der Polizei. Sie hatte erläutert, dass sie alle für Olivier Bessons baldige Genesung beteten. Außerdem hatte sie von ihrem aktuellen Film gesprochen, von künftigen Projekten und von ihrem neuen Werbevertrag mit einer großen Kosmetikfirma. Dabei hatte sie stets betont, dass all das vor dem Verlust eines guten Freundes und geschätzten Kollegen wie Brad Stone verblasse, der ein leuchtendes Vorbild seiner Generation sei.

Claire hatte auch gemeinsame Interviews mit Olivia gegeben, die natürlich aufeinander abgestimmt worden waren. Claire hatte Olivia dabei stets den Vortritt gelassen – das heißt: Sie hatte sich still verhalten, wie es zu ihrem Image passte, während Olivia ihrer Betroffenheit deutlich mehr Drama verliehen hatte, weil das zu ihrer eher überschäumenden Persönlichkeit gehörte – zumindest zu dem Teil, der für die Öffentlichkeit vorgesehen war.

Natürlich waren Olivia und Claire, wie viele andere Stars, privat völlig anders. Es gab die öffentliche Person, und es gab die nicht öffentliche. Gerade das Private interessierte die Menschen sehr, und Claire wusste, dass der aktuelle Marktwert für Fotos von ihr dramatisch gestiegen war. Paparazzi konnten sich eine goldene Nase damit verdienen: Claire ungeschminkt, Claire trauernd, Claire mit einer Flasche Wein und sich betrinkend oder Claire feiernd, obwohl Brad Stone tot war …

Einige Fotografen hatte man schon am Hotel erwischt, weswegen Claires persönliche Assistentin mit der Produktion und der Hotelleitung gesprochen und dafür gesorgt hatte, dass seit Kurzem rund um die Uhr ein Securityteam am Hotel präsent war, um Claire zu schützen. Wenngleich diese Fotografen wie die Geier waren, auf immer neue Ideen kamen und schwer zu greifen waren.

Jetzt stand Claire in ihrem übergroßen Schlaf-T-Shirt mit dem Aufdruck der Band »Nirvana« im Bad ihrer Suite und starrte in den Spiegel, während das Wasser in die Badewanne einlief, und versuchte, auf ihr Gesicht scharf zu stellen. Sie sah aus, als hätte sie die Nacht durchgemacht und dabei ein Elefant auf ihr geschlafen. Zudem war sie immer noch müde und fühlte sich, als würde sie in Teig stecken und sich darin nur zäh bewegen können.

Ob sie sich in Cannes etwas eingefangen hatte? Von den Beruhigungspillen hatte sie nicht mehr genommen als sonst auch, und an den Tropfen, die sie eben genommen hatte, konnte es nicht liegen – es waren ja dieselben, die sie immer nahm, wenn ihr alles zu viel wurde. Die Valiums lagen im angebrochenen Blister noch im Weekender, weil sie die mit nach Cannes genommen hatte. Und die etwas schneller wirkenden Diazepam-Tropfen hatte sie vorhin wie gewohnt beim Frühstück in einem

Wasserglas aufgelöst und nicht mehr davon hineingetan als sonst auch.

Ihre Make-up-Crew, die beim Film eine andere war als bei ihren privaten Auftritten, würde morgen jedenfalls jede Menge zu tun haben, um Claire herzurichten. Aber ein Bad würde sicherlich helfen, um wieder zu sich zu kommen. Nach der Hälfte würde sie dann eiskaltes Wasser einlassen und sich mit der Brause so kalt wie möglich abduschen. Für gewöhnlich half das gut, machte sie wieder frisch und klar.

Sie wendete sich vom Spiegel ab, ging zur Badewanne, drückte den Stöpsel in den Abfluss und drehte den Wasserhahn auf. Dann hörte sie irgendetwas. War das ein Klopfen? An der Tür ihrer Suite?

Sie drehte sich um, verließ das Bad, schlurfte durch das Zimmer, wo auf dem Bett noch die Reste des Frühstücks auf einem großen Tablett standen. Ansonsten sah es aus, als sei in ihren Koffern eine Bombe explodiert und habe sämtlichen Inhalt wahllos umhergeschleudert.

Claire bewegte sich um die Kleiderberge herum und achtete darauf, nicht zu stolpern. Meine Güte, sie war unsicher auf den Beinen. Es fühlte sich an, als würde sie sich durch einen Berg Wackelpudding bewegen müssen und als sei ihr Gehirn mit Watte ausgestopft worden. Nach einer gefühlten Ewigkeit erreichte sie schließlich die Tür, an der es erneut klopfte.

Sie blickte durch den Spion, konnte aber nur feststellen, dass dort jemand war. Ihr Augen wirkten wie verschleiert. Sie kniff sie zusammen, wischte mit den Handballen darüber.

»Ja, bitte?«, fragte sie. Ihre Zunge war schwer wie Blei.

»Ich bin's!«, hörte sie.

Eine gut bekannte Stimme, weswegen sie die Tür öffnete und dann in ein vertrautes Gesicht blickte.

»Oh, hallo …«, sagte sie und lächelte.

32

Serge Vallet!

Verdammt, dachte Albin.

Serge Vallet.

Der Maskenbildner von Claire Lambert.

Albin war bereits im Auto unterwegs und fuhr in Richtung Gordes. Er wusste, dass Claire dort im Hôtel Bories Quartier bezogen und nur einen Tag in Cannes verbracht hatte. Sie sollte wieder zurück sein, und jetzt würde sich Albin noch über ein ganz anderes Thema mit ihr unterhalten müssen, nämlich über den Mann, der in der Produktion von *Die Mörderischen* für ihre Maske zuständig war.

Marie Jourdain hatte Albin den Namen am Telefon genannt. Sie hatte gesagt, dass Serge Vallet der Experte war, der alles über *Die Mörderischen* sammelte. Sie wusste, dass er selbst ebenfalls beim Film tätig war, gelegentlich auch an Theatern.

Konnte das ein Zufall sein?

Der Mann, der als akribischer Sammler und Fachmann für *Die Mörderischen* galt, war auch am Set tätig und für eine der Hauptdarstellerinnen zuständig? Natürlich, dachte Albin und rauschte beinahe bei Rot über eine Ampel, war es einerseits nachvollziehbar. Wenn man vom Fach war, ein leidenschaftlicher Cineast und zudem besessen von einem Film, war es ja nur selbstverständlich, dass man alles daransetzen würde, bei einer Neuverfilmung mit an Bord zu sein.

Es könnte aber auch etwas anderes bedeuten.

Und genau das bereitete Albin ernste Sorgen.

Zudem hatte er eben die Handynummer der Herstellungsleitung gewählt und sich nach einem Kontakt zu Vallet erkundigt. Man hatte ihm – nach einigem Hin und Her darüber, dass man keine Privatnummern herausgeben könne – dann doch die Handynummer übermittelt.

Aber Vallet hatte das Gespräch nicht angenommen. Auch das musste nicht zwingend etwas bedeuten: Es war Wochenende, es war drehfrei, vielleicht saß der Mann in irgendeinem Café, machte einen Ausflug oder hatte beschlossen, anonym anrufende Nummern generell zu ignorieren.

Albin hatte auch nach der Nummer von Claire Lambert gefragt – diese aber nicht erhalten. Ebenso aussichtslos wäre es, im Hotel anzurufen und darum zu bitten, zu Claire Lambert durchgestellt zu werden. Da könnte ja jeder anrufen und sich als Polizist ausgeben.

Weswegen Albin beschlossen hatte, persönlich im Hotel vorbeizufahren, um dort zu versuchen, zu der Schauspielerin vorzudringen und sie wegen ihres Maskenbildners zu befragen. Vielleicht könnte er sie sogar dazu bewegen, Vallet von ihrem Handy aus anzurufen. Dann würde er sicherlich ans Telefon gehen, und Claire könnte das Gerät einfach an Albin weiterreichen.

Was macht dich so nervös?, schien Tyson aus dem Kofferraum zu fragen, während Albin durch die scharfen

Serpentinen an der Abbaye Notre-Dame de Sénanque fuhr, die kurz vor Gordes und nahe des Hôtel Bories lag. Sie wirkte wie eine massive Festung des Glaubens inmitten von Lavendelfeldern, die bald in voller Blüte stehen würden – ein touristisches Highlight im Vaucluse, das jede Menge Nebeneinnahmen in die Kasse der Zisterzienser spülte.

»Ich habe ein komisches Gefühl«, erwiderte Albin in Gedanken. »Nicht mehr und nicht weniger.«

Bist du der Meinung, Vallet könnte etwas mit den Vorfällen zu tun haben?

»Keine Ahnung«, murmelte Albin. »Er war am Set, bevor der tödliche Schuss auf Brad Stone abgegeben wurde. Als der Schuss fiel, war er allerdings nicht dort, sondern mit Claire Lambert in der Maske im Basecamp der Produktion. Er war bei dem Abendessen der Crew, bevor der Angriff auf Wilson Fairchild stattfand. Ich weiß nicht, ob er daraufhin mit Claire Lambert in Cannes war und ob er sie auch außerhalb des Sets betreut. Das würde ich gerne herausfinden. Von der Statur her könnte er jedenfalls als die Person durchgehen, die auf den Videoaufnahmen vom Angriff auf Wilson Fairchild zu sehen war. Außerdem war Serge Vallet unmittelbar zur Stelle, als der Scheinwerfer herabfiel.«

Was du aufgezählt hast, sagte Tyson, *trifft für sehr viele andere Menschen ebenfalls zu, oder?*

»Das ist der Fall. Aber niemand gilt als ausgewiesener Experte für diesen Film. Niemand gilt als jemand, der alles darüber weiß und dem ich eine gewisse Besessenheit unterstellen würde. Wer weiß, was da los ist, Tyson. Leidenschaft ist eine gute Sache – zu viel davon eher nicht.«

Das stimmt, erwiderte Tyson. *Sind wir eigentlich bald da? Von dem Gekurve wird mir langsam schlecht, Chef!*

»Ist nicht mehr weit«, sagte Albin, der den SUV nun aus einer Nadelöhrkurve steuerte und bereits ein Hinweisschild zum Hôtel Bories in wenigen hundert Metern sah.

Dann kam ein Anruf herein. Es war Castel. Albin nahm das Gespräch an und hoffte, dass die Verbindung zwischen Telefon und dem Auto funktionierte, so dass er frei sprechen konnte.

33

»Albin?«, fragte Castel. Es klang, als ob er im Auto saß.

»Hören Sie mich, Castel?«, erkundigte er sich.

»Natürlich höre ich Sie. Sie mich auch?«

»Klar und deutlich. Ich benutze die Freisprechanlage in meinem Fahrzeug. Mein Telefon und das Auto sind über Bluetooth miteinander verknüpft. Manchmal geht es, manchmal nicht.«

»Es geht immer, Albin«, sagte Theroux, der am Steuer saß. »Du bekommst es nur nicht immer hin.«

»Was?«

»Du bekommst es nicht immer hin!«, wiederholte Theroux etwas lauter. »Dabei ist es ganz einfach. Du musst nur ... «

»Theroux«, hörte Castel Albin im Lautsprecher, »spar dir deine Belehrungen. Ich habe keine Zeit dafür. Ihr habt mich angerufen. Also was ist los?«

»Wohin sind Sie unterwegs, Albin?«, fragte Castel. Insgeheim hatte sie bereits das Gefühl, dass ihr die Antwort nicht gefallen würde.

»Nur nach Gordes«, sagte Albin. »Mit Tyson. Und noch mal: Warum ruft ihr mich an? Gibt es Neuigkeiten?«

»Die gibt es«, antwortete Castel. Sie berichtete Albin davon, dass sie Kameramann Paul Peyrot aufgetrieben und besucht hatten, sowie davon, was Peyrot und seine

Frau zu berichten wussten. Castel wollte gerade von der Selbstmörderin erzählen. Aber Albin kam ihr zuvor und berichtete von seinem Telefonat mit der Filmkritikerin Marie Jourdain, von einem Sammler mit einem regelrechten Fetisch für den Film *Die Mörderischen* und nannte seinen Namen: Serge Vallet, der zugleich am Filmset als Maskenbildner für Claire Lambert zuständig war.

»Und die Selbstmörderin«, sagte Castel schließlich, »hatte den Künstlernamen Élodie. Tatsächlich war das sogar ihr richtiger Vorname. Ihr Nachname war Vallet. Als sie sich umbrachte und von einer Brücke stürzte, war sie schwanger. Das Kind konnte aus dem Mutterleib gerettet werden.«

»Serge Vallet«, sagte Albin.

»Die Namensgleichheit und die Umstände legen es nahe«, erwiderte Castel. »Die Mutter tötet sich bei den Dreharbeiten zu *Die Mörderischen*. Das Kind wird quasi aus dem halbtoten Mutterleib geschnitten und entwickelt in späteren Jahren eine Obsession für den Film – allein schon wegen dem Zusammenhang mit der eigenen Biographie –, ergreift sogar einen Beruf beim Film und taucht dann bei der Produktion des Remakes auf.«

»Aus Obsession«, fragte Albin, »oder mit einem mörderischen Plan?«

»Warum«, ergänzte Theroux, »sollte er denn Leute am Set umbringen wollen? Die hatten doch alle nichts mit dem Originalfilm und dem Tod seiner Mutter zu tun? Okay, es würde eine Verbindung zu Olivier Besson geben – aber den hat doch niemand unmittelbar angegriffen?«

»Das ist die Frage«, sagte Albin. »Ich habe mir die Telefonnummer von Vallet geben lassen, erreiche ihn aber nicht. Ihr solltet euch seine Wohnung ansehen.«

»Aber wenn er doch nicht ans Telefon geht, ist er vielleicht auch gar nicht in seiner Wohnung?«

»Umso besser für eine Besichtigung ohne Beschluss.«

Castel blähte die Backen. Diese Bemerkung war typisch für Albin, und Castel wollte lieber nicht wissen, wie oft er schon genau das getan hatte: Wohnungen geöffnet und sich umgesehen, ohne es zu dürfen.

»Also bitte, Albin«, sagte sie. »Wo wohnt er überhaupt?«

»Hat man mir nicht gesagt. Aber ihr findet es sicherlich rasch heraus und könnt euch dann dort umsehen.«

»Ohne Beschluss sehen wir uns nirgends um!«

»Den Beschluss können Sie sich später immer noch besorgen, Sie Zimperliese. Wenn Gefahr im Verzug ist, müsst ihr auch ohne einschreiten.«

Theroux regte sich auf. »Albin! Von derlei Dingen will ich nichts hören! Und kein Mensch weiß, ob Gefahr im Verzug ist, und …«

»Ich habe jetzt jedenfalls keine Zeit mehr. Ich muss mich aufs Autofahren konzentrieren«, erwiderte Albin – und beendete das Gespräch.

Auch das war typisch für ihn. Wenn er nichts mehr zu sagen hatte oder nichts mehr sagen wollte, kappte er einfach die Leitung. Manchmal würde Castel Albin am liebsten packen und ordentlich durchschütteln.

»Aber«, sagte Theroux, »wir sollten diesen Serge Vallet dennoch auftreiben, damit hat er recht.«

»Natürlich hat er das«, zischte Castel. »Aber das muss

er nicht extra betonen, weil wir das auch selbst wissen, oder?«

»Logisch. Aber du kennst ihn ja.«

»Was ist in Gordes?«, fragte Castel. Sie griff nach vorn, fasste ins Handschuhfach und nahm ein Tablet hervor, über das sie mit der Polizeizentrale verbunden war.

»Wieso? Was soll denn da sein?«

»Genau das frage ich mich«, erwiderte sie, rief ein Programm auf, das zur Überprüfung von Dokumenten vorgesehen war, aber noch mehr leisten konnte. Sie gab den Namen Serge Vallet ein und begrenzte den Such-radius auf das Departement Vaucluse ein. »Albin fährt nicht einfach so dahin. Er hat etwas vor.«

»Und?«

»Dreh um«, sagte Castel und schloss das Programm wieder. Es hatte einige Personen mit Adressen und wei-teren Daten ausgeworfen, davon aber nur eine, die in Betracht kam.

»Was sollen wir denn in Gordes? Wir wissen doch gar nicht …«

Castel vergrub die Hände im Gesicht. »Alain«, mur-melte sie zwischen den Fingern hindurch. »Dreh einfach um, okay? Wir fahren nicht nach Gordes.«

34

Gordes lag im Nationalpark Luberon. Der uralte Ort war wie ein Schwalbennest auf die Felsen gepfropft, und im Sommer waren die Gassen und Restaurants voller Touristen.

Gordes hatte nicht einmal zweitausend Einwohner und galt als eines der schönsten Städtchen Frankreichs, es gehörte zu den *Plus beaux villages de France*. Daher war es kein Wunder, dass an manchen Tagen mehr Besucher als Ortsansässige hier unterwegs waren – zumal Gordes und die Abtei von Sénanque in Reiseführern und Onlineportalen über die Region Vaucluse regelrecht angepriesen wurden.

Aber man musste sagen, mit Recht, denn es war hier wirklich hübsch, sozusagen Provence pur, und die Aussicht auf das Tal und den Luberon spektakulär.

Außerdem gab es im Umfeld von Gordes die eigentümlichen Bories, die als echter Hingucker galten. Dabei handelte es sich um kleine Steinhütten, die wie Iglus aus Bruchsteinen gebaut worden waren, vermutlich von Hirten oder Landarbeitern zum Schutz vor dem Wetter. Es gab auch ein ganzes Dorf mit den eigentümlichen Bories und Kilometern von Trockenmauern, die in einem ähnlichen Stil und aus vergleichbaren Material errichtet worden waren.

In früheren Zeiten hatten Hobbyforscher angenommen, es handle sich bei den meist bienenkorbartigen Behausungen um steinzeitliche Bauwerke. Aber das stimmte nicht.

Sie stammten hauptsächlich aus dem 18. und 19. Jahrhundert und waren fast ausschließlich im Süden verbreitet, vor allem im Vaucluse. Allein in der Gegend von Gordes gab es an die vierhundert Exemplare.

Archäologen hatten versuchsweise eine nachgebaut und dabei festgestellt, dass sie einige hunderttausend Steine dafür benötigten. Die lagen zwar überall in der Gegend herum, in der Summe verschlang aber das Errichten einer Borie dennoch eine Menge Arbeit, zumal man sie so bauen musste, dass sie nicht wieder einstürzte, was einige Kenntnisse oder Erfahrung erforderte.

Zudem spielte in der Geschichte der Bories der Pragmatismus eine große Rolle. Im 18. und 19. Jahrhundert wuchs die Bevölkerung. Es wurde mehr Nahrung benötigt und damit mehr Ackerfläche. Wenn man im Luberon aber einen Acker bestellen wollte, musste man vorher Tausende an Tonnen von störenden Steinen vom Boden und aus der Erde entfernen und irgendwo lagern. Da konnte man sie auch gleich zu einer Mauer oder einer Schutzhütte aufschichten, die man als Stall nutzen konnte oder als Behausung für mehrere Tage, wenn man längere Zeit auf dem Feld zu tun hatte.

Die Bories waren eine regionale Kuriosität und natürlich ein Touristenmagnet, vor allem das Village des Bories. Es bestand aus einer ganzen Reihe von Gebäuden und Mauern, die rundherum archaisch wirkten. Albin war hier einmal mit seiner Enkelin Clara gewesen, und tatsächlich könnte man annehmen: Das ist das erste Dorf, das die Menschen gebaut haben, nachdem sie das Wohnen in Höhlen aufgegeben hatten. In dem verlassenen und später sanierten Dorf gab es auch Bäckereien, Ställe, Ölmühlen … Ziemlich verrückt, hatte Albin gedacht, dass sich die Leute aus Gordes unweit von Gordes ein neues Dorf gebaut und dann verlassen hatten.

Das Hôtel Bories war nach den eigentümlichen Hütten benannt, hatte aber ansonsten nicht das Geringste mit den Steinbauten zu tun. Außer dass es außerhalb des Ortes relativ einsam in der Landschaft lag und man sich architektonisch Mühe gegeben hatte, mit einigen Trockenmauern aus grauem Naturstein eine gewisse Bories-Atmosphäre zu erschaffen. Die Anlage war flach gebaut, wirkte weitläufig und schien über mehrere Gebäudeteile zu verfügen – was logisch war, wenn man nicht in die Höhe bauen, aber dennoch eine stattliche Zahl an Zimmern bieten wollte.

Albin parkte gerade vor dem Hotel ein. An der Zuwegung zur Einfahrt hatte er ein Auto gesehen, neben dem jemand stand, im Schatten einer Kiefer eine Zigarette rauchte und Albins SUV mit Argusaugen verfolgte, dann aber rasch das Interesse verlor. Zu seinen Füßen lag eine Kamera mit einem riesigen Teleobjektiv. Eine zweite baumelte ihm an der Schulter – ein professioneller Fotograf, der offenbar auf einen Schnappschuss von Claire Lambert lauerte.

Albin stieg aus, öffnete den Kofferraum, hievte Tyson heraus und leinte ihn an. Dann sah er sich um, fand den Hoteleingang und setzte sich dorthin in Bewegung.

Er erreichte ein Foyer mit eleganten Ledersesseln und

angenehmer Klimatisierung. An den rohen Bruchstein-
wänden hing moderne Kunst – alles sehr geschmackvoll.

Auf den beiden Sofas hatten es sich zwei Männer be-
quem gemacht, die mit ihren Handys befasst waren und
aufblickten, als Albin hereinkam. Sie musterten ihn auf
ähnliche Art und Weise wie der Fotograf an der Straßen-
ecke – mit dem Unterschied, dass sie nicht das Interesse
verloren. Die Burschen wirkten muskulös, trugen dieselben schwarzen Poloshirts und machten einen professionellen Eindruck. Albin tippte auf Sicherheitspersonal,
das für den Schutz von Claire abgestellt oder von ihrem
Management organisiert worden war. Vernünftige Ent-
scheidung, fand Albin.

Dennoch ließ er die Wachhunde links liegen und ging
zum Empfangstresen, hinter dem eine junge Frau stand
und ihn freundlich anlächelte. Albin hatte bereits seinen
früheren Polizeiausweis gezückt – man hatte vergessen,
das Plastikkärtchen nach seinem Ausscheiden aus dem
aktiven Dienst einzufordern. Es war ohnehin längst abgelaufen, weswegen er das Datum mit dem Daumen verdeckte.

Die Concierge warf einen Blick darauf, als Albin sich
mit Namen und »Polizei Carpentras« vorstellte, was
nicht gelogen war – immerhin galt er als offizieller polizeilicher Berater. Außerdem erklärte er, dass er mit Claire
Lambert wegen einer Ermittlung sprechen müsse. Das
Lächeln der jungen Frau gefror. Albin war das gewohnt.
Niemand hatte gerne mit der Polizei zu tun, und es roch
meist nach Ärger, wenn sie auftauchte. Ärger wollte
man in einem Hotel wie diesem lieber nicht haben, und
Claire Lambert war außerdem eine Prominente.

Die junge Frau blickte etwas hilfesuchend an Albin vorbei in Richtung der Gorillas, von denen einer nun aufstand und zu ihm herüberkam. Er roch nach frischem Duschgel.

»Worum geht's?«, fragte der Bursche und blickte zwischen Albin und Tyson hin und her.

Albin erklärte es ihm.

»Haben Sie einen Termin?«

»Nein.«

»Es ist nicht möglich, Madame Lambert ohne Termin zu sprechen. Ich bitte um Verständnis, es könnte ja jeder kommen, und genau das wollen wir verhindern. Dafür haben Sie sicherlich Verständnis.«

»Ich bin nicht jeder.«

Albin zeigte seinen Ausweis vor, steckte ihn dann wieder ein. Der Gorilla blickte erneut zwischen Albin und Tyson hin und her.

»Ein Polizist mit einem Mops«, sagte er schließlich und lächelte süffisant. »Und dieser Ausweis ist längst abgelaufen.«

Albin lupfte eine Braue. Er hatte doch das Datum extra mit dem Finger abgedeckt, so wie er es immer tat. Woher konnte der Bursche das also wissen?

»Aha?«, erwiderte er erstaunt. »Sie scheinen einen Röntgenblick zu haben, was?«

»Ich weiß, wer Sie sind, Monsieur Leclerc. Und daher weiß ich auch, dass Sie längst nicht mehr im Dienst sind.«

Mist, dachte Albin.

35

»Mist«, knurrte Theroux.

Er trat von der Haustür zurück und blickte nach oben, wo Cat bereits die ganze Zeit über hinschaute, während sie mit der Hand die Augen gegen die Sonne abschirmte. Sie trat zur Sicherheit einen Schritt vor, als auf der Durchgangsstraße in Mormoiron ein Sprinter entlangsauste und ihr beinahe über die Füße fuhr.

Wie es aussah, war Serge Vallet nicht zu Hause. Sie hatten es von unterwegs auf dem Festnetzanschluss probiert und auf der Handynummer.

Keine Reaktion.

Deswegen waren sie zu der Wohnadresse gefahren, um zu klingeln. Theroux hatte es einige Mal versucht, während Cat überprüft hatte, ob sich an einem der Fenster des ockerfarbenen Gebäudes etwas tat. Aber nichts geschah. Der Vogel war offensichtlich ausgeflogen.

Der Hauseingang befand sich zwischen einem Blumengeschäft und einem Kosmetiker. Cat fragte sich: Wenn Serge Vallet Maskenbildner beim Film war, dann hatte er vielleicht in diesem Kosmetikgeschäft gearbeitet oder tat es immer noch – würde man hier mehr über ihn wissen und gegebenenfalls, wo er sich aktuell aufhielt?

Theroux trat vom Eingang zurück, während Cat auf den Laden deutete. Theroux nickte, blickte aber über

Cats Schulter hinweg in Richtung Ortsmitte und die von parkenden Autos gesäumte Straße entlang. Dort gab es eine Pharmacie, kleine Läden und Bistros. Aber Theroux hatte es auf etwas anderes abgesehen. Er deutete mit der Stirn darauf und setzte sich in Bewegung. Als sie die dunkelblaue Markise mit der Aufschrift *La Provence* einige Meter weiter sah, verstand Cat, was Theroux plante. Das war der Name der großen regionalen Tageszeitung im Vaucluse, die auch in den Départements Bouches-du-Rhône und Alpes-de-Haute-Provence erschien.

Cat und Theroux schoben sich zwischen der Hauswand und den haltenden Fahrzeugen über den schmalen Bürgersteig und standen schließlich unter der Markise, die außerdem mit »Tabac, Presse, Loto« beschriftet war. Vor dem Schaufenster gab es zwei Bistrotische mit vollen Aschenbechern und leeren Kaffeetassen sowie einige Postkartenständer und welche mit Tageszeitungen und Zeitschriften, die wie Relikte aus einem anderen Jahrhundert wirkten.

Cat folgte Theroux ins Innere, wo es noch mehr Zeitschriftenregale gab sowie solche, die mit Zigaretten, Zigarren und sonstigem Tabak vollgestopft waren. Außerdem gab es Auslagen mit Süßigkeiten und Gebäck, Kühlschränke voller Getränke, Sandwiches und belegter Baguettes sowie einen gewaltig wirkenden Kaffeeautomaten hinter dem mit Lottowerbung beklebten Tresen, der von einem Mann in mittleren Jahren mit einer Halbglatze und einem gewaltigen Schnurrbart bewacht wurde.

Theroux und Cat wiesen sich aus, was den Mann zunächst nicht beeindruckte, der sich mit den fleischigen Händen auf die Tischplatte stemmte und vor sich hin nickte.

»Sie verkaufen Jagdmunition?«, fragte Theroux.

Der Mann nickte nach wie vor.

»Verkaufen Sie Munition von Sellier & Bellot? Kaliber 12/76?«

Immer noch nickte der Mann und öffnete schließlich den Mund, um zu sprechen. »Monsieur Capitaine de Police – ich habe keine Ahnung, was Sie wollen. Die Polizei hat mich bereits über den regionalen Tabakhändlerverband angefragt, und ich habe meine Verkaufslisten vor drei Tagen ordnungsgemäß weitergeleitet. Ist nicht mein Problem, wenn das in Ihrer Verwaltung oder beim Regionalverband hängengeblieben ist.«

»Wieso beim Regionalverband?«

Der Mann machte eine ahnungslose Geste. »Sie sind doch die Polizei. Woher soll ich das wissen? Vermutlich war es Ihren Kollegen zu umständlich, bei sämtlichen Bar Tabacs persönlich anzurufen, weswegen sie eine Sammelanfrage getätigt haben. Aber offenbar hat das nicht funktioniert, und nun stehen Sie hier vor mir und stehlen mir meine Zeit.«

Cat bemerkte, dass sich Theroux streckte. Ein klares Alarmsignal, denn er konnte es nicht ertragen, wenn sich Menschen der Polizei gegenüber respektlos verhielten.

Die Zeichen standen auf Sturm.

36

»Ja«, wiederholte der Bodyguard und musterte Albin. »Klar kenne ich Sie. Ich habe Sie am Set gesehen. Sie sind der Verbindungsmann. Der Berater von Yves Serrault.«

Albin lächelte und nickte. Klang schon besser.

»Sie waren auch beim Essen im ›Le Cheval‹, korrekt?«

»Korrekt«, erwiderte Albin. »Claire hat mir leider ihre Handynummer nicht gegeben. Etwas ärgerlich. Hätte mir den Weg dann ja sparen können.«

»Ich habe gesehen und gehört«, murmelte der Bodyguard und rückte einen Schritt näher, »dass sie Sie *Daddy* genannt hat, als Ihre Frau ebenfalls am Set war? Dumme Sache.«

Albin lachte auf. Vermutete der Typ allen Ernstes, dass Albin und Claire etwas am Laufen hatten? Sollte er doch. Wenn es dafür sorgte, dass er Albin durchließ und keine Zicken machte.

»Nun ja«, antwortete Albin. »Bisschen blöd gelaufen.«

Der Bodyguard grinste.

»Wie auch immer. Ich wollte zu ihr, weil ich noch ein paar Fragen habe. In Cannes hatten wir nicht die Zeit, miteinander zu sprechen. Sie wissen ja, was da los ist: So ein Zirkus.«

»Verstehe«, erwiderte der Muskelprotz. »Dann nehme ich an, dass Sie erwartet werden.«

»Ich würde das nicht offiziell bestätigen wollen, aber ich denke: ja.«

Der Bodyguard nickte. »Kommen Sie, Monsieur. Ich zeige Ihnen, wo die Suite ist.«

Geht doch, dachte Albin.

Der Mann setzte sich in Bewegung. Albin folgte ihm durch einen langen Flur in einen anderen Gebäudeteil. »Wissen Sie«, redete der Bodyguard beim Gehen, »wir geben hier acht auf Madame Lambert, weil die Fotografen ihr wirklich überall auflauern.«

»Eine Plage ist das.«

»Und wir wollen ja vermeiden, dass diese Geier möglicherweise auch Sie mit auf dem Bild erwischen, Monsieur le Commissaire. Das könnte für Komplikationen sorgen.«

»Könnte es.«

»Hat Sie jemand gesehen?«

»An der Einfahrt stand jemand mit einer Kamera.«

»Hm, da müssen Sie künftig vorsichtiger sein.«

»Na, ich bin ja von der Polizei, oder? Von den Guten. Und die Polizei ermittelt und hat Fragen.«

Der Bodyguard grinste Albin an und blieb vor einer Tür stehen. »Verstehe«, erwiderte er. »Na klar.«

Albin und Tyson stoppten ebenfalls. »Das ist das Zimmer?«

»Die Suite, ja.«

Eine schwere Tür, links und rechts daneben standen antik wirkende Kommoden aus massivem Holz.

»Klar«, erwiderte Albin. »Danke.«

Womit der Bodyguard sich wieder in Bewegung setzte und zurückging. Er wich der Raumreinigungskraft aus, die einen grünen Kittel trug und ihren Putzwagen vor sich herschob. Sie hatte gerade das Zimmer nebenan fertig gemacht.

Der Bodyguard blickte sich noch einmal um und rief Albin zu: »Falls irgendetwas sein sollte, geben Sie mir einfach Bescheid, wir sind im Foyer.«

»Logisch«, rief Albin ihm hinterher.

»Und wenn der Friseur Probleme macht, ebenfalls. Wir werfen ihn gerne raus, Monsieur le Commissaire.«

»Friseur?«

»Na, der kam gerade eben vor Ihnen. Keine fünf Minuten her. Der Maskenbildner. Serge oder so.«

37

»Ach, die Zeit stehlen wir Ihnen, tun wir das?«, fragte Theroux.

Der Ventilator in der Bar Tabac drehte sich. Die Kühlgeräte brummten. Der Verkäufer schwieg.

»Ich erzähle Ihnen mal etwas über meine Zeit, Monsieur. Die würde ich am Wochenende, zumal ich keinen Dienst habe, lieber mit meiner Familie verbringen, statt Überstunden zu leisten und über die Dörfer zu fahren und mir Belehrungen anzuhören.«

»Ich sag ja nur«, erwiderte der Verkäufer.

»Die Polizei kommt aus Carpentras am Wochenende in Ihr Geschäft und fragt nach Munition und hat vielleicht einen guten Grund dafür, können Sie sich das vorstellen?«

»Ich ...«

»Und Sie haben nichts Besseres zu tun, als mir die Ohren vollzuweinen, dass Sie in Ihrem aktuell leeren Geschäft vor Arbeit umkommen, statt uns hilfreich zur Seite zu stehen? Aber nein, es ist wichtiger ...«

»Alain.« Cat legte Theroux beruhigend die Hand auf den Unterarm.

»... die nach Ihrer dezidierten Meinung schlecht funktionierenden Abläufe zu kritisieren, statt mir eine einfache Antwort auf eine einfache Frage zu geben,

Menschenskind, können Sie sich vorstellen, dass es hier um etwas Wichtiges gehen könnte?«

»Bitte, Alain.« Cat drückte fester zu.

Der Verkäufer räusperte sich. »Also – wie gesagt: Ich habe alles weitergeleitet.«

»Würden Sie uns die Listen zeigen?«, fragte Cat.

Der Mann verzog das Gesicht und kratzte sich im Nacken. Dann schüttelte er den Kopf. »Ich weiß nicht«, erwiderte er. »Der Datenschutz. Sie kommen einfach hierher, und ich habe ja alles schon verschickt, und das hat seine Ordnung und Richtigkeit, und …«

»Himmel!«, rief Theroux. »Er beklagt sich über die Bürokratie – und ist selbst der größte Bürokrat, der mir jemals untergekommen ist.«

»Monsieur le Capitaine«, erwiderte der Mann und klang nun etwas angriffslustig.

Besser, dachte Cat, dass sie nun einschritt. »Machen wir es einfacher«, fuhr sie dazwischen. »Es geht um dringliche Ermittlungen, und die Listen werden uns sicherlich noch erreichen. Sagt Ihnen der Name Serge Vallet etwas?«

Der Mann schmeckte den Namen ab. Dann nickte er und deutete nach rechts. »Wohnt ein paar Häuser die Straße runter. Er schminkt Leute, denke ich.«

Cat zog ihr Handy hervor und rief ein Foto von Serge Vallet auf, das sie im Internet gefunden hatte. Sie zeigte es dem Verkäufer.

»Ist das Serge Vallet?«

»Mhm.«

»Hat er bei Ihnen Munition für ein Jagdgewehr gekauft?«

»Wieso? Steckt er in Schwierigkeiten?«

»Vielleicht sogar Munition von Sellier & Bellot im Kaliber 12/76?«

»War mir immer schon klar, dass der irgendwann Ärger machen wird. Er hat so einen verhuschten Blick, wissen Sie?«

Theroux schlug mit der Faust auf den Tisch. »Hat er – oder hat er nicht?«

»Das steht ja in den Listen, und es hat alles seine Richtigkeit. Hier laufen keine krummen Sachen …«

Theroux hob den Zeigefinger drohend an. »Hat er – oder hat er nicht?«

Der Verkäufer zögerte. Zuckte mit den Achseln. »Hat er«, erwiderte er schließlich.

38

Albin spürte, wie sich ein Schalter in ihm umlegte und seine Sinne auf »hochempfindlich« einstellte.

Serge.

Er könnte an der Tür klopfen. Vielleicht würde geöffnet. Vielleicht nicht, weil etwas Schlimmes im Gang war. Er könnte die Security verständigen. Aber auch die würden nicht mehr tun können, als anzuklopfen. Einen Schlüssel hätten sie sicherlich nicht. Den hätte die Concierge und würde ihn kaum herausrücken, ohne vorher minutenlang zu diskutieren und sich von der Hotelleitung ein »Okay« zu holen.

Oder …

Albin klopfte an die Holzkommode neben der Tür zur Suite.

»Entschuldigung«, sagte Albin dann zu der Putzfrau, die gerade etwas auf ihrem Wagen sortierte. »Es ist ein Elend«, fuhr Albin fort. »Ich habe leider keine Karte für die Suite, und Madame Lambert hört mein Klopfen nicht.«

Die Putzfrau lächelte freundlich, blickte kurz in den Flur, in dem der Mann von der Security verschwunden war. Sie musste verfolgt haben, wie er Albin hierhergeleitet hatte, und vielleicht auch ein paar Worte aufgeschnappt.

»Oh«, sagte sie, »keine Sorge, ich komme später wieder und mache erst die anderen Zimmer.«

»Meine Bitte wäre, ob Sie mir kurz die Tür öffnen würden?« Albin deutete auf die Tür vor sich. »Sie haben doch sicher eine Schlüsselkarte?«

»Werden Sie denn erwartet?«

Albin nickte, deutete auf den Flur. »Ja, die Security hat mich hergeleitet, alles in Ordnung, keine Sorge. Mein Name ist Albin Leclerc von der Polizei in Carpentras, und Claire erwartet mich. Nur sie hört mich nicht.«

Die Putzfrau lächelte nach wie vor. Schließlich nickte sie, ging um ihr Wägelchen herum und steckte ihre Karte in den Schlitz des Türschlosses, das sofort aufsprang. Albin zog ein zerknülltes Bündel Euroscheine aus der Hosentasche und steckte der Frau einen Fünfziger zu, während er den Fuß in die Tür schob, damit sie nicht wieder zufiel.

»Ich hätte noch eine Bitte«, murmelte er. »Würden Sie kurz auf meinen Hund achtgeben und ihm eine Schale Wasser geben? Sein Name ist Tyson.«

Er reichte der Frau die Leine. Sie nahm sie an und steckte den Geldschein mit leuchtenden Augen ein.

»Oh, vielen Dank! Und natürlich, so ein niedlicher Hund, Monsieur le Commissaire!«

»Ex-Commissaire«, erwiderte Albin.

Dann betrat er die Suite und schloss die Tür so leise wie möglich hinter sich.

39

»Scheiß drauf«, knurrte Theroux.

Er nahm zwei Schritte Anlauf – dann trat er mit voller Wucht gegen das Schloss. Das alte, dünne Holz splitterte. Nach einem weiteren Tritt sprang die Tür auf. Theroux zog seine Dienstwaffe und nahm sie sofort in Anschlag.

Ein Stockwerk tiefer öffnete sich eine andere Tür. Cat hatte wegen des Lärms damit gerechnet. Sie stand oben auf der Treppe, hatte den Dienstausweis nun an einer Kordel um den Hals baumeln und wie Theroux ihre signalrote Armbinde mit der Aufschrift »Police« angelegt.

»Polizei«, erklärte sie der älteren Dame, die erschrocken zu Cat starrte, die ihre Dienstwaffe ebenfalls in der Hand hielt. »Bitte gehen Sie zurück in die Wohnung, schließen die Tür ab und bewahren Sie Ruhe.«

Die Frau nickte nicht einmal, sondern verschwand sofort wieder.

Theroux und Castel drangen in die Wohnung von Serge Vallet ein. Nachdem sie die Bestätigung erhalten hatten, dass Serge Vallet die Patronen in der Bar Tabac gekauft hatte, hatten sie beschlossen, dass Gefahr im Verzug war und sie sofort handeln mussten. Ob Vallet nun zugegen war oder nicht, spielte keine Rolle, denn natürlich galt es außerdem, mögliche Beweise zu sichern.

»Meine Fresse«, murmelte Theroux und blickte sich im Halbdunkel des Wohnzimmers um.

Cat brauchte einen Moment, um sich an das Dämmerlicht zu gewöhnen. Dann sah sie sich ebenfalls um, während Theroux voranging, mit vorgehaltener Waffe in die Küche blickte, ins Schlafzimmer und anschließend die halb offen stehende Tür zum Bad aufkickte.

»Niemand da«, sagte er, sah sich wieder um, schüttelte den Kopf. »Mein Gott«, kommentierte er.

Cat nickte. Sie blickte über die Wände, den Wohnzimmertisch, den Fußboden, das Sofa …

Serge Vallet war ein Messie. In der Wohnung herrschte das pure Chaos. Überall stapelten sich Kleidung, Papiere, Abfallsäcke, Pizzakartons, Teller mit Essensresten. Die Wände waren gepflastert mit Fotos und Zeitungsausschnitten, die von dem Film *Die Mörderischen* handelten. Die Bilder mussten allesamt Szenenbilder vom Klassiker sein, nicht von der aktuellen Neuverfilmung. Cat ließ ihre Blicke über das Regal schweifen, das voller Aktenordner und Bücher stand – unmöglich, mit einem Mal zu erfassen, was sich darin befand. Überall lagen Zettel herum, die in einer nahezu mikroskopisch kleinen Handschrift bekritzelt waren.

Theroux ging zur Küche, murmelte erneut: »Mein Gott.« Dort standen überall Töpfe, Pfannen und Teller mit Speiseresten herum und ebenfalls Säcke voller Müll.

Cat ging ins Bad. Hier gab es Schminke von allen Luxusherstellern im Überfluss, Dutzende Lippenstifte und Eyeliner, stapelweise Puder und Batterien von Cremes, dazu professionelles Friseurwerkzeug und Massen von Haarfärbemittel. Im vollgestopften Spiegelschrank fand

Cat jede Menge Medikamente, darunter Verpackungen von starken Neuroleptika und weitere. Eine war mit »Haldoperidol« beschriftet, allerdings ohne das dazugehörige Fläschchen mit Tropfen – ebenfalls ein hochwirksames Neuroleptikum. Sah man sich Vallets Wohnung an und betrachtete dazu die verschreibungspflichtigen Medikamente, lag auf der Hand, dass er wegen einer psychischen Erkrankung in Behandlung sein musste – allerdings schlug die nicht sonderlich gut an, oder er nahm seine Medikamente nicht mehr.

»Cat?«

Theroux meldete sich aus dem Schlafzimmer. Cat ging zu ihm. In dem Chaos aus Kleidung, Kissen, Zetteln, Plastiksäcken und Altglas stand Theroux neben einer Kommode und deutete nach unten. Auf dem Boden lagen staubige schwarze Sneakers, zusammengeknüllte Leggins in Schwarz und ein Hoodie.

Theroux fragte: »Ob wir diese Kleidung mit der Person in Verbindung bringen können, die Wilson Fairchild angegriffen hat?«

»Vermutlich«, sagte Cat und korrigierte: »Sehr wahrscheinlich sogar.«

40

Albin bewegte sich so leise wie möglich durch das kombinierte Wohn- und Schlafzimmer der Suite von Claire Lambert und fokussierte den Blick auf die nicht ganz geschlossene Tür zum Badezimmer. Von dort hörte er Geräusche. Jemand bewegte sich. Murmelte. Wasser rauschte.

Albin machte einen Schritt nach rechts zu einer Kommode, auf der eine schlanke Metallskulptur in der Größe einer Wasserflasche stand. Sie war abstrakt und schien einen afrikanischen Krieger oder etwas in der Art darzustellen. Jedenfalls war sie griffig, lag gut in der Hand und war schwer genug, um sie als Schlagwaffe einzusetzen.

Albin bewegte sich vorwärts, auf die Tür zu. Jetzt hörte er die Stimme deutlicher. Es war eine männliche Stimme. Aber sie klang merkwürdig. Überdreht, höher, durchgeknallt.

»Ausgerechnet, oder? Claire? Ausgerechnet in der Badewanne – beinahe so, wie es im Finale ist, ja? Die Leiche, die wiederaufersteht. Mit dem Unterschied, dass du nicht wiederauferstehen wirst.«

Gebrabbel, Stöhnen.

»Ja, ich weiß, Chérie – es ist ein fürchterliches Zeugs, dieses Haldoperidol. Ich habe ein wenig von meinem in deine Tropfen gespritzt – es macht dich zum Zombie.

Grauenvoll. Daher nehme ich es auch nicht mehr. Die Flaschen tausche ich dann gleich aus, keine Sorge, denn du nimmst das Haldoperidol ja neuerdings offensichtlich gegen deine Psychose – nach dem Tod von Brad, wie man im Blut feststellen wird. Und wenn sie dann noch den Munitionskarton in deinem Gepäck finden, den ich gleich dort hineinstecke ...« Kichern. »Apropos Blut. Wir müssen uns beeilen, meine Liebe, damit das alles noch in mein Zeitfenster passt. Du weißt schon: Ich komme hierher, um deinen Look für die morgigen Dreharbeiten zu besprechen, finde dich mit aufgeschnittenen Pulsadern, tue mein Bestes – aber es war schon zu spät, und dann rufe ich um Hilfe. Nun gib mir mal deine kleinen Händchen, Claire – so schöne Nägel hast du.«

Albin zögerte keine weitere Sekunde.

Er rammte die Tür mit der Schulter auf.

Serge Vallet hockte vor der Badewanne und blickte auf – zu Tode erschrocken. In der Wanne lag die nackte Claire Lambert – sie war völlig weggetreten. Ein Arm war ausgestreckt. Vallet hielt ihn am Gelenk fest. Zwischen den Fingern seiner Hand klemmte eine Rasierklinge.

»Na ... so was ...« Vallet stammelte und klimperte mit den Wimpern.

Albin umfasste die Bronzestatuette so fest, dass die Knöchel schmerzten.

»Lassen Sie die Klinge fallen«, sagte Albin und gab sich Mühe, so ruhig wie möglich zu bleiben. »Dann stehen Sie ganz langsam auf, heben die Hände über den Kopf und verlassen das Bad, Vallet.«

»Und wenn nicht?«

»Dann werde ich Sie niederschlagen müssen.«

»Meine Rasierklinge wird schneller sein.«

»Ein oder zwei Sekunden schneller. Aber die Wunde werde ich verarzten können.«

Vallet lachte auf und grinste dann. Eine Fratze des puren Wahnsinns. Er schüttelte mit dem Kopf. »Das Risiko würden Sie nicht eingehen.«

»Ich werde aber auch nicht zulassen, dass Sie Claire etwas antun.«

»Tja, dann haben wir jetzt eine Pattsituation, oder? Was machen wir denn nur, Monsieur le Commissaire?«

Albins Handy klingelte. Es steckte in der Gesäßtasche seiner Jeans.

»Gehen Sie nur ans Telefon«, sagte Vallet.

Albin hielt die Statuette weiterhin wie eine Keule in der Hand. Er zog das Handy hervor, blickte auf das Display, dann sofort wieder zu Vallet.

»Meine Kollegin Caterine Castel«, sagte Albin.

»Ah, ich habe sie am Set gesehen, sehr attraktive Frau. Nehmen Sie das Gespräch ruhig an, ich halte Sie nicht auf. Und stellen Sie es bitte auf Lautsprecher, damit ich mithören kann.«

Genau das tat Albin.

»Albin«, hörte er Castels Stimme. »Wir haben Vallets Wohnung gefunden und in der Wohnung unter anderem einen Karton mit der fraglichen Munition, die er in einer Bar Tabac gleich um die Ecke gekauft hat. Ich denke, er ist unser Mann, und ...«

»Er ist direkt vor mir«, erwiderte Albin. »Er hört unser Gespräch mit.«

Schweigen.

»Hallo, Capitaine Castel«, rief Vallet laut und deutlich. Albin legte das Handy auf dem Waschbecken ab. »Monsieur Leclerc hat recht. Capitaine Castel, nicht?«

»Albin?«, fragte Castel. »Was ist da los? Wo sind Sie?«

Albin erklärte es. »Ich bin Gordes im Hôtel Bories in der Suite von Claire Lambert, in der ich Serge Vallet mit der bewusstlosen Claire im Bad vorgefunden habe. Sie liegt in der Badewanne. Vallet wollte ihr gerade die Pulsadern aufschneiden.«

Vallet kicherte. »Das will ich immer noch. Dauert nur eine Sekunde. Wir haben hier eine Pattsituation, Capitaine Castel – und ich bin sehr gespannt, wie sie sich entwickeln wird.«

Albin war klar, dass im Hintergrund nun einige Dinge wie automatisch ablaufen würden. Theroux würde das Gespräch mithören und gewiss sofort tätig werden. Die Security und das Hotel würden gewarnt und letzteres sicherlich evakuiert. Die Gendarmerie würde innerhalb weniger Minuten anrücken und aufgestockt werden, denn die Situation im Badezimmer von Claire Lambert würde als Geiselnahme bewertet und alles hierfür Erforderliche eingeleitet werden: Sondereinsatzkommando, Verhandlungsgruppe ... das volle Programm.

Draußen lauerten außerdem Reporter. Sie würden das alles mitbekommen – und innerhalb kürzester Zeit würde die Geiselnahme der Schauspielerin Claire Lambert zu einem weltweiten Medienereignis, das live im Internet gestreamt werden würde.

»Die beste Idee«, sagte Castel, »ist die, dass Sie aufgeben, Vallet.«

»Ich!«, brüllte er. »Fange! Gerade! Erst! An!« Seine

Halsschlagader pochte. Die Adern an den Schläfen traten hervor. Er hockte vor der Badewanne wie Gollum aus *Der Herr der Ringe*, der seinen »Schatz« verteidigen wollte – in diesem Fall allerdings keinen goldenen Zauberring, sondern Claire Lamberts Handgelenk, über dem die Rasierklinge zitterte. Keine Frage, dachte Albin, der Bursche war psychisch krank, und zwar nicht zu knapp. Wie sonst hätte er auch an die Medikamente gelangen sollen, die er Claire untergejubelt hatte, um sie zu betäuben?

»Was wollen Sie, Serge?«, fragte Albin. »Warum das alles?«

»Dieser Film darf nicht entstehen.«

»Warum nicht?«

»Darum.«

»Und deswegen bringen Sie Menschen um?«

Mit der freien Hand wischte sich Vallet den Speichel von den Lippen. »Ich will nicht mehr telefonieren. Beenden Sie das Gespräch«, zischte er. »Und Sie, Castel! Sie verschwinden sofort aus meiner Wohnung, oder ich verklage Sie!«

»Wir sind bereits draußen, wir ...«

Albin drückte das Gespräch weg, ließ das Handy aber an Ort und Stelle liegen.

»Jetzt haben wir wieder unsere Ruhe«, sagte Vallet und lächelte.

»Ich fürchte, das ist nur eine Illusion, Serge«, erwiderte Albin. »Mit der Ruhe wird es hier sehr schnell vorbei sein. Wir sollten unsere Situation rasch klären.«

»Ja, sollten wir. Wir sollten sie wortwörtlich *clairen*.« Vallet kicherte und wackelte mit der Rasierklinge.

»Ich frage Sie also noch einmal: Was wollen Sie, Serge? Egal, was Sie getan haben, die Dreharbeiten laufen weiter wie gehabt.«

»Das«, sagte Vallet, »wird sich mit Claire ändern.«

41

Von Mormoiron nach Gordes waren es rund fünfundzwanzig Kilometer. Theroux hatte die Hälfte davon bereits im Rekordtempo hinter sich gebracht und raste gerade in eine weitere scharfe Kurve der links und rechts von Pinien dicht bewachsenen Straße. Cat hielt sich am Seitengriff der Tür fest. Theroux redete bereits über die Freisprecheinrichtung im Auto, hatte die Codes für eine Geiselnahme herausgegeben, den Hotelnamen und die Situation geschildert. Castel hielt sich das Handy ans Ohr und wartete darauf, dass ihr Gespräch angenommen wurde.

Schließlich hob ein offensichtlich sehr gut gelaunter Staatsanwalt namens Luc Bonnieux ab.

»Capitaine Castel«, flötete er. »Was verschafft mir die Ehre Ihres Anrufes am heiligen Wochenende?«

Was auch immer ihn gerade so fröhlich stimmte – seine Laune würde sich innerhalb der nächsten Sekunden deutlich verschlechtern, keine Frage.

Cat fasste ihm in wenigen Worten den Stand der Dinge zusammen – und was aktuell in Gordes geschah. Bonnieux hörte zu.

Der Ton seiner »Mhms« änderte sich, bis er schließlich losschimpfte: »Was treibt Leclerc dort, um Himmels willen?«

»Monsieur le Procureur … ist es nicht wichtiger, dass gerade …«

»Wichtig, wichtig, wichtig, natürlich ist das alles wichtig! Dennoch vernehme ich immer nur Leclerc, Leclerc, Leclerc!«

»Ja, aber …«

Cat hörte Bonnieux schnaufen, während sie sich mit der anderen Hand das Ohr zuhielt, weil Theroux nach wie vor beim Fahren telefonierte.

Bonnieux atmete einige Male tief durch. »Dieser Fall ist eine Katastrophe. Allein die Öffentlichkeit. Es muss dezent geregelt werden. Es darf nicht noch jemandem etwas geschehen. Wissen wir, was Serge Vallet will?«

»Er hat keine Forderungen. Albin hat ihn mehr oder weniger in flagranti erwischt. Generell ist sein Motiv, die Dreharbeiten zu verhindern. Er will nicht, dass *Die Mörderischen* in der Neuauflage gedreht wird. Darum geht es ihm.«

»Dann sagen wir ihm das doch.«

»Wie jetzt?«

»Wir holen den Regisseur oder irgendjemanden ans Telefon. Er sagt ihm: Die Dreharbeiten brechen wir ab. Dann hat er gewonnen und keinen Grund mehr, noch jemanden umzubringen.«

»Das … Sollten wir das nicht lieber der Verhandlungsführung der Sondereinheit überlassen?«

»Nun, bis die da sind, wird es noch etwas dauern, oder? Und wenn wir ihm sagen, dass alles gestoppt wird, hat er sein Ziel erreicht. Möglicherweise werden ihm neue Forderungen einfallen, und Claire Lambert wird dann wirklich zu seiner Geisel. Dann können wir verhandeln. Aber dann hat er keinen Wind mehr in den Segeln.«

»Aber … Wir sollen ihn anlügen? Er wird doch Garantien wollen, dass die Dreharbeiten abgebrochen werden? Die können wir ihm doch gar nicht geben?«

»Deswegen muss der Regisseur es ihm persönlich sagen. Sein Wort hat Gewicht. Und diese Leute vom Film sind es doch gewohnt zu schauspielern, oder? Und was ist mit dem Produzenten, Besson, das wäre ja noch viel besser. Wie geht es dem?«

»Monsieur Bonnieux, ich habe keine Ahnung, er liegt noch auf der Intensivstation. Und falls Serge Vallet es nicht glaubt, dann …«

»Sehen wir weiter. Nicht? Nun zaudern Sie nicht so, Capitaine Castel.«

Cat blähte die Backen. Das fehlte ihr noch, dass Bonnieux nun genauso argumentierte wie Albin!

Bonnieux redete weiter. »Man muss manchmal Initiative zeigen. So ist das eben. Und heute ist der Tag dafür. Ich habe fünfhundert Euro im Lotto gewonnen, deswegen war ich eben noch gut gelaunt. Und da sollte ich meine Strähne nicht abreißen lassen, oder? Ich kümmere mich um den Produzenten. Wir werden sehen, wir haben schließlich nichts zu verlieren. Leclercs Nummer ist die direkte Verbindung zum Geiselnehmer, korrekt?«

»Ja, aber …«

»Castel. Noch einmal: Haben wir irgendetwas zu verlieren?«

»Ich weiß nicht. Nein, es klingt nicht so, als hätten wir etwas zu verlieren, aber ich denke, wir sollten …«

»Dann sind wir ja einer Meinung.«

Damit beendete Bonnieux das Gespräch. Cat starrte das Handy an. Theroux hatte sein Telefonat nun ebenfalls abgeschlossen.

»Was hat er gesagt?«, fragte Theroux.

Castel erklärte es ihm.

Er sah Castel einige Momente lang an, als wäre sie nicht ganz richtig im Kopf.

»*Das* hat er gesagt?«

»Seine Worte.«

»Luc Bonnieux?«

Cat nickte.

Theroux blickte wieder nach vorn. Ein Hinweisschild zeigte, dass es noch acht Kilometer bis Gordes waren.

»Coole Idee«, sagte Theroux. »Also ehrlich, ich weiß auch nicht. Ich meine – ich weiß auch nicht, aber: Zu verlieren haben wir nichts, oder?«

»Der Staatsanwalt mit der weißen Weste will unseren Geiselnehmer an der Nase herumführen! Und wenn Vallet herausfindet, dass das gelogen ist?«

»Wie sollte er denn?« Theroux zuckte mit den Schultern.

»Vielleicht … Himmel, ich weiß es doch auch nicht. Vielleicht will er einen öffentlichen Beweis dafür, dass der Abbruch der Dreharbeiten offiziell ist. Dass der Regisseur oder wer auch immer ein Statement publiziert – und vorher lässt er Claire nicht gehen, und …«

»Aber Bonnieux hat schon recht. Es kommt auf einen Versuch an, und wir haben wirklich nichts zu verlieren. Zur Not kann sich Albin ja immer noch als Austausch für die Geisel anbieten, bis so ein Statement publiziert wird. Albin war, glaube ich, noch nie Geisel, oder? Das wäre mal etwas Neues für ihn.«

Cat schüttelte den Kopf und fragte sich, ob jetzt alle übergeschnappt waren.

Sie machte eine »Ich gebe auf«-Geste und murmelte: »Macht doch alle, was ihr wollt, macht ihr ja sowieso.«

42

Albin schwitzte. Zwischen seiner Hand und der Bronzestatuette hatte sich ein feuchter Film gebildet.

Claire Lambert lag in der randvollen Badewanne und sah beinahe so aus, als wäre sie tot. Der Kopf war zur Seite gesackt und ruhte auf einer Handtuchrolle, die Vallet ihr zwischen Ohr und Schultern geklemmt haben musste. Der linke Arm war über den Wannenrand gestreckt. Serge Vallet hielt ihre Hand. Mit der Rechten ließ er nach wie vor die Rasierklinge über den Pulsadern schweben.

»Sie sollten aufgeben, Serge«, wiederholte Albin.

Vallet schüttelte den Kopf.

Albin fuhr fort. »Sehen Sie: Es ist im Grunde ein ganz einfaches Rechenbeispiel. Bis zuletzt hatten Sie noch viel auf Ihrer Habenseite. Nichts hat auf Sie als die Person hingedeutet, die die echten Patronen ans Set gebracht hat. Wir hatten keine Ahnung, wer Wilson Fairchild angegriffen hat und wer für den herabstürzenden Scheinwerfer am Set verantwortlich gewesen sein könnte. Ihr Plan, Claires Tod wie einen Selbstmord wirken zu lassen, hätte sicherlich ebenfalls funktioniert. Aber die Lage hat sich verändert. Jetzt haben Sie nichts mehr. Wir wissen, dass Sie hinter alldem stecken, und Ihr Plan mit Claire und einem Selbstmord wird nicht aufgehen. Sie sind geliefert, Serge. So sieht es nun mal aus. Sie werden nicht entkommen. Sie können sich höchstens noch fragen: Wie werde ich am besten durchkommen?«

Vallet schien an Albins Lippen zu hängen. Er unterbrach ihn nicht.

Deswegen redete Albin weiter. »Dennoch gibt es einige Optionen für Sie. Sie gehen natürlich ins Gefängnis. Das ist ein Minus. Aber Sie haben wiederum etwas auf Ihrer Habenseite. Denn wenn Sie jetzt aufgeben und zur Klärung aller Sachverhalte beitragen, wird Ihnen das angerechnet. Zudem sind Sie psychisch krank. Die Vergangenheit hat Sie geprägt. Das wird man Ihnen ebenfalls zugutehalten. Eine den Umständen entsprechend gute Ausgangslage, und ziemlich sicher werden Ihnen Ärzte in der Psychiatrie sogar helfen können. Geben Sie jedoch nicht auf und tun Claire etwas an, wird sich diese günstige Lage massiv verschlechtern. Sie wird noch schlechter, wenn Sie mich angreifen und verletzen. Und das wird unweigerlich geschehen, sobald Sie Claire auch nur ein Haar krümmen. Ich werde einschreiten, und Sie werden sich wehren. Noch schlechter wird es, weil Sie Folgendes einkalkulieren müssen: Ich könnte Sie sehr schwer verletzen oder sogar töten.«

»Das macht mir nichts«, murmelte Vallet. »Solange dieser Film gestoppt wird, ist mir alles recht. Und ohne Claire geht es nicht weiter, Monsieur le Commissaire.«

»Kennen Sie Marie Jourdain?«, fragte Albin. Mit der freien Hand zog er seine Gitanespackung aus der Hosentasche. »Stört es Sie, wenn ich rauche? Wir sind in einer schwierigen Situation, und wenn ich rauche, kann ich besser nachdenken.«

Vallet nickte. »Marie Jourdain, die Filmjournalistin, meinen Sie?«

Mit den Lippen zog Albin eine Zigarette aus der Verpackung und steckte sie einhändig an. »Ich traf sie in Cannes. Wir sprachen über den alten und den neuen Film. Jourdain erzählte mir von einem Experten, der alles über den Originalfilm weiß. So stieß ich auf Sie, Serge, auf Ihre Mutter Élodie sowie Ihr Schicksal. Und nun sind wir hier.« Albin zog an der Zigarette. »Und Sie wissen genau, dass die Dreharbeiten weitergehen werden. Im Zweifel wird man Rollen neu besetzen oder Szenen nachdrehen. Sie würden nur für noch mehr Publicity sorgen, wenn Sie Claire etwas antun.«

»Der Film mit meiner Mutter ist ein Meisterwerk. Man darf es nicht verändern. Man muss es anbeten. Ich habe häufig in kleineren Filmproduktionen gearbeitet, und als ich hörte, dass *Die Mörderischen* neu verfilmt werden soll, habe ich alles darangesetzt, von der Produktion angestellt zu werden, um den neuen Film zu verhindern.«

»Und deswegen haben Sie Brad Stone umgebracht? Haben die Patronen vertauscht?«

»Ich habe mir von einem bekannten Requisiteur einen gefälschten Jagdschein ausstellen lassen und die Patronen besorgt. Wie soll man als einzelne Person ein solches Multimillionenunternehmen sonst stoppen? Es ist ein Dampfer in voller Fahrt. Man muss den Kapitän erledigen. Leider habe ich Wilson mit der Axt verfehlt. Bei Brad war es ein bisschen wie russisches Roulette – wer wird schießen? Wird die Kugel treffen? Das war sehr aufregend. Brad war kein guter Mensch, obwohl er es alle glauben ließ. Die Figur des Henri Delassalle habe ich schon immer gehasst. Ich habe mir ebenfalls gewünscht, dass Olivier Besson der Schlag treffen wird – das hat ja beinahe funktioniert.« Wieder dieses völlig irrsinnige Kichern.

»Sie haben stets gut über Claire gesprochen, Serge«, sagte Albin. »Sie stehen sich nah. Sie dürfen ihr nichts antun.«

Vallet blickte ihn ungläubig an. »Sie verstehen es nicht, oder?«

Albin rauchte und schwieg.

Vallet redete weiter. »Es geht nicht um Claire als Person. Es geht um ihre Funktion. Und ihre Rolle. Sie spielt eine abscheulich intrigante Person. Ich habe Sylvie nicht weniger gehasst als Henri. Sie wird für ihre Bösartigkeiten büßen.«

»Gilt das auch für mich und Yves Serrault? Uns wäre beinahe der Scheinwerfer auf den Kopf gestürzt.«

Vallet grinste. »Auch das war russisches Roulette. Ich hatte nachts eine Arretierung gelöst. Ich hatte gehofft, dass der Scheinwerfer abstürzen und jemanden treffen wird. Dass es ausgerechnet beinahe Sie und Yves waren – reiner Zufall.«

Albin aschte ins Waschbecken ab. Man bekam ein Gefühl für den Gegner, wenn man sich mit ihm befasste. In Verhandlungsführungen musste man verstehen, was seine Ziele waren, wie er funktionierte, um ihm Angebote zu machen, Kompromisse auszuhandeln.

Albin hatte aber nicht das Gefühl, dass das bei Serge Vallet gelingen würde. Einerseits war Vallet psychisch krank – und wer weiß, seit wann er seine Medikamente nicht mehr nahm. Andererseits war Vallets Hass quasi von Geburt an gewachsen – und möglicherweise hatte er bereits im Mutterleib einen Schaden genommen. Zudem war sein Plan, die Neuverfilmung aufzuhalten, über Monate hinweg gewachsen, und er verfolgte ihn mit großer Akribie. Das alles saß tief. Man konnte es nicht innerhalb von fünf Minuten vom Tisch wischen.

In der Summe war also eher nicht anzunehmen, dass man Vallet umstimmen konnte – und die Konsequenzen seines Handelns waren ihm fraglos bewusst. Er würde sie tausendmal durchgespielt haben und war bereit, sie zu tragen.

Er würde Claire die Adern aufschlitzen.

Von daher, dachte Albin und rauchte, blieb ihm eigentlich nur eine einzige Option: noch etwas auf Zeit zu spielen und Serge Vallet von Claire abzulenken – und dann in einem günstigen Augenblick gnadenlos zuzuschlagen, ohne dass Vallet auch nur mit der Wimper zucken konnte.

43

Cat und Theroux bogen in die Einfahrt zum Hotel, die bereits von einem Wagen der Gendarmerie blockiert wurde. Auf der anderen Straßenseite sah Cat einen Fotografen im Schatten eines Baumes, der aufgeregt telefonierte und gestikulierte. Na toll, dachte Cat. Damit hatte sich Bonnieuxs Wunschdenken von einer diskreten Abwicklung bereits erledigt.

Der Kollege von der Gendarmerie winkte Cat und Theroux durch, nachdem sie sich ausgewiesen hatten. Vor dem Hotel standen außer einigen Autos auch viele Menschen. Cat sah Polizisten und zwei Fahrzeuge der Gendarmerie sowie Personen, bei denen es sich um Gäste handeln musste, die aus dem Hotel gebracht worden waren.

Gut, dass sie evakuiert wurden, denn man konnte nicht einschätzen, wie sich die Lage noch entwickeln würde. Im nächsten Schritt würde man die Menschen aus Sicherheitsgründen auch von diesem Parkplatz entfernen müssen.

Cat fielen beim Einparken außerdem zwei muskulöse Burschen auf, die wie die Beschäftigten einer Securityfirma wirkten. Zwischen den Menschen huschten Angestellte des Hotels hin und her, die kühle Getränke und Snacks anboten – was sollte man sagen: First Class Service, den man von einem Haus dieser Kategorie auch im Krisenfall erwarten konnte.

Eine der Angestellten zog Cats besonderes Augenmerk auf sich. Sie stand bei den Securityleuten und trug einen grünen Kittel – vielleicht eine Reinigungsfachkraft. Sie hatte einen Hund an der Leine. Einen Mops, der sofort zu kläffen begann und sich wie ein Schneekönig freute, als Cat ausstieg und sich über den knirschenden weißen Kies näherte.

Cat nickte der Frau zu, hockte sich dann hin, um Tyson ausgiebig zu begrüßen.

»Meine Güte«, sagte die Frau, »Sie scheinen sich zu kennen?«

»Das tun wir«, erwiderte Cat. »Er heißt Tyson. Sein Besitzer ist Ex-Commissaire Albin Leclerc. Ich nehme an, er hat Ihnen Tyson gegeben?«

Die Putzfrau nickte. »Ja, er hatte mich gebeten, die Suite von Madame Lambert zu öffnen, da sie ihn erwartet, aber sein Klopfen nicht gehört hat.«

»Und Sie haben ihm einfach die Tür geöffnet?«

»Nun, es wirkte, als seien er und Madame Lambert sehr vertraut, und außerdem …« Sie blickte etwas verzweifelt und hilfesuchend zu den Securityleuten. Einer ergriff das Wort und erklärte: »Monsieur le Commissaire und Madame Lambert hatten eine private Verabredung. Also haben wir ihn durchgelassen.«

»Ah«, machte Cat und stand auf. »Private Verabredung. So?«

»Jeder weiß ja, dass sie ihn *Daddy* nennt – von daher habe ich ihn durchgelassen.«

»*Daddy*.«

Cat stemmte die Hände in die Hüften und rang nach Worten. Hatte Albin diesen Leuten vorgegaukelt, eine Affäre mit Claire Lambert zu haben, um vorgelassen zu werden und in die Suite zu gelangen? Es war nicht zu fassen. Aber es gab Dinge, die wichtiger waren.

»Was ist mit Serge Vallet?«, fragte Cat.

»Der kam keine fünf Minuten zuvor. Er ist ja Madame Lamberts Maskenbildner. Er hatte einen Termin bei ihr.«

»Haben Sie das geprüft?«

»Nun, man kennt den Mann ja und sie ihn ja auch und …«

»Sie lassen zwei Personen auf guten Glauben hinein zu Claire Lambert. Sie sollten Ihre Standards dringend überprüfen.«

Die beiden Muskelprotze sahen einander betreten an. Der eine erklärte: »Also … wir sind eigentlich nur zum Schutz des Sets abgestellt …«

»Hatte Vallet etwas dabei?«

»Einen kleinen Rucksack.«

Cat wollte gerade weitere Fragen stellen. Da winkte ihr Theroux aufgeregt zu, der etwas abseits stand und telefonierte. Cat ging mit großen Schritten zu ihm. Theroux nahm das Handy und schaltete sein Mikro auf stumm.

»Du wirst es nicht glauben«, murmelte er zu Cat. »Bonnieux hat es tatsächlich geschafft, Olivier Besson in der Klinik zu erreichen. Er hat die Intensivstation verlassen und liegt auf der Station. Er hat einen seiner Assistenten bei sich und ist bereit mitzuspielen.«

»Nein.«

»Doch. Ich habe Bonnieux auf Stand-by, und Bonnieux hat Besson am Draht. Ich werde Albin zu der Konferenz schalten. Er wird hoffentlich drangehen können. Dann haben wir eine Leitung zu ihm und Vallet. Wir schalten uns auf stumm, hören mit. Bonnieux wird dasselbe tun. Dann lassen wir Serge Vallet direkt mit Olivier Besson im Krankenhaus sprechen. Was dabei herauskommt, werden wir sehen. Im Zweifel gewinnen wir nur etwas Zeit, bis die Sondereinheit eintrifft. Aber das wäre ja schon mal was.«

»Meine Güte.« Castels Herz machte einen Sprung. Wenn das mal alles gut ging. Sie nickte.

Theroux hob die Stummschaltung auf und sagte ins Handy: »Monsieur le Procureur, Monsieur Besson: Wir machen es wie besprochen. Ich hole nun Leclerc in die Schalte. Drücken wir die Daumen.«

44

Albin betrachtete Serge Vallet.

Serge Vallet betrachtete Albin.

Die Spitze der Rasierklinge schwebte nach wie vor wenige Millimeter über Claire Lamberts Handgelenk. Sie wirkte wie eine schlafende Nixe. Besser so. Denn falls sie aufwachte und begriff, was hier los war, würde alles komplizierter werden.

Albin aschte im Waschbecken ab. »Eigentlich«, sagte er, »wollen Sie Claire doch gar nichts antun. Und ich glaube, Sie erwägen durchaus die unterschiedlichen Optionen, die ich Ihnen aufgezählt habe. Das ist gut so.«

Serge Vallet grinste. »Der Eindruck könnte trügen.«

»Sie haben Angst vor einem Fehlschlag. Das kann ich gut verstehen. Aber wie erwähnt: In dem Moment, in dem Sie Claire etwas antun, ziehe ich Ihnen die Skulptur über den Kopf, und vielleicht bleibt die Sockelecke in Ihrem Schädel stecken und verwandelt Sie in einen sabbernden Lappen. Vielleicht auch nicht, und Sie gehen für den Rest des Lebens in den Knast, weil Sie nicht auf mich gehört haben. Und dann wird der Film dennoch weitergedreht, und Sie ...«

Albins Handy klingelte. Es lag nach wie vor auf dem Rand des Waschbeckens. Er blickte auf das Display. Therouxs Nummer.

»Das ist mein Kollege Theroux«, erklärte Albin.

»Nehmen Sie das Gespräch ruhig an und schalten auf Lautsprecher«, sagte Vallet – ein weiteres Indiz für Albin, dass Vallet unschlüssig war.

Wäre Albin nicht in der Suite aufgetaucht, wäre Claire längst tot. Aber nun zögerte Vallet. Denn auf diese Situation war er nicht vorbereitet und musste zunächst verarbeiten, dass seine Hybris erschüttert worden war. Zwar hatte er eben behauptet, dass ihn die Konsequenzen seiner Taten nicht interessierten. Aber damit brüstete sich so mancher Straftäter. Faktisch redeten sie nur herum, weil sie die Hosen voll hatten, Zeit gewinnen und sich mit dem mantraartigen Wiederholen selbst beruhigen wollten.

Schließlich nahm Albin das Gespräch an, indem er mit dem Finger auf das Display tippte.

Theroux fackelte nicht lang herum: »Albin, ich habe ein Gespräch für Monsieur Vallet in der Leitung und möchte es gerne durchstellen. Bist du auf Lautsprecher?«

»Bin ich.«

Vallet lachte. »Wer will denn mit mir sprechen und worüber? Ich habe niemandem etwas zu sagen.«

Theroux sagte: »Monsieur Olivier Besson möchte Sie sprechen.«

Serge Vallet machte große Augen. Albin war ebenfalls erstaunt, wollte sich aber keine Blöße geben. Die Wendung überraschte ihn. Woher hatten sie Olivier Besson gezaubert, der doch nach Albins letztem Stand auf der Intensivstation lag? Und wozu hatten sie ihn ans Telefon geholt?

Es knackte und raschelte einige Male in der Leitung.

Dann meldete sich eine kräftig klingende männliche Stimme.

»Besson hier.«

»Olivier Besson?«, fragte Albin.

»Wüsste nicht, welcher sonst. Spreche ich mit Serge Vallet?«

»Nein, ich bin Albin Leclerc. Sie sind auf Lautsprecher gestellt.«

»Ich höre Sie laut und deutlich«, sagte Vallet.

»Ah. Dann ist das Serge Vallet, richtig?«

»Richtig«, antwortete Albin.

»Man hat mir erklärt, was los ist, und mich gebeten anzurufen. Ich bin nach wie vor in der Klinik, aber es geht mir schon besser. Meine Ärzte hätten dieses Gespräch sonst sicherlich nicht zugelassen. Ich habe Serge Vallet etwas mitzuteilen. Das Erste ist offiziell, das Zweite inoffiziell. Offiziell ist: Vallet, Sie sind verrückter als eine Scheißhausratte, und ich würde Sie in der Luft zerfetzen, wenn ich Sie in die Finger bekommen würde, Sie vollkommen durchgeknallter Friseur. Krümmen Sie Claire auch nur ein Haar, werde ich Ihr schlimmster Albtraum, und selbst wenn die Behörden Sie in dem geheimsten Dschungelknast in Guyana einkerkern, werde ich Sie dort finden und Ihnen ein paar Profis auf den Hals hetzen, die Sie nach allen Regeln der Kunst mit einem Eisenrohr und einem Schneidbrenner bearbeiten. Nachricht angekommen?«

Albin konnte sich vorstellen, dass alle, die gerade mithörten, bei Bessons Tirade an die Decke gegangen waren und dort wie Ventilatoren rotierten. Besson nahm absolut kein Blatt vor den Mund.

»Regen Sie sich ab, Besson«, sagte Vallet und klang recht entspannt. »Sonst liegen Sie gleich wieder auf der Intensivstation, und Ihr schöner Film fährt vollends vor die Wand, und ich hätte gewonnen.«

»Damit kommen wir zum Inoffiziellen«, sagte Besson. »Ich werde die Dreharbeiten stoppen. *Die Mörderischen* wird nicht vollendet. Ich breche alles ab. Der Entschluss ist bereits gestern gefallen. Sie haben gewonnen.«

Vallet klappte der Kiefer herab. Albin staunte nicht schlecht. War das nur Schau für Vallet? Oder stimmte das? War es echt?

»Sie … brechen ab?«, fragte Vallet. »Es wird nicht weitergefilmt?«

»Ich denke, das habe ich sehr klar formuliert. Es gibt massenweise Untersuchungen und Klagen. Das macht es unmöglich, vernünftig weiterzuarbeiten. Das Medienecho ist gewaltig, und jeder diskutiert darüber: Darf man den Film vollenden und einfach so weitermachen? Ich habe entschieden: nein. Ich breche alles ab. Es hat keinen Sinn mehr.«

»Sie hätten es gar nicht erst versuchen sollen, Besson. Es war ein Frevel. Jetzt werfen Sie Millionen weg und werden womöglich in die Pleite fahren.«

»Nun, eines müssen Sie verstehen, Vallet: Sie haben Ihre Dämonen der Vergangenheit, und ich habe meine, und diese Dämonen haben jeweils mit dem Film meines Vaters zu tun. Außerdem werfe ich keine Millionen weg. Ich bin mit zwei großen Streaminganbietern im Gespräch über eine Dokumentation. Die Dreharbeiten und die Geschehnisse am Set. Kapieren Sie? *Das* ist der

Film! Wir lassen das Meisterwerk unangetastet und zeigen einen Mix aus Filmhistorie und True Crime. Blicke hinter die Kulissen. Brad Stones letzter Film. Ich weiß nicht, wie es mit Ihnen weitergehen wird, Vallet, aber ich möchte O-Töne von Ihnen haben über Ihre Beweggründe, Ihre Geschichte. Über das Honorar werden wir sprechen. Es wird sicherlich alle Anwaltskosten abdecken.«

»Meinen Sie das ernst?«, fragte Vallet.

»Völlig ernst. Ich habe im Krankenhaus darüber nachgedacht, ob es moralisch tragbar ist weiterzufilmen und wie ich gleichzeitig mein Geld retten und dennoch eine gute Geschichte erzählen kann. Das ist der Weg. Was halten Sie davon?«

Serge Vallet atmete tief durch. »Das klingt phantastisch.«

»Fabelhaft. Dann können Sie Claire nun zufriedenlassen und ergeben sich Commissaire Leclerc.«

Vallet hielt inne. »Sobald es offiziell ist.«

»Was?«, fragte Besson.

»Sie haben gesagt, das ist noch inoffiziell. Und erzählen können Sie viel. Machen Sie es offiziell.«

»Wie stellen Sie sich das vor? Ich reiche Ihnen die Hand, und Sie spucken mir vor die Füße? Glauben Sie mir nicht? Was glauben Sie, was es braucht, um ein solches Projekt zu stoppen? Da muss zunächst an vielen Fäden gezogen werden.«

»Warum? Sie sind doch der Chef. Machen Sie es einfach offiziell. Posten Sie es auf Instagram. Wenn es viral geht, lasse ich Claire in Ruhe und ergebe mich. Dann habe ich mein Ziel erreicht.«

Einige Momente herrschte Schweigen. Besson schien mit jemandem zu reden.

»Einen Augenblick, bitte«, sagte er.

45

»Einen Augenblick, bitte«, hörte Cat Besson sagen. »Mein Assistent hilft mir. Er betreut meinen Account. Und wir brauchen ein zweites Handy.«

»Sie werden es posten?«, fragte die Stimme von Serge Vallet.

»Ja, sicher. Wenn das Ihre Bedingung ist, dann poste ich es eben. Erfahren es die ganzen Beschäftigten halt aus dem Netz – die Rechtsabteilung wird mir den Kopf abreißen, aber mit einem haben Sie recht: Ich bin der Boss! So, ich schalte auf stumm, bin gleich wieder zurück.«

Cat konnte immer noch nicht glauben, dass Besson das tatsächlich machen würde. Aber was er eben erklärt hatte, klang schlüssig, und möglicherweise hatte er den Entschluss wirklich schon gefasst, bevor Bonnieux ihn in der Klinik erreicht hatte.

»Er macht das sehr gut«, sagte Bonnieux.

Sie hatten eine zweite Konferenz auf Cats Handy geöffnet, während Theroux die Schalte zwischen Albin und Besson aufrechterhielt.

»Wirklich sehr, sehr gut. Ich kaufe ihm jedes Wort ab. Filmleute, oder? Und ein großer Geschäftsmann, bravo.«

»Aber was soll das mit Instagram? Er kann doch nicht …«, hakte Theroux nach.

Bonnieux erwiderte: Lassen Sie ihn nur – solange unser Geiselnehmer aufgibt.«

In der Zwischenzeit tauchten immer mehr Polizeifahrzeuge auf. Es würde nicht mehr lange dauern, dann sollte die Sondereinheit hier sein und die Verhandlungsgruppe, vermutlich auch Scharfschützen, da es um eine Geiselnahme ging.

Cat hörte Besson, der sich mit seinem Assistenten unterhielt. Sie vernahm ein Rascheln. Das mit der Stummschaltung hatte also nicht funktioniert.

»So, dann habe ich hier zwei Handys in der Hand, großartig, welches ist jetzt wofür …«

»Hier ist Instagram, Sie müssen nur auf Senden drücken. Ich habe den Text kurz gehalten …«

»Ah ja. Okay. Ich lese noch mal … Gut, weg damit und posten.«

»Sie wollen es wirklich posten, Boss?«

»Mhm. So. Und ab.«

Cat nutzte ihr Handy, um Instagram aufzurufen, den Account von Olivier Besson. Sie sah ein Foto, das ihn mit zum Gruß erhobener Hand auf dem Krankenbett zeigte. Dazu stand der Text: »Liebe Leute – ich werde wieder. Hiermit kündige ich an, dass die Dreharbeiten zu *Die Mörderischen* abgebrochen werden. Der Film wird nicht weitergedreht. Mehr folgt.«

»Meine Güte«, murmelte Cat. »Er hat es wirklich durchgezogen.«

»Bingo«, sagte Theroux. »Dann ist jetzt Albin gefragt, würde ich sagen.«

Cat nickte und hörte Besson im Hintergrund mit seinem Assistenten sprechen.

»Chef, das ist der helle Wahnsinn.«

»Das ist so abgesprochen und fertig. Meine Güte, lass es halt eine Stunde online, dann lösch es wieder und schreib, dass das letzte Posting nicht gilt, weil der Chef unter Drogen steht. Ist doch egal, Himmel, solange dieser verrückte Friseur Claire in Ruhe lässt. So, warte, anderes Handy …«

Es raschelte erneut. Theroux und Cat blickten sich an. Luc Bonnieuxs entsetzte Stimme: »Konnten Sie das gerade hören, Castel?«

»Mhm. Er hat nicht auf stumm gestellt.«

»Haben Sie gehört, dass er das wieder löschen und das Gegenteil behaupten will?«

»Mhm.«

Cat hatte einen Geschmack im Mund, als hätte sie an einer Batterie geleckt. Denn wenn sie es hatten hören können, dann hatten Albin und Serge Vallet es ebenfalls gehört.

46

Manchmal, wusste Albin, änderten sich Situationen innerhalb von Sekunden schlagartig. Im einen Moment war noch alles gut. Im nächsten brach alles zusammen. Kleinste Kleinigkeiten konnten den Lauf der Welt verändern und taten es auch. In Serbien entschloss sich jemand, den Finger um den Abzug zu krümmen – und der Erste Weltkrieg brach aus. Jemand postete ein unbedachtes Video – und zerstörte damit sein Leben und das von anderen. Jemand vergaß, sein Telefon auf stumm zu schalten …

Bis zu Olivier Bessons letzten Worten, die aus dem Off zu hören gewesen waren, lief es eigentlich ganz gut. Wer auch immer sich diesen Schachzug ausgedacht hatte: nicht schlecht. Serge Vallet hatte die Story gekauft. Ja, sogar Albin hatte das getan. Vallet hatte mit der freien Hand sein Handy aus der Hosentasche gezogen, einhändig Instagram geöffnet und ungläubig »Tatsächlich!« gemurmelt. Dann allerdings hatte Besson seinerseits etwas gemurmelt und alles wieder zerstört.

»Was für ein Schwein! So ein Schwein!«, brüllte Vallet. Er bebte.

Albin sah, dass Claire Lambert zuckte. Ihre Augen öffneten sich träge. Das Geschrei hatte sie aus der Trance gerissen.

Kleinigkeiten, die den Lauf der Dinge verändern, dachte Albin.

»Sagen Sie es diesem Hund doch ins Gesicht«, sagte Albin, nahm sein Handy vom Waschbeckenrand und warf es Vallet zu.

Die meisten Menschen reagierten mit einem Fang- oder Schutzreflex, ganz instinktiv. Selbst wenn sie diesen Reflex nicht vollendeten, so bewegten sie sich doch zumeist ein wenig. Und das tat auch Serge Vallet. Er zuckte, um das Handy von Albin zu fangen. Dabei bewegte er die Hand mit der Rasierklinge nach vorn, weg von Claires Handgelenk, deren Arm ins Wasser glitt.

Albins Fuß war näher an dem hockenden Vallet als die Hand mit der Skulptur. Also holte er wie zu einem Elfmeterschuss aus und kickte Vallet mit voller Wucht gegen die Hand, in der er die Rasierklinge hielt.

Vallet schrie auf.

Das scharfe Metall glitt ihm aus den Fingern und fiel zu Boden. Im selben Moment holte Albin mit der Statuette aus und schlug sie Vallet seitlich gegen den Schädel. Er sackte in sich zusammen wie ein nasser Sack.

Albin stand über ihm, atmete schwer. Er hörte aufgeregte Stimmen aus dem Handy. Vallet regte sich nicht. Aus einer Platzwunde sickerte Blut.

Albin ließ die Bronzefigur fallen, wendete sich zur Wanne, in der Claire Lambert saß, Albin aus großen Augen anstarrte und ihre Blöße verdeckte. Sie brachte kein Wort hervor.

»Kommen Sie«, sagte Albin. »Alles wird gut. Ich bin's, Albin Leclerc. Der Polizist. Kommen Sie, ich helfe Ihnen. Wir müssen hier raus.«

Claire keuchte. Sie verstand nicht, was hier los war. Aber sie schien Albin zu vertrauen. Sie versuchte, sich aufzurichten. Albin stützte sie, half ihr dann aus der Wanne.

»Wer …? Ist das … Serge …? Was ist passiert …? Er ist verletzt … Ich …«

»Ja, das ist Serge«, erwiderte Albin und rutschte beinahe mit aus, als Claire mit ihren nassen Füßen auf den Fliesen ausglitt. »Erkläre ich später. Wir müssen hier raus, Claire.«

Mit der freien Hand zupfte Albin ein großes Badehandtuch von einem Haken an der Wand und drückte es gegen die nackte Claire, wobei er beinahe wieder das Gleichgewicht verlor. Claire war nicht schwer. Aber sie zu halten war, als ob man sich einen Sack Blumenerde über den Unterarm geworfen hätte.

»Hier«, sagte er. »Nehmen Sie das.«

Claire nahm das Handtuch, hielt es fahrig gegen sich. »Serge …«, stammelte sie. »Er hatte eine Klinge … Er hat mich ausgezogen und … Und dann weiß ich nichts mehr … Hat er …?«

»Alles gut«, redete Albin weiter. Nur noch zwei Meter bis zur Tür.

Aber es war nicht alles gut.

Hinter sich hörte Albin einen wütenden Schrei.

Serge war wieder zu sich gekommen. Sein Gesicht war blutüberströmt.

Er kroch über den Boden, hatte die Rasierklinge gefunden und rappelte sich wieder auf. Er stürzte mit erhobener Hand auf Claire und Albin zu.

»Ich bringe euch um! Ich schlitze euch auf!«

Albin ließ Claire los, um Serge aufzuhalten und sie zu schützen.

Aber es war sie, die zuerst reagierte. Für einen Moment schoss die Kraft zurück in Claire, und sie riss ihren rechten Fuß wie zu einem Karatetritt in die Höhe und traf Serge gegen die Brust.

Die Wucht des Aufpralls warf sie zu Boden und schleuderte Serge an die Wand. Er schlug mit dem Hinterkopf dagegen. Es klang, als ob man eine Kokosnuss knackte. Serge öffnete die Augen weit und verzog das Gesicht zu einer Grimasse. Er gab ein Röcheln von sich.

Dann sackte er zu Boden wie eine Marionette, der man die Fäden abgeschnitten hatte.

»Oh Gott ...« Claire wimmerte, versuchte, sich aufzurappeln, aber es ging nicht. Albin half ihr. »Ist er ...? Habe ich ...?«

Claire hielt sich auf wackligen Beinen am Türgriff fest. Albin beugte sich zu Vallet und fühlte seinen Puls an der Halsschlagader. Er war noch da.

»Er ... wollte mich töten ... Ist er ...?«

»Er lebt noch.«

Albin stützte Claire, hielt sie im Arm. Sie presste das Handtuch vor die Brust. Setzte einen Fuß vor den nächsten. Im Wohnzimmer blieben sie kurz stehen.

»Legen Sie sich aufs Bett, Claire. Ich hole Hilfe.«

»Okay«, flüsterte sie.

Aber die Kavallerie war bereits da und hämmerte gegen die Tür.

47

Die Tür zur Suite öffnete sich – und im nächsten Moment erschien das Gesicht von Albin, der unmittelbar einen Schritt zurücktrat, um den Weg freizugeben.

»Alles klar«, sagte er. »Vallet ist außer Gefecht. Er liegt im Bad.«

Cat und Theroux drangen mit gezogenen Waffen ein. Theroux bewegte sich sofort in Richtung Bad. Ihm folgten zwei Gendarmen mit Schutzwesten. Die beiden Mitarbeiter der Security kamen ebenfalls in den Raum. Cat gab ihnen unmittelbar ein Zeichen, deutete auf die auf dem Bett liegende Claire Lambert, dann in Richtung Flur und sagte: »Notarzt – sofort.«

In der Zwischenzeit waren Rettungskräfte am Hotel eingetroffen.

»Sie ist okay«, murmelte Albin und schob die Hände in die Hosentaschen. »Vallet hat ihre Medikamente gegen ein Narkotikum ausgetauscht.«

»Verletzungen?«

»Weder ich noch sie.«

Cat nickte, steckte die Waffe wieder ein und ging zu Claire, die unter dem Handtuch lag, das sie gerade eben bedeckte. Sie sah blass und kraftlos aus und völlig verschwitzt. Aber – nein, das war kein Schweiß. Das war Wasser.

»Wie geht es Ihnen?«, fragte Cat.

»Geht schon …«, erwiderte Claire und rang sich ein schwaches Lächeln ab.

»Gleich kommt ein Arzt. Alles wird gut.«

Albin sagte: »Vallet hat sie in die Badewanne gelegt. Er wollte ihr die Pulsadern aufschneiden und es so darstellen, als habe es sich um einen Selbstmord gehandelt. Als Folge von Claires Schuld am Tod von Brad Stone. Er wollte Alarm schlagen nach dem Motto: Da komme ich zu ihr ins Zimmer und finde sie tot in der Badewanne.«

»Und wie wollte er dann hereingekommen sein?«

»Was?«

»Wenn er sie in der Badewanne gefunden haben will, wie sollte sie ihm dann die Tür geöffnet haben? Die Erklärung hätte nicht funktioniert.«

»Tja, da hat er wohl nicht richtig nachgedacht. Spielt auch keine Rolle mehr«, sagte Albin, zog eine Packung Zigaretten aus der Hosentasche und steckte sich eine an.

Cat setzte sich zu Claire aufs Bett, nahm ihre Hand und hielt sie fest.

»Er wollte mich umbringen …«, stammelte Claire. »Er ist doch mein Maskenbildner, ich habe ihm vertraut. War er … war er das mit Brad?«

»Wir nehmen es an«, sagte Cat.

Albin rauchte.

»Albin, hier drinnen ist Rauchen sicherlich verboten. Sie sollten auf die Terrasse gehen.«

»Was sollen die denn dagegen machen? Die Polizei rufen und mich verhaften?« Er grinste. »Es lief erst ganz gut«, erklärte er. »Auch dieser Schachzug mit Besson.

Hätte beinahe hingehauen, wenn der Gute sich nicht so dermaßen verplappert hätte. Haben Sie sich das ausgedacht, Castel?«

»Es war eine Idee von Bonnieux.«

»Ah«, Albin nickte. »Deswegen hat es am Ende auch nicht funktioniert.«

Er zog tief an der Zigarette, deutete ins Bad – und trat dann aus dem Weg, als ein Team von Notärzten und Rettungssanitätern hereinkam. Cat stand auf und machte ebenfalls Platz. Eine junge Ärztin kümmerte sich sofort um Claire.

Albin machte eine Geste zu Cat, ihm auf die Terrasse der Suite zu folgen, wo sie niemanden mehr stören würden. Er öffnete die Schiebetür, trat ins Freie und aschte in einem Pflanzkübel ab.

»Vallet«, erklärte Albin dann weiter, »wollte Claire töten, nachdem er Bessons Worte gehört hatte und ihm klargeworden war, dass es nur eine Finte war. Da bin ich eingeschritten, habe ihm eine Bronzestatue über den Schädel gezogen und Claire aus der Wanne geholfen. Vallet hat erneut angegriffen, wir haben uns verteidigt, er kracht mit dem Schädel gegen die Wand und war endgültig ausgeknockt.«

»Okay«, sagte Cat, nickte vor sich hin und blinzelte in die Sonne über einer Reihe von Pinien, wo gerade etwas aufblitzte.

Ein Lichtreflex. Wie von einem Spiegel oder Glas. Albin blickte ebenfalls dorthin.

»Fotografen«, sagte er. »Linsen von Teleobjektiven.«

»Das fehlt mir gerade noch«, knurrte Cat und rief den Gendarmen zu, dass sie sich darum kümmern und die Paparazzi verscheuchen sollten, die offenbar auf die Bäume geklettert waren.

Albin paffte und nickte. Dann kam Theroux nach draußen und sagte: »Vallet scheint okay zu sein. Sie werden ihn in die Klinik bringen und röntgen. Man muss testen, ob er ein Schädel-Hirn-Trauma erlitten hat.«

Castel verfolgte, wie die Sanitäter Claire vom Bett aufhalfen. Die Securityleute packten einige ihrer Sachen in eine Tasche. »Die Ärmste«, murmelte Cat. »Sie und Danielle Besnier, die auf Brad Stone geschossen haben, werden diese Vorfälle ihr Leben lang nicht vergessen.«

»Und einige andere auch nicht«, ergänzte Theroux. »Sie sind nicht die Einzigen. Wilson Fairchild.«

»Das stimmt.«

»Sowie weitere Beteiligte. Die Verwandten und Bekannten von Brad Stone.«

»Ja.«

»Olivia Connor auch und Besson. Und wir natürlich. Uns darf man nicht vergessen.«

Albin grinste.

»Cat, es sind also viel mehr als nur die beiden.«

Castel verdrehte die Augen. »Alain. Natürlich sind es mehr. Das ist doch klar.«

»Aber du hast nur von den beiden gesprochen.«

»Ja, weil …«

»Ich will ja nur sagen, dass die Taten von Serge Vallet mehr Menschen ins Unglück gestoßen haben. Eigentlich wissen wir gar nicht, wie viele es genau sind. Die ganze Crew …«

Cat gab ein genervtes Geräusch von sich. Wieder einer dieser Theroux-Momente, in denen er völlig auf der

Leitung stand, zudem in einem unpassenden Augenblick.

»Was denn?«, fragte Theroux. »Warum bist du so genervt?«

Cat hörte Albin kurz auflachen. Er drückte seine Kippe in den Pflanzenkübel und sagte: »Ich lasse euch dann mal allein.«

Damit ging er nach drinnen. Cat folgte ihm mit den Blicken, während Theroux weiterredete. Aber sie hatte beschlossen, ihm nicht mehr zuzuhören und auf Durchzug zu schalten. Albin trat auf den Flur, hockte sich dann hin und rief: »Da ist ja mein Hund!«

Tatsächlich stand dort die Putzfrau mit Tyson an der Leine, die sie losließ, worauf Tyson auf Albin zuschoss.

48

Am anderen Morgen schien die Sonne so stechend, als wäre es schon Hochsommer. Der Lavendel blühte zart, die Weinfelder strahlten im leuchtenden Grün der Blätter. Die Natur war in den letzten paar Wochen regelrecht explodiert und duftete betörend und satt. Wenn die Wetterfrösche recht behielten, kündigten sich schon jetzt sehr heiße und trockene Monate an, wenngleich die Sommer der vergangenen Jahre auch schon so gewesen waren. Überall wurden längst Vorbereitungen getroffen, die Wasserversorgung sicherzustellen, und Paris hatte weitere Fördergelder bereitgestellt, um sich auf den Klimawandel einzustellen. Dazu gehörten auch unterschiedliche Projekte an Flüssen und Bächen, im Vorbeifahren hatte Albin vorhin eine solche Baustelle gesehen.

Das Problem war, dass es einerseits zu großer Hitze und Trockenheit kam und andererseits im Herbst und Winter zu heftigen Stürmen und Sturzbächen. Die ausgetrockneten Böden konnten die Wassermassen nicht aufnehmen, was zu Überflutungen führte und dazu, dass Bäche zu reißenden Gewässern anschwollen und über die Ufer traten, weswegen Ausgleichsflächen geschaffen und immer mehr Renaturierungen in Angriff genommen wurden.

Letzten Herbst hatte es zum Beispiel das Haus der

Eltern von Claude Montfavet getroffen, dem stiernackigen und meist schweigsamen Polizeichef. Das Haus, hatte er erzählt, hatte dreihundert Jahre vollkommen unbeschadet überstanden, und nachdem seine Eltern in ein Pflegeheim gezogen waren, wollte er es verkaufen. Er hatte bereits einen Makler engagiert, und dieser wiederum hatte diverse Interessenten aus England und Deutschland, die sich schlagartig in die pittoreske alte Mühle verliebt hatten und sich darauf freuten, das Gebäude in Eigenleistung zu sanieren. Sollte mir mal passieren, hatte Montfavet gesagt, wenn ich ein Haus kaufe, dann sollte das schon tadellos in Schuss sein. Seine Eltern hätten allerdings weder das Geld noch die Muße gehabt, sich um Sanierungen zu kümmern – aber so war das eben: Wenn man hier lebte, sah man nur ein vergammeltes Haus mitten im Nirgendwo mit kaputten Straßen, mieser Dämmung und schlechter Erreichbarkeit.

Wenn man ein reicher Banker aus London war, dann sah man etwas völlig anderes.

Jedenfalls war aus dem Geschäft nichts geworden. Die Nesque war an dieser Stelle eigentlich nur ein besserer Bach und floss direkt an dem Haus entlang. Als Kind hatte Montfavet dort Staudämme gebaut, Forellen und Frösche gefangen. Immer wieder gab es mal Hochwasser – was man ja auch schon um das Jahr 1800 herum wusste und die Häuser an Gewässern entsprechend gebaut hatte.

Diesen Winter jedoch war die Nesque auf Wildwasserformat angeschwollen und hatte die Fundamente des Hauses unterspült. Zwei Außenwände waren eingestürzt, dann das Dach – Totalschaden, Montfavets Erbe war vollkommen im Eimer. Dreihundert Jahre lang, hatte Montfavet Albin erklärt, war nicht ein einziger Ziegel vom Dach gefallen. Aber mit einem Mal brach alles zusammen.

Montfavet hatte Albin mit demselben angefressenen Blick angesehen wie gerade eben, als der Ex-Commissaire in die Dienstbesprechung im Hôtel de Police in Carpentras trat, als wäre es das Selbstverständlichste der Welt. Und eigentlich war es das auch: Montfavet hatte Albin ja eine Art Blankoschein gegeben, in dem Polizeigebäude ein und aus zu gehen, damit er sich nicht jedes Mal am Portal Ausreden einfallen lassen musste.

Albin kannte die Anfangszeiten solcher Abschlussbesprechungen nach abgewickelten Fällen. Er war extra rund fünf Minuten zu spät aufgeschlagen, damit bereits alles im Gang war, er sich einfach leise hereinschleichen konnte und niemand die laufende Konferenz unterbrechen würde, um Albin rauszuwerfen. Das Risiko bestand natürlich, und Theroux, der Verräter, hatte ihm sogar schon mal mit Hausverbot gedroht. Aber das konnte er sich jetzt nach Montfavets Generalamnestie abschminken. Gut. Montfavet hatte natürlich bei seiner Freigabe nicht explizit Dienstbesprechungen gemeint, und sein Blick sprach in dieser Hinsicht Bände. Aber er hatte die Teilnahme auch nicht ausgeschlossen – woher sollte man da wissen, was genau Montfavet in seine Erlaubnis inkludierte und was nicht, wenn er sich so unpräzise ausdrückte?

Tatsächlich hatte nicht nur Montfavet Albin angestarrt. Alle hatten es getan. Castel, Theroux, Eric Noirot und Melina Miolan von der Überwachungstaskforce, der Computernerd Zahir, Herbault und Griffon und die anderen sowie Bruno Grinamy und Kevin Toullardin von der Spurensicherung.

Wobei Bruno der Einzige war, der ein merkwürdig süffisantes Lächeln auf den Lippen trug und Albin zuzwinkerte, als er sich neben ihn setzte – was Albin überhaupt nicht einordnen konnte.

Und dann war da Staatsanwalt Luc Bonnieux, der vorne stand, während alle anderen saßen, und dozierte. Er ließ sich im Redeschwall nicht unterbrechen, als Albin hereinkam, spießte ihn aber mit Blicken auf.

»Ich bin sehr zufrieden«, sagte Bonnieux, »dass wir so gut zusammengearbeitet haben und die Idee der Justiz zur Irreführung des Täters letztlich zum Erfolg geführt hat.« Albin unterdrückte ein Husten. »Das zeigt mir erneut, dass wir wie ein Getriebe sein müssen.« Bonnieux verschränkte die Hände. »Alles muss ineinandergreifen. Und es ist das Augenmerk der ganzen Welt auf uns gerichtet – in diesem Moment sogar ganz besonders auf einen.«

Bonnieux starrte Albin erneut an, als hätte er ihm am liebsten die Kehle durchgeschnitten. Einige Kollegen drehten sich zu Albin um, schauten ihn an, die meisten grinsten.

Bonnieux fuhr fort damit, sich selbst und die Behörde zu beweihräuchern, während Albin sich zu Grinamy wandte und mit gesenkter Stimme fragte: »Habe ich irgendwas im Gesicht? Was gucken die alle so? Und warum grinst du eigentlich?«

»Das musst du gerade fragen, Albin«, erwiderte Grinamy.

»Ich verstehe kein Wort.«

»Ernsthaft nicht?«

»Nein.«

»Heute nicht in die Zeitung geschaut – oder online?«

»Nein.«

Grinamy unterdrückte ein Lachen. Er zog sein Handy aus der Tasche, tippte auf dem Display herum und zeigte Albin die Titelseiten einiger französischer Zeitungen und von einem britischen Boulevardblatt.

Um Himmels willen, dachte Albin.

»Das«, fragte er, »kann jeder sehen?«

»Albin, das ist im Internet. Natürlich sieht das jeder.«

»Auch hier im Vaucluse?«

»Hier erst recht.«

Albin sprang auf. Beinahe wäre der Stuhl umgekippt. Er hastete aus dem Besprechungsraum, lief die Treppen hinab, über die Straße, setzte sich in den SUV und fuhr mit quietschenden Reifen los. Er raste in Richtung Ortsmitte, wo er den Wagen im Halteverbot direkt vor dem Café du Midi abstellte. Matteo stand gerade draußen, lachte und winkte Albin zu.

»Albin! Hast du's schon gesehen?«, rief er.

Albin ignorierte ihn.

Er lief über die Straße und wurde beinahe von einem hupenden Lieferwagen erwischt. Schließlich erreichte er Veroniques Blumenladen, riss die Tür auf, hörte die Glocke und schloss die Tür.

Veronique stand hinter dem Verkaufstresen, band einen Strauß, schwieg und würdigte Albin keines Blickes.

»Veronique«, sagte Albin außer Atmen. »Ich hatte keine Ahnung. Hast du das schon gesehen, das …?«

Veronique machte mit dem Strauß weiter, nutzte aber die Fingerspitzen der linken Hand, um die Tageszeitung zu Albin zu schieben.

Der Aufmacher handelte von dem Polizeieinsatz am Hôtel Bories. Er hatte die Überschrift: »Polizei vereitelt Geiselnahme von Leinwandstar Claire Lambert«. Dazu ein Foto. Es war mit einem Teleobjektiv aufgenommen, wirkte etwas unscharf und war durch ein Fester geschossen worden. Es zeigte einen großen grauhaarigen Mann, der die halbnackte Claire Lambert umschlungen hatte, die lediglich mit einem Handtuch bekleidet war, und das nicht einmal richtig, und sie hielt sich an Albins Nacken fest. Sie wirkten beinahe wie ein Liebespaar.

Unter dem Foto stand: »Tête-à-Tête am Tatort: Ex-Commissaire Albin Leclerc umschlingt Schauspielerin Claire Lambert.«

»Das ist nicht, wonach es aussieht«, sagte Albin. »Überhaupt nicht.«

Veronique legte die Blumen zur Seite, stemmte die Arme in die Hüften und blickte Albin unverwandt kühl an. »Was ist es denn dann?«, fragte sie. »*Daddy?*«

»Nun ja …«, erwiderte Albin und erklärte es. »Und das mit dem Foto – ich hatte keine Ahnung. Ich kann nichts dafür, aber ich weiß auch nicht, wie ich das wiedergutmachen soll.«

Veronique blickte immer noch auf ihr Gebinde, steckte Grün zwischen die Blumen und zuckte mit den Schultern. »Mir würde schon etwas einfallen«, sagte sie.

49

Wenn man sich den überbordenden Esstisch auf der Terrasse ansah, hätte man denken können, es gebe im Haus der Leclercs etwas zu feiern: einen Geburtstag, eine Taufe ... Der Abend dämmerte. Im Garten brannten einige Laternen. Außer von dem Zirpen der Zikaden war die duftschwangere, warme Luft angefüllt von Gelächter und lauten Stimmen.

Albin hatte zwei Tische zusammenschieben und sich bei Matteo noch Stühle ausleihen müssen. Auf diesen saßen Albin und Veronique. Außerdem waren Matteo selbst und seine Frau Iris da. Beide waren etwa gleich groß. Iris hatte sich extra schick gemacht und trug ein schwarzes Kleid mit einer roten Blume in ihrem tiefschwarzen Haar, was sie ein wenig wie eine Tangotänzerin wirken ließ. Im Gegensatz zu Matteo war Iris stets gut gelaunt – vielleicht um ihren eher nicht so lustigen Job im Pflegeheim zu kompensieren – und hatte ein ansteckendes, sehr lautes Lachen, von dem sie rege Gebrauch machte. Sie und Veronique hatten sich schon beim ersten Kennenlernen hervorragend verstanden. Albins Tochter Manon und ihr Freund Christian Papillon, der Architekt und ein sportlicher Wandervogel war, saßen daneben. Außerdem waren Veroniques Töchter aus erster Ehe gekommen, die in Narbonne und Bordeaux lebten: Charlotte und Nicole mit ihren Männern Antoine und Paul und dem kleinen Léon, der bald in die Grundschule kommen würde, und Yvette, die inzwischen laufen konnte. Albins Enkelin Clara spielte mit den beiden auf dem Rasen. Tyson saß zwischen den Kindern und ließ sich jede Aufmerksamkeit von ihnen gern gefallen.

An der Stirnseite der Festtafel saß schließlich der Ehrengast. Er war der Grund für das alles und außerdem die Wiedergutmachung, die Veronique für die zweideutigen Fotos von Albin und Claire Lambert gefordert hatte. Natürlich hatte Veronique sofort verstanden, unter welchen Umständen diese Bilder entstanden waren, und sie nahm es Albin nicht im Geringsten übel, sondern war vielmehr ebenso sauer wie er auf die Presse. Gleichwohl war sie Geschäftsfrau genug, um aus der Situation einen Vorteil zu ziehen.

Einen Vorteil namens Yves Serrault, den Albin zum Abendessen bei der Familie Leclerc hatte einladen müssen – und weil er zwar ein Star, aber dennoch ein umgänglicher Typ war, hatte er gerne zugesagt.

Diese Zusage hatte Veronique regelrecht entfesselt. Albin hatte zunächst an ein Essen zu dritt gedacht. Aber da hatte er die Rechnung ohne seine Frau gemacht, die selbstverständlich mit ihrem prominenten Ehrengast angeben wollte.

So war die Gästeliste ebenso explodiert wie die Einkaufsliste für die Zutaten des Abendessens, denn natürlich wollte Veronique glänzen, wenn jemand wie Yves Serrault in ihr Haus kam und zudem von ihr bekocht wurde.

Es gab Aïoli und grüne Oliventapenade, für die man

Oliven und Olivenöl mit einigen Knoblauchzehen und Paniermehl zusammengab und alles pürierte. Dann hatte Veronique eine *Tarte aux tomates et thym* gezaubert – einen Tomatenkuchen mit Thymian und Ziegenkäse. Dafür brauchte man Blätterteig, Tomaten, einige Thymianzweige, Zitronensaft und Ziegenkäse. Der Blätterteig wurde in einer Form ausgerollt, die kurz blanchierten und enthäuteten Tomaten kamen gewürfelt hinzu, die Thymianzweige, der zerbröselte Ziegenkäse und der Zitronensaft drauf – und dann ging alles für fünfundzwanzig Minuten in den Backofen. Für eine große Anzahl Gäste war Gigot stets perfekt – Albin hatte einige Lammkeulen besorgt. Sie kamen mit Unmengen an Knoblauch, Zwiebeln, Lorbeer und Rosmarinzweigen in den Backofen, nachdem das Fleisch mit etwas Honig bestrichen und mit Thymian und Pfeffer bestreut worden war. Als Beilage gab es *Tian provençale*, ein Gemüsegratin. Dafür briet man erst Zwiebeln in Olivenöl an, gab Knoblauch hinzu und rührte Tomatenmark, Rosmarin, Oregano und Paprikapulver unter. Es kamen beste Dosentomaten in die Pfanne, und die Soße wurden einige Minuten durchgekocht und schließlich in eine Auflaufform gegeben. Dann schichtete man darin in dicke Scheiben geschnittene Auberginen, Zucchini, Süßkartoffeln und Tomaten, wobei die Kartoffeln am besten etwas vorgekocht wurden. Schließlich kam geriebener Parmesan drüber – und ab in den Ofen. Als Dessert hatte Veronique einen Eisbecher mit Früchten gemacht.

Es waren bereits einige Flaschen Rosé, Rot- und Weißwein geleert, Albin hatte sich nicht lumpen lassen und drei Kisten von dem Guten besorgt. Den wesentlichen Anteil des Alkohols hatte Yves Serrault vernichtet, was bei ihm jedoch keinerlei sichtbare Wirkung hinterließ. Serrault, ganz der Profi, hatte lediglich einmal kurz gewankt, als er aufgestanden war, um den Fahrdienst zu rufen, da er morgen früh drehen musste. Nach einem Wimpernschlag war er aber bereits wieder auf Kurs gewesen. Anschließend hatte er kurz gesungen: »*When the world seems to shine like you've had too much wine, that's amore.*« Dann meinte er, dass man laut Dean Martin nicht wirklich betrunken sei, solange man noch auf dem Boden liegen könne, ohne sich festzuhalten.

Eben hatte er Albin überschwänglich für seinen Einsatz gedankt und erzählt, dass man diese ganze Paparazzisache tunlichst vergessen könne. Wenn er aufzählen müsste, mit wem ihm schon Liebschaften angedichtet worden waren, würde er bis morgen hier sitzen – wenngleich ihm erfundene Affären mit den charmantesten aller Damen, nämlich Veronique und Iris, ja noch in seiner Sammlung fehlten. Iris hatte daraufhin einen geschmeichelten Lachanfall bekommen, worauf ihre Wangen die Farbe der Rose in ihrem Haar angenommen hatten. Und Veronique hatte nur gesagt, das könne ja noch werden. Albin und Matteo hatten lediglich einen Blick miteinander gewechselt und sich jeden Kommentar verkniffen.

Einmal hatte Manon ihn gefragt, ob das Streaming denn seiner Meinung nach den Tod des Kinos bedeute. Serrault hatte daraufhin nur gesagt: »Oh, das Streaming«, eine Weile versunken vor sich hin genickt und dann in die Runde geblickt, als habe er die Frage vergessen. Ein anderes Mal hatte Matteo erklärt, dass er Serraults Darstellung von Charles de Gaulle für die wichtigste und herausragendste schauspielerische Leistung des 20. Jahrhunderts halte, mal abgesehen von seiner Darstellung des Napoléon Bonaparte – worauf Serrault ihn angesehen hatte, als hätte Matteo einen schmutzigen Witz erzählt, ihm dann lachend auf die Schulter geklopft und »Sie Schlingel« gesagt.

Schließlich klingelte der Fahrdienst, und Serrault verabschiedete sich von jedem persönlich und mit einer herzlichen Umarmung. Er bedankte sich überschwänglich bei Veronique, die ihn gemeinsam mit Albin zur Haustür brachte.

»Sie Glückspilz«, sagte Serrault zum Abschied zu Albin, gab Veronique einen Handkuss und simulierte einen Kinnhaken bei Albin. Dann verschwand sein Wagen in der Nacht.

»Zeit für Tysons Gassirunde«, murmelte Albin.

»Was für ein wunderbarer Abend«, sagte Veronique und nickte. Sie stellte sich auf die Zehenspitzen und gab Albin einen Kuss. »Aber irgendwie …« Sie blickte in die Richtung, in die Serrault gefahren war. »Ich dachte ja immer, er sei größer. Und er ist bestimmt ein sehr netter Mann, aber irgendwie ist bei ihm auch eine Schraube locker, oder?«

Albin lachte auf.

Veronique grinste, gab Albin einen Klaps auf den Hintern. »Ich bleibe lieber bei meinem echten Ex-Commissaire. Dem laufen zwar die weiblichen Filmstars hinterher, aber er gehört mir.«

Damit verschwand sie wieder in der Wohnung. Albin folgte ihr, schnappte sich im Flur seine Zigaretten, die

Schlüssel und Tysons Leine. Kaum hörte Tyson die Geräusche, kam er schon aus dem Garten angestürmt. Matteo folgte dem Mops und blieb bei Albin stehen.

Er fragte: »Gehst du mit Tyson Gassi?«

»Ja, und eine rauchen.«

»Ich komme mit.«

»Wieso, musst du mal pinkeln?«

»Albin.« Matteo blickte ihn hilfesuchend an. »Iris ist die beste Frau von allen. Aber wenn sie einen sitzen hat – mein rechtes Ohr ist bereits taub.«

Albin grinste. »Ich brauche auch eine Pause. Na, dann komm mit.«

Sie gingen hinaus, schlossen die Tür hinter sich und folgten Tyson im Licht der Straßenlaternen, unter denen Unmengen von Insekten tanzten. Albin steckte sich eine an und rauchte.

»Sag mal«, fragte Matteo, »Yves Serrault – er ist ja ganz umgänglich, aber …«

»Etwas merkwürdig?«

»Über jemanden, der de Gaulle, Napoléon und d'Artagnan war, darf man das ja eigentlich nicht sagen. Das grenzt an Hochverrat. Aber es stimmt schon.«

»Tja, es gibt halt einen großen Unterschied zwischen den Rollen, die sie auf der Leinwand oder im Theater spielen, und dem, wie sie wirklich sind.«

»Die kochen alle nur mit Wasser.«

»Die meisten. Manche kochen mit etwas Schärferem.«

»Dieser Friseur ist jedenfalls übergekocht.«

»Das Leben hat ihn geformt, Matteo. Oder besser: verformt. Wer weiß, ob er nicht schon von Geburt so war. Das kann man ihm nicht vorwerfen. Wie ich gehört habe, wird er zunächst psychiatrisch untergebracht, wenn er aus dem Krankenhaus kommt.«

»Aber nicht jeder, der eine Macke hat, stellt derlei Dinge an.«

»Es hat auch nicht jeder Bistrowirt eine ungesunde Vorstellung von Marine Le Pen.«

»Ich habe keine ungesunde Vorstellung von unserer Beinahepräsidentin, mein Lieber! Das ist eine infame Unterstellung! Oder was sagst du dazu, Tyson?«

Tyson stoppte kurz, blickte sich um zu Albin und Matteo und wirkte, als zweifle er.

»Da siehst du es«, sagte Albin. »Nicht einmal der Hund kauft dir das ab.«

»Als ob der reden könnte.«

»Du hast doch gerade mit ihm gesprochen?«

»Ja, aber nicht im Sinne einer Unterhaltung.«

»Du brabbelst dauernd vor dich hin und merkst es noch nicht einmal.«

»Sagt der Mann, der tatsächlich mit seinem Hund spricht.«

Albin kickte einen Stein vor sich her. »Dummes Zeug«, erwiderte er.

»Glaubst du, ich höre das nicht? Du redest wirklich mit ihm.«

»Höchstens in Gedanken.«

»Wenn das jemand sieht, der dich nicht kennt, ruft der in der Klapsmühle an, und sie kommen, um dich einzufangen, während du irgendwelchen Verbrechern hinterherjagst.«

Albin grinste und rauchte. »Weißt du«, sagte er, »manchmal glaube ich, ich werde zu alt für diesen Mist.«

315

»Du *bist* zu alt für diesen Mist.«

»Ich kann nichts anderes. Wenn ich zu Hause sitze und an die Wand starre und nichts tue, werde ich noch verrückt.«

»Ich habe ja auch nicht gesagt, dass du es bleiben lassen sollst. Ist genau wie mit dem Café du Midi. Ich meine: Ich könnte und sollte auch längst aufhören. Aber irgendeiner muss den Laden ja schmeißen.«

»Die Welt kann nicht ohne uns, hm?«

»Nein. Kann sie nicht.«

Sie bogen um eine Ecke. Albin kickte den Stein beiläufig zu Matteo. Matteo kickte ihn zurück. Sie wechselten vom Bürgersteig auf die menschenleere Straße. Albin gab Matteo eine Vorlage. Der spielte den Stein in einem Steilpass retour, während Tyson vorauslief und sich nur einmal umguckte.

Der Chef und sein Kumpel sind nichts anderes als große Kinder, dachte Tyson. *Die Welt wird doch immer verrückter.*

Pierre Lagrange
Finstere Provence

Das Wandern ist des Mörders Lust …
Herbst in der Provence: Ein trüber, verregneter November
– und mitten im Lac du Paty wird ein toter Wanderer
gefunden. Der Tote war ein bekannter Immobilienmogul.
Haben seine dubiosen Geschäfte mit seinem Tod zu tun?
Doch dann landet ein Hinweis im Briefkasten von Ex-
Commissaire Albin Leclerc. Anscheinend steckt ein Serien-
täter dahinter, der sich »Finsternis« nennt und seit Jahren
unentdeckt ein grausiges Spiel treibt. Es geht um Leben und
Tod, und Albin zerrinnt die Zeit zwischen den Fingern …
**Der elfte Band der Provence-Krimi-Reihe von Pierre La-
grange**

336 Seiten, Klappenbroschur
978-3-651-02510-3

Weitere Informationen finden Sie auf
www.fischerverlage.de

Pierre Lagrange
Tod in der Provence

Ein mörderischer Sommer in der Provence

Carpentras, ein malerischer Ort in der Provence. Das Hamburger Ehepaar Hanna und Niklas erbt dort ein halb verfallenes Chateau. Doch der Traum wird zum Albtraum. In der Nähe des Chateaus findet man eine Frauenleiche – und ihr fehlen die Füße. Hanna erfährt, dass schon früher in der Gegend Frauen verschwunden sind – Frauen mit roten Haaren wie sie. Geht in der Provence ein Serienmörder um, der Körperteile sammelt? Commissaire Albin Leclerc nimmt die Ermittlungen auf.

Roman
448 Seiten, broschiert
978-3-596-03254-9

Weitere Informationen finden Sie auf
www.fischerverlage.de